'Het idee van eindeloze mo
van nieuwe levens leiden, v
of andere manier voor ons
hebben in deze moe

'Laat het aan Matt Haig over om een aanstekelijke fantasy-roman rond depressie en zelfmoord te schrijven. Fijn, fantasievol (YA-)avontuur.' *VPRO Boeken*

'*Middernachtbibliotheek* is een soort zelfhulpboek in romanvorm. Het doet je nadenken over je eigen keuzes en dwalingen en de gevolgen daarvan, en bovenal over wat er uiteindelijk echt toe doet.'
Happinez

'Een briljant uitgangspunt en heel leuk!' *Daily Mail*

'Matt Haig is de koning van de empathie.' Jameela Jamil

'Een verleidelijk boek, hartverwarmend en vol humor.'
Sunday Times

'Een aangrijpende roman over spijt, hoop en tweede kansen.'
David Nicholls

'Slim, emotioneel en tot nadenken stemmend.' Jenny Colgan

'Een betoverend boek.' Dolly Parton

Matt Haig (1975) is zeer veelzijdig: hij schrijft romans, kinderboeken, non-fictie en filmscenario's. Zijn werk wordt gepubliceerd in meer dan dertig landen en hij heeft wereldwijd ruim drie miljoen boeken verkocht. *Middernachtbibliotheek* won in 2020 de Goodreads Choice Award for Fiction en stond wekenlang in de *New York Times*-bestsellerlijst.

Matt Haig

Middernacht-bibliotheek

Vertaald door Monique ter Berg

Rainbow® wordt uitgegeven door
Uitgeverij Rainbow bv, Amsterdam
www.rainbow.nl

Een uitgave in samenwerking met
Lebowski Publishers, Amsterdam
www.lebowskipublishers.nl
www.overamstel.com

Oorspronkelijke titel: The Midnight Library
Oorspronkelijk uitgegeven door: Canongate Books Ltd, Edinburgh

Auteursfoto: Kan Lailey
Omslagontwerp: bij Barbara
Druk: Novoprint, Sant Andreu de la Barca
Uitgave in Rainbow maart 2023
Zesde druk februari 2025

ISBN 978 90 417 1520 3 NUR 302

Voor alle medewerkers in de zorg.
Dank jullie wel.

Ik kan onmogelijk alle mensen zijn die ik zou willen zijn en alle levens leiden die ik zou willen leiden. Ik kan onmogelijk alles aanleren wat ik zou willen kunnen. En waarom ik dat allemaal wil? Ik wil in mijn leven alle mogelijke tinten, klanken en variaties aan den lijve voelen en beleven.

Sylvia Plath

'Tussen leven en dood bevindt zich een bibliotheek,' zei ze. 'Een bibliotheek met eindeloze planken. Elk boek biedt de kans om een leven uit te proberen dat je geleefd zou kunnen hebben. Om te zien hoe het zou zijn gelopen als je andere keuzes had gemaakt... Zou je het anders hebben gedaan als je alles waarvan je spijt hebt ongedaan kunt maken?'

Een gesprek over regen

Negentien jaar voordat ze besloot een eind aan haar leven te maken, zat Nora Seed in de knusse, kleine bibliotheek van de Hazeldene-school in Bedford. Ze staarde naar een schaakbord dat op een laag tafeltje stond.

'Lieverd, het is heel normaal om je zorgen te maken over de toekomst,' zei de bibliothecaris, mevrouw Elm, met ogen die glinsterden als zonlicht bij vorst.

Mevrouw Elm deed haar eerste zet. Een paard dat over het keurige rijtje witte pionnen sprong. 'Natuurlijk ga je je zorgen maken over je examen. Maar je kunt alles worden wat je maar wilt, Nora. Denk eens aan al die spannende mogelijkheden.'

'Zal best, ja.'

'Je hebt nog een heel leven voor je.'

'Een heel leven.'

'Je kunt van alles doen, overal wonen. Ergens waar het wat minder koud en nat is.'

Nora schoof een pion twee velden naar voren.

Het was moeilijk om mevrouw Elm niet te vergelijken met haar moeder, die Nora altijd behandelde als fout die rechtgezet moest worden. Toen Nora's linker babyoortje verder uitstak dan haar rechteroor had haar moeder zich bijvoorbeeld zo'n zorgen gemaakt dat ze het probleem met plakband had proberen te verhelpen en dat verhulde onder een wollen mutsje.

'Die nattigheid en kou vind ik verschríkkelijk,' zei mevrouw Elm nog eens nadrukkelijk.

Mevrouw Elm had kort grijs haar en een vriendelijk, beetje gerimpeld, ovaal gezicht, dat bleek afstak tegen haar schildpadgroene polotruitje. Ze was best oud, maar op school zat zij het meest op haar golflengte en zelfs op dagen waarop het niet regende bracht Nora haar middagpauze in de kleine bibliotheek door.

'Kou en nattigheid gaan niet altijd samen, hoor,' zei Nora. 'Antarctica is het droogste continent op aarde. Technisch gezien is het een woestijn.'

'Net iets voor jou dan.'

'Niet ver genoeg, denk ik.'

'Misschien moet je wel astronaut worden. De Melkweg doorkruisen.'

Nora glimlachte. 'Op andere planeten regent het nog vaker.'

'Vaker dan in Bedfordshire?'

'Op Venus regent het zwavelzuur.'

Mevrouw Elm haalde een papieren zakdoekje uit haar mouw en snoot discreet haar neus. 'Zie je wel? Met zo'n stel hersenen kun je alles.'

Een blonde jongen die Nora herkende van een paar klassen onder haar, rende buiten langs het druipnatte raam. Het was jagen of opgejaagd worden. Sinds haar broer van school was voelde ze zich een beetje onbeschermd. De bibliotheek was een kleine schuilplaats van beschaving.

'Mijn vader denkt dat ik mijn toekomst heb vergooid. Nu ik met zwemmen ben gestopt.'

'Het is natuurlijk niet aan mij, maar er is meer op de wereld dan heel snel zwemmen. Er liggen zoveel verschillende levens voor je open. Zoals ik vorige week al zei, je zou gletsjeronderzoeker kunnen worden. Ik ben erachteraan gegaan en de –'

De telefoon ging.

'Wacht even,' zei mevrouw Elm zacht. 'Ik kan maar beter opnemen.'

Nora keek naar mevrouw Elm aan de telefoon. 'Ja, ze is hier.' De bibliothecaris schrok. Ze wendde zich af van Nora, maar aan de andere kant van de stille ruimte bleef ze te verstaan: 'O nee, o mijn god. Natuurlijk...'

Negentien jaar later

De man aan de deur

Zevenentwintig uur voordat ze besloot een eind aan haar leven te maken, zat Nora Seed op haar afgeragde bank door andermans gelukkige levens te scrollen, te wachten tot er iets zou gebeuren. En toen, uit het niets, gebeurde er inderdaad iets.

Om welke vreemde reden dan ook werd er aangeklopt.

Even vroeg ze zich af of ze wel moest opendoen. Hoewel het pas negen uur was had ze haar pyjama al aan. Ze voelde zich ongemakkelijk in haar wijde ECO-WORRIER-T-shirt en haar geruite pyjamabroek.

Ze schoot haar sloffen aan om er een beetje fatsoenlijker uit te zien en zag dat het een man was, iemand die ze kende.

Een lange, jongensachtige slungel met een vriendelijk gezicht, maar hij had een scherpe, heldere blik, alsof hij dwars door je heen kon kijken.

Het was leuk om hem te zien, weliswaar een tikkeltje verrassend, vooral omdat hij sportkleding aanhad en hij er, ondanks het koude, regenachtige weer, verhit en bezweet uitzag. Door het contrast tussen hen beiden voelde ze zich nog slonziger dan vijf seconden eerder.

Maar ze had zich eenzaam gevoeld. En hoewel ze genoeg existentiële filosofie had bestudeerd om te weten dat eenzaamheid een fundamenteel deel was van het menselijk bestaan in een in wezen zinloos universum, vond ze het toch leuk om hem te zien.

'Ash. Ash was het toch?' zei ze lachend.

'Klopt.'

'Wat brengt jou hier? Leuk om je te zien.'

Een paar weken daarvoor had ze op haar elektrische piano zitten spelen toen hij langs Bancroft Avenue kwam gerend en hij haar door het raam van 33A zag en even had gezwaaid. Jaren geleden had hij haar uitgenodigd voor een kop koffie. Misschien wilde hij het nog een keer proberen?

'Ook leuk om jou te zien,' zei hij, maar zijn strakke gezicht zei iets anders.

Als ze hem in de winkel sprak klonk hij altijd vrolijk, maar nu had zijn stem een ernstige ondertoon. Hij krabde aan zijn hoofd. Maakte een geluid, maar een echt woord kreeg hij er niet uit.

'Ben je aan het hardlopen?' Een vraag die nergens op sloeg. Hij was duidelijk aan het hardlopen. Maar eventjes leek hij opgelucht dat ze het over iets alledaags konden hebben.

'Ja. Ik doe mee aan de Halve van Bedford. Aanstaande zondag.'

'O, oké. Geweldig. Ik heb overwogen een halve marathon te doen totdat ik bedacht dat ik de pest heb aan hardlopen.'

In haar hoofd had het grappiger geklonken dan toen de woorden daadwerkelijk uit haar mond kwamen. Ze vond hardlopen niet eens verschrikkelijk. Toch raakte ze in verwarring van zijn serieuze blik. De stilte ging over van ongemakkelijk in iets anders.

'Jij had toch een kat?' vroeg hij uiteindelijk.

'Klopt, ik heb een kat.'

'Ik weet nog hoe hij heet. Voltaire. Een rode cyperse?'

'Ja, ik noem hem Volts. Voltaire vindt hij een beetje pretentieus. Hij bleek niet bijzonder geïnteresseerd in achttiende-eeuwse Franse filosofie en literatuur. Hij is nogal nuchter. Voor een kat.'

Ash keek naar haar pantoffels.

'Ik ben bang dat hij dood is.'

'Hè?'

'Hij ligt heel stil langs de kant van de weg. Ik zag zijn naam op zijn halsbandje, ik denk dat hij door een auto is geraakt. Het spijt me, Nora.'

Ze schrok zo van de ommekeer van haar emoties dat ze bleef glimlachen, alsof die glimlach haar in de wereld kon houden waar ze net nog was, de wereld waarin Volts nog leefde en waarin deze man die ze gitaarboeken had verkocht om een andere reden had aangeklopt.

Ash was chirurg, herinnerde ze zich. Geen dierenchirurg, maar een algemene voor mensen. Als hij zei dat iets dood was, was het naar alle waarschijnlijkheid ook dood.

'Het spijt me verschrikkelijk.'

Nora werd verdrietig, een vertrouwd gevoel. Alleen de sertraline zorgde ervoor dat ze niet hoefde te huilen. 'O god.'

Ze stapte op de natte, gebarsten stoeptegels van Bancroft Avenue, nauwelijks ademend, en zag het arme roodharige beest op het glanzende asfalt in de goot liggen. Met zijn kop tegen de zijkant van de stoeprand en met zijn pootjes naar achteren alsof hij in galop was, een of andere denkbeeldige vogel achterna.

'O, Volts. O, nee. O, god.'

Ze wist dat ze medelijden en verdriet voor haar katachtige vriend moest voelen – en dat deed ze ook – maar ze voelde ook iets anders. Toen ze Voltaires stille en vredige uitdrukking zag – die totale afwezigheid van pijn – dreigde er een onontkoombaar gevoel in het duister.

Jaloezie.

String Theory

Vroeger stond haar vader altijd met op elkaar geklemde kaken aan de rand van het zwembad, en dan schoten zijn ogen van de stopwatch naar zijn dochter terwijl ze haar record probeerde te verbeteren. Aan die vaak kritische blik nadat ze de longen uit haar lijf had gezwommen moest ze denken toen ze buiten adem en te laat voor haar middagdienst bij String Theory aankwam.

'Sorry,' zei ze tegen Neil in het sjofele kantoortje zonder ramen. 'Mijn kat is dood. Gisteravond. En ik moest hem begraven. Nou, iemand heeft me wel geholpen. Maar daarna was ik weer alleen thuis, kon niet slapen en toen ben ik vergeten mijn wekker te zetten, werd pas tegen de middag wakker en heb me rot gerend.'

Dat was allemaal waar en ze ging ervan uit dat haar verschijning – inclusief make-uploos gezicht, losse provisorische paardenstaart, de tweedehands overgooier van groen corduroy die ze al de hele week aanhad, opgesierd met haar vermoeide, wanhopige voorkomen – haar verhaal kracht zou bijzetten.

Neil keek op van zijn computer en leunde achterover. Hij vouwde zijn handen samen en maakte een torentje van zijn wijsvingers waarop hij zijn kin liet rusten, alsof hij Confucius was die een diep filosofische waarheid over het universum bepeinsde, in plaats van de baas van een muziekwinkel die te maken had met een medewerker die te laat kwam. Achter hem hing een enorme poster van Fleetwood Mac aan de muur, waarvan de rechterbovenhoek loszat, omgevouwen als het oor van een pup.

'Kijk, Nora, ik mag je graag.'

Neil was ongevaarlijk. Een gitaaraficionado van in de vijftig die graag slechte moppen vertelde en live in de winkel oude Dylan-covers speelde.

'En ik weet dat je psychische problemen hebt.'

'Wie heeft die nou niet?'

'Je weet wat ik bedoel.'

'Meestal voel ik me veel beter,' loog ze. 'Ik ben niet ziek, hè. Volgens de dokter is het een situatiegebonden depressie. Alleen heb ik steeds weer een nieuwe... situatie. Maar ik heb me nog nooit ziekgemeld. Alleen toen mijn moeder... ja. Alleen toen.'

Neil zuchtte. Hij maakte er een fluitend geluid uit zijn neus bij. Een onheilspellende besklank. 'Nora, hoelang werk je hier nu al?'

'Twaalf jaar en,' ze wist het te precies, 'elf maanden en drie dagen. Af en aan.'

'Dat is lang. Ik heb het idee dat je voor iets beters in de wieg bent gelegd. Je bent achter in de dertig.'

'Vijfendertig.'

'Je hebt zoveel in je mars. Je geeft pianoles...'

'Aan één iemand.'

Hij veegde een kruimel van zijn trui.

'Zag je jezelf werken in een winkel in de stad waar je bent opgegroeid? Toen je veertien was? Wat had je toen voor ogen?'

'Op mijn veertiende? Zwemmen.' Ze was op haar veertiende landskampioene schoolslag en tweede bij de vrije slag. Ze herinnerde zich nog dat ze bij de Nationale Zwemkampioenschappen op het podium stond.

'Wat is er dan misgegaan?'

Ze deed haar ogen dicht. Ze moest denken aan de naar chloor ruikende teleurstelling dat ze tweede werd. 'De druk was hoog.'

'Maar druk levert ook veel op. Je begint als steenkool en door de druk verander je in een diamant.'

Ze corrigeerde zijn kennis over diamanten niet. Ze zei niet dat steenkool en diamant wel beide van koolstof zijn, maar dat steenkool niet zuiver genoeg is om diamant te kunnen worden, hoeveel druk je er ook op zet. Volgens de wetenschap begin je als steenkool en eindig je als steenkool. Misschien was dat wel de echte levensles.

Ze stopte een verdwaalde sliert koolzwart haar terug in haar paardenstaart.

'Wat zei je, Neil?'

'Dat het nooit te laat is om een droom na te jagen.'

'Nou, voor deze droom is het echt te laat.'

'Je bent hoogopgeleid, Nora. Afgestudeerd filosoof...'

Nora keek naar het moedervlekje op haar linkerhand. Die moedervlek had alles meegemaakt wat zij had meegemaakt. En was gewoon blijven zitten, had zich er niets van aangetrokken. Was gewoon een moedervlek. 'Eerlijk gezegd is de vraag naar filosofen in Bedford niet bepaald indrukwekkend, Neil.'

'Je bent gaan studeren, hebt een jaar in Londen gezeten, bent teruggekomen.'

'Ik had weinig keus.'

Nora zat niet te wachten op een gesprek over haar dode moeder. Of zelfs maar over Dan. Want dat Nora twee dagen voor de bruiloft haar huwelijk had afgeblazen vond Neil de meest fascinerende *love story* sinds Kurt en Courtney.

'We hebben allemaal een keus, Nora. Er bestaat zoiets als vrije wil.'

'Nou, niet als je een abonnement hebt op een deterministische kijk op het universum.'

'Maar waarom híér?'

'Het was hier of het asiel. Dit betaalde beter. En, je weet wel, de muziek.'

'Je zat in een band. Met je broer.'

'Zat, ja. The Labyrinths. Daar zat geen toekomst in.'

'Je broer ziet dat anders.'

Dat overrompelde Nora. 'Joe? Hoe weet –'

'Hij kwam een versterker kopen. Een Marshall DSL40.'

'Wanneer?'

'Afgelopen vrijdag.'

'Was hij in Bedford dan?'

'Tenzij het een hologram was. Net als Tupac.'

Hij was waarschijnlijk bij Ravi langs geweest, dacht Nora. Ravi was de beste vriend van haar broer. Terwijl Joe was gestopt met gitaarspelen en naar Londen was verhuisd voor een luizig IT-baantje dat hij verschrikkelijk vond, was Ravi in Bedford gebleven. Hij speelde nu in een coverband, Slaughterhouse Four, en trad op in pubs in de stad.

'Oké, interessant.'

Nora was er vrij zeker van dat haar broer wist dat ze vrijdags altijd vrij had. Het stak haar.

'Gelukkig heb ik het hier naar mijn zin.'

'Behalve dan dat je niet gelukkig bent.'

Hij had gelijk. Haar ziel was misselijk. Haar geest ging over zijn nek. Ze maakte haar glimlach nog wat breder.

'Ik bedoel dat ik gelukkig ben met mijn baan. Gelukkig in de zin van, je weet wel, tevreden. Ik heb deze baan nodig, Neil.'

'Je bent een goed mens. Je bekommert je om de wereld. Om daklozen, het milieu.'

'Ik heb een baan nodig.'

Hij had zijn Confuciushouding weer aangenomen. 'Je hebt vrijheid nodig.'

'Ik wil niet vrij zijn.'

'Dit is geen liefdadigheidsinstelling. Hoewel het snel die kant op gaat.'

'Neil, gaat dit over wat ik vorige week zei? Dat je moet moderniseren? Ik heb ideeën over hoe we meer jonge –'

'Nee,' zei hij afwerend. 'Vroeger hadden we alleen gitaren.

String Theory, snap je? Ik heb het assortiment verbreed. Heb ervoor gezorgd dat het loopt. Maar in zware tijden betaal ik je niet om mijn klanten af te schrikken met je oorwurmgezicht.'

'Wat bedoel je?'

'Nora, helaas,' hij pauzeerde even, ongeveer zo lang als het duurt om een bijl omhoog te tillen, 'ik moet je ontslaan.'

Leven is lijden

Onder een zware, loodgrijze wolkenlucht, een hemelse echo van Nora's gemoedsgesteldheid, zwierf ze door Bedford op zoek naar een reden om te bestaan. De stad was een transportband vol wanhoop. Het grindstenen sportcentrum waar haar overleden vader haar ooit had zien zwemmen, het Mexicaanse restaurant waar ze Dan mee naartoe had genomen voor fajita's, het ziekenhuis waar haar moeder was behandeld.

Dan had haar gisteren een berichtje gestuurd.

Nora, ik mis je stem. Kunnen we een keer praten? D x

Ze had geantwoord dat ze het *waanzinnig druk* had (breedlachende smiley). Maar een ander bericht was onmogelijk. Niet omdat ze niets meer voor hem voelde, maar juist omdat ze dat wel deed. En ze niet het risico wilde lopen hem opnieuw te kwetsen. Ze had zijn leven verpest. *Mijn leven is een chaos,* had hij haar in dronken berichtjes laten weten, kort nadat ze twee dagen voor de trouwerij was teruggekrabbeld.

Het universum zweemde naar chaos en entropie. Dat was de basis van de thermodynamica. Misschien was het ook wel de basis van het bestaan.

Je raakt je baan kwijt en vervolgens gebeuren er meer rotdingen.

De wind ruiste door de bomen.

Het begon te regenen.

Ze liep naar de beschutting van een tijdschriftenwinkel in de stellige, toevallig júíste, overtuiging dat het alleen nog maar erger zou worden.

Deuren

In het tempo van een trage oogopslag zag ze haar vader voor zich, starend naar zijn stopwatch alsof hij op haar wachtte. Ze deed haar ogen weer open en ging de winkel binnen.

'Schuilen voor de regen?' vroeg de vrouw achter de toonbank.

'Ja,' zei Nora en ze keek omlaag. Haar wanhoop ontwikkelde zich tot een ondraaglijk gewicht.

Er lag een *National Geographic*.

Toen ze de cover bekeek – de afbeelding van een zwart gat – besefte ze dat zij dat was. Een zwart gat. Een stervende, imploderende ster.

Haar vader had een abonnement. Ze herinnerde zich een betoverend artikel over Svalbard, de Noorse eilandengroep in de Noordelijke IJszee. Ze had nog nooit een plaats gezien die er zo *ver weg* uitzag. Ze had gelezen over wetenschappers die onderzoek deden tussen gletsjers, bevroren fjorden en papegaaiduikers. Op aandringen van mevrouw Elm had ze besloten dat ze gletsjeronderzoeker wilde worden.

Ze zag de sjofele, voorovergebogen gestalte van de vriend van haar broer – en voormalige bandlid – Ravi bij de muziektijdschriften, verdiept in een artikel. Ze bleef net iets te lang staan, want toen ze wegliep hoorde ze: 'Nora?'

'Hé Ravi, hallo. Ik hoorde dat Joe laatst in Bedford was?'

Een knikje. 'Ja.'

'Is hij, ehm, heb je hem gezien?'

'Inderdaad.'

Er viel een stilte die Nora pijnlijk vond. 'Hij heeft me niet verteld dat hij zou komen.'

'Hij kwam ook alleen maar even aanwippen.'

'Gaat het goed met hem?'

Ravi gaf niet meteen antwoord. Vroeger mocht ze hem graag en hij was een trouwe vriend van haar broer. Maar net als bij Joe voelde ze dat er iets tussen hen in stond. Ze waren niet als vrienden uit elkaar gegaan. (Hij had zijn drumstokken op de vloer van de repetitieruimte gesmeten en was kwaad weggelopen toen Nora had gezegd dat ze uit de band stapte.) 'Volgens mij is hij depressief.'

Nora moest er niet aan denken dat haar broer zich net zo voelde als zij.

'Hij is zichzelf niet,' ging Ravi kwaaiig verder. 'Hij moet uit zijn hok in Shepherd's Bush. Dat krijg je als je geen leadgitaar kan spelen in een succesvolle rockband. Maar ik heb ook geen geld. Optreden in pubs levert tegenwoordig niets op. Zelfs niet als je de wc's schoonmaakt. Ooit wc's in een pub schoongemaakt, Nora?'

'Als we toch een wedstrijdje klagen spelen, ik krijg het ook voor mijn kiezen hoor.'

Ravi kuchlachte. Zijn gezicht kreeg iets hards. 'Gaan we zielig doen?'

Ze was niet in de stemming. 'Zit je nou nog steeds met The Labyrinths?'

'Die band heeft veel voor me betekend. Ook voor je broer. Voor ons allemaal. We hadden een deal met Universal. Alles erop en eraan. Album, singles, tournee, promotievideo. We hadden nu Coldplay kunnen zijn.'

'Je vindt Coldplay niet om aan te horen.'

'Daar gaat het niet om. We hadden nu in Malibu kunnen zitten. In plaats van in *Bedford*. En nee, je broer is er nog niet aan toe om je te zien.'

'Ik had paniekaanvallen. Uiteindelijk zou ik iedereen hebben moeten teleurstellen. Ik heb het label gevraagd om jullie zonder mij aan te nemen. Dan zou ik de nummers schrijven. Het was niet mijn schuld dat ik vastzat. Ik was nou eenmaal met Dan. Dat was een behoorlijke dealbreaker.'

'Oké, ja. En hoe heeft dat uitgepakt?'

'Dat is niet eerlijk, Ravi.'

'Eerlijk. Geweldig woord.'

De vrouw achter de toonbank bekeek hen met belangstelling.

'Bands zijn niet blijvend. We zouden een meteorenzwerm zijn geweest. Voorbij voordat we goed en wel waren begonnen.'

'Meteorenzwermen zijn *fucking* mooi.'

'Kom op. Je bent toch nog steeds met Ella?'

'Ik had met Ella kunnen zijn én een succesvolle band met geld kunnen hebben. Dat was onze kans. Híér.' Hij wees op de palm van zijn hand. 'Onze nummers waren te gék.'

Nora schaamde zich dat ze 'onze' in stilte verbeterde in 'mijn'.

'Volgens mij had je geen last van podiumangst. Of trouwangst. Volgens mij is levensangst jouw probleem.'

Die kwam binnen. Haar adem stokte.

Met trillende stem sloeg ze terug: 'En jouw probleem is dat je anderen de schuld geeft van je kloteleven.'

Hij knikte alsof hij een klap had gekregen. Legde het tijdschrift terug.

'Ik zie je wel weer, Nora.'

'Doe Joe de groeten,' zei ze terwijl hij de winkel uitging, de regen in. 'Alsjeblieft.'

Haar oog viel op de voorpagina van *Katten & zo*. Een rode cyperse. In haar hoofd ging het tekeer als een Sturm und Drang-symfonie, alsof de geest van een Duitse componist in haar was gevaren die chaos en heftigheid opriep.

De vrouw achter de toonbank zei iets wat ze niet verstond.

'Sorry?'

'Nora Seed?'

De vrouw – blonde bob, bruin uit een potje – was vrolijk en ontspannen op een manier die Nora zelf niet meer voor elkaar kreeg. Ze leunde met haar onderarmen op de toonbank alsof Nora een maki in de dierentuin was.

'Klopt.'

'Ik ben Kerry-Anne. Ken je nog van school. De zwemster. Superbrein. Heeft hoe heet hij ook alweer, meneer Blandford, je niet een keer toegesproken? Zei hij toen niet dat je nog eens op de Olympische Spelen terecht zou komen?'

Nora knikte.

'En, gelukt?'

'Ik, eh, ben ermee gestopt. Ik had meer met muziek… in die tijd. Zoals dat gaat.'

'Wat doe je nu?'

'Ik zit… tussen dingen in.'

'Heb je iemand? Een vent? Kinderen?'

Nora schudde haar hoofd. Wou dat het eraf viel. Haar eigen hoofd. Op de grond. Zodat ze nooit meer met een vreemde hoefde te praten.

'Treuzel maar niet te lang. Tiktak, tiktak.'

'Ik ben pas vijfendertig.' Ze wou dat Izzy bij haar was. Izzy accepteerde dit soort onzin nooit. 'Ik weet niet eens of ik wel –'

'Jake en ik waren net konijnen, maar nu zijn we zover. Twee kleine herrieschoppers. Maar het is het echt waard. Ik voel me gewoon compleet. Wil je foto's zien?'

'Ik krijg hoofdpijn… van telefoons.'

Dan had kinderen gewild. Nora wist het niet. Ze was doodsbang voor het moederschap. Bang om nog depressiever te worden. Ze kon al niet voor zichzelf zorgen, laat staan voor iemand anders.

'Woon je nog in Bedford?'

'Mm-hm.'

'Nooit gedacht dat jij zou blijven hangen.'

'Ik ben teruggekomen. Mijn moeder was ziek.'

'O, wat naar voor je. Ik hoop dat ze weer is opgeknapt?'

'Ik moet gaan.'

'Maar het regent nog.'

Toen Nora de winkel ontvluchtte wenste ze niets anders dan deuren vóór zich waar ze een voor een doorheen kon lopen en alles achter zich kon laten.

Hoe moet je een zwart gat zijn?

Nora was in een vrije val geraakt en had niemand om mee te praten.

Haar laatste hoop was haar vroegere beste vriendin Izzy, die bijna vijftienduizend kilometer verderop in Australië zat. Ze waren ook niet meer close.

Ze pakte haar telefoon en stuurde een berichtje.

Hé Izzy, lang geleden. Mis je. Zou GEWELDIG *zijn om weer bij te kletsen. X*

Ze voegde er nog een extra 'X' aan toe en verstuurde het.

Binnen een minuut had Izzy haar bericht gezien. Nora wachtte vergeefs op drie puntjes.

Ze kwam langs de bioscoop waar die avond een nieuwe film met Ryan Bailey draaide. Een oubollige cowboy-romcom, *Last Chance Saloon*.

Van Ryan Baileys gezicht leek je altijd diepzinnige en belangwekkende dingen te kunnen aflezen. Sinds Nora hem op tv als peinzende Plato in *The Athenians* had gezien en hij in een interview had verteld dat hij filosofie had gestudeerd, was Nora dol op hem. Ze zag voor zich hoe ze in de stoomnevel van zijn hottub in West Hollywood diepzinnige gesprekken over Henry David Thoreau voerden.

'Ga vol vertrouwen je dromen achterna,' had Thoreau gezegd. 'Leef het leven dat je je hebt voorgenomen.'

Tijdens haar studie was Thoreau haar favoriete filosoof geweest. Maar wie gaat er nou serieus vol zelfvertrouwen zijn dromen achterna? Afgezien van Thoreau dan. Hij was in het bos gaan leven zonder contact met de buitenwereld om daar gewoon te zitten, te schrijven, hout te hakken en te vissen. Maar twee eeuwen geleden was het leven in Concord, Massachusetts, waarschijnlijk eenvoudiger dan het hedendaagse leven in Bedford, Bedfordshire.

Misschien ook niet.

Misschien was ze er gewoon slecht in. In leven.

De uren verstreken. Ze wilde een doel hebben, iets wat haar een reden van bestaan gaf. Maar ze had niets. Zelfs geen klein doel als het ophalen van de medicatie van meneer Banerjee, want dat had ze twee dagen geleden al gedaan. Ze wilde een dakloze wat geld geven, maar besefte dat ze geen geld had.

'Kop op, liefje, misschien gebeurt het wel nooit,' zei iemand.

Er gebeurde nooit iets, dacht ze. *Dat was nou net het probleem.*

Antimaterie

Vijf uur voordat ze besloot een eind aan haar leven te maken, onderweg naar huis, trilde de telefoon in haar hand.

Misschien was het Izzy. Misschien had Ravi tegen haar broer gezegd dat hij haar moest bellen.

Nee.

'O, hallo, Doreen.'

Een geagiteerde stem. 'Waar wás je nou?'

Ze was het helemaal vergeten. *Hoe laat is het dan?*

'Ik heb een rotdag gehad. Het spijt me ontzettend.'

'We hebben een uur staan wachten voor je huis.'

'Ik kan Leo lesgeven als ik terug ben. Over vijf minuten.'

'Te laat. Hij is de komende drie dagen bij zijn vader.'

'O, het spijt me. Het spijt me ontzettend.'

Ze was een waterval van spijtbetuigingen. Ze verdronk erin.

'Om eerlijk te zijn, Nora, hij denkt erover te stoppen.'

'Maar hij is zo goed.'

'Hij vond het ook echt leuk. Maar hij heeft het te druk. Proefwerken, vrienden, voetbal. Hij kan niet alles…'

'Hij heeft echt talent. Ik heb hem zelfs aan die klere-Chopin gekregen. Alsjeblieft…'

Een diepe, diepe zucht. 'Tot ziens, Nora.'

Nora stelde zich voor dat de grond onder haar zich opende, waardoor ze door de aardkorst en de aardmantel naar beneden zou schieten totdat ze de binnenste kern had bereikt, samengeperst tot een hard, gevoelloos metaal.

Vier uur voordat ze besloot een eind aan haar leven te maken, kwam Nora langs haar bejaarde buurman, meneer Banerjee.

Meneer Banerjee was vierentachtig. Hij was zwak, maar sinds zijn heupoperatie was hij weer iets mobieler.

'Wat een vreselijk weer, hè?'

'Nou,' mompelde Nora.

Hij wierp een blik op zijn bloemperk. 'De irissen zijn wel uitgekomen.'

Met een geforceerde glimlach bekeek ze de paarse bloemen en vroeg zich af hoe die in godsnaam troost konden bieden.

Zijn ogen stonden vermoeid achter zijn bril. Bij zijn voordeur tastte hij naar zijn sleutels. In een boodschappentasje een fles melk die te zwaar voor hem leek. Ze zag hem maar zelden buitenshuis. Een huis waar ze was geweest toen ze hier net een maand woonde en ze hem had geholpen met de aanmelding bij een online supermarkt.

'O,' zei hij. 'Ik heb goed nieuws. Ik heb je niet meer nodig voor mijn pillen. Die jongen van de apotheek is hier in de buurt komen wonen en brengt ze voortaan langs.'

Nora wilde reageren, maar er kwam geen woord uit. Ze knikte.

Hij kreeg het voor elkaar de deur te openen, deed hem achter zich dicht en trok zich terug in zijn heiligdom voor zijn dierbare overleden vrouw.

Dat was het. Niemand had haar nodig. Ze was overbodig in het universum.

Eenmaal in haar flat was de stilte harder dan lawaai. De geur van kattenvoer. Het bakje van Voltaire, half leeggegeten.

Ze pakte wat water om twee antidepressiva in te nemen en staarde peinzend naar de rest van de pillen.

Drie uur voordat ze besloot een eind aan haar leven te maken, deed haar hele wezen pijn van alle spijt die ze had, alsof de wanhoop niet alleen in haar hoofd zat, maar ook in haar romp, armen en benen. Alsof die elk deel van haar had gekoloniseerd.

Het werd duidelijk dat iedereen beter af was zonder haar. Wie in de buurt komt van een zwart gat wordt door de zwaartekracht meegesleurd in zijn akelige, donkere realiteit.

Die gedachte leek een niet te stoppen kramp, te onaangenaam om te verdragen, maar te sterk om te ontlopen.

Nora ging haar social media langs. Geen berichten, geen reacties, geen nieuwe volgers, geen vriendschapsverzoeken. Ze was antimaterie met zelfmedelijden.

Ze ging naar Instagram en zag dat iedereen wist hoe je moest leven, behalve zij. Ze postte een onsamenhangend bericht op Facebook, dat ze eigenlijk helemaal niet meer gebruikte.

Twee uur voordat ze besloot een eind aan haar leven te maken, trok ze een fles wijn open.

Ze zat tussen oude filosofiehandboeken, geestverschijningen uit haar studietijd, toen haar leven nog toekomst had. Een yucca en drie miezerige, gedrongen cactussen in potjes. Een onbewuste levensvorm, de hele dag opgepot, had waarschijnlijk een makkelijker bestaan, bedacht ze.

Ze ging achter de kleine elektrische piano zitten, maar zonder te spelen. Ze dacht aan Leo zoals hij naast haar had gezeten, hoe ze hem Chopins Prelude in e klein had laten instuderen. Geluk kan op een gegeven moment pijn doen.

Er bestond een oud muzikantencliché dat een piano geen valse noten kent. Maar haar leven was een kakofonie van nonsens. Een muziekstuk dat zich prachtig had kunnen ontwikkelen, maar in het niets was verdwenen.

De tijd ging voorbij. Ze staarde voor zich uit.

Na de wijn kreeg ze een kraakheldere ingeving. Ze was niet gemaakt voor dit leven.

Elke verandering was een vergissing, elke beslissing een ramp, elke dag was ze verder afgedwaald van wie ze had willen zijn.

Zwemster. Muzikant. Filosoof. Echtgenote. Reiziger. *Gletsjeronderzoeker*. Gelukkig. Geliefd.

Niets.

'Katteneigenaar' kon ze al niet eens aan. Of 'eens-per-week pianoleraar'. Of 'mens in staat tot een gesprek'.

De pillen werkten niet.

Ze dronk de wijn op. De hele fles.

'Ik mis je,' zei ze voor zich uit, alsof de geesten van iedereen van wie ze ooit had gehouden in de kamer waren.

Ze belde haar broer en liet een voicemailbericht achter toen hij niet opnam.

'Ik hou van je, Joe. Ik wil gewoon dat je dat weet. Je had het niet kunnen voorkomen. Dit gaat over mij. Dank je wel dat je mijn broer bent geweest. Ik hou van je. Vaarwel.'

Het begon opnieuw te regenen zodat ze daar met de jaloezieën open naar de druppels op het glas zat te staren.

Het was nu tweeëntwintig over elf.

Eén ding wist ze zeker: de volgende morgen wilde ze niet halen. Ze stond op. Pakte een pen en een stuk papier.

Ze besloot dat het een bijzonder goed moment was om dood te gaan.

Beste Wie dan ook,

Ik heb meer dan genoeg kansen gehad om iets van mijn leven te maken en ik heb ze allemaal verknald. Door mijn eigen onverschilligheid en door tegenslag heeft de wereld zich van me afgekeerd en daarom is het alleen maar verstandig dat ik me afkeer van de wereld.

Als ik het gevoel had dat ik zou kunnen blijven, had ik dat gedaan. Maar dat heb ik niet. En daarom kan ik dat niet. Ik maak het leven voor anderen alleen maar moeilijker.

Ik heb niets te geven. Het spijt me.

Wees lief voor elkaar.

Vaarwel,
Nora

00:00:00

Eerst was de mist zo dicht dat ze niets kon zien, totdat ze langzaam aan beide kanten pilaren zag opdoemen. Ze stond op een weg, een soort zuilengalerij. De zuilen waren hersengrijs met glinsterende blauwe spikkels. De mistige nevels trokken op, als geesten die onzichtbaar wilden blijven, en er verscheen een vorm.

Een massieve, rechthoekige vorm.

De vorm van een gebouw. Met de afmetingen van een kerk of een kleine supermarkt. Het had een stenen voorgevel van dezelfde kleur als de pilaren, in het midden een grote, houten deur, en een dak dat de ambitie had om grandeur uit te stralen, met fijne details en een prachtige klok op het fronton, voorzien van zwartgeverfde Romeinse cijfers en wijzers die middernacht aangaven. De façade werd op gelijke afstand onderbroken door hoge, donkere, gebogen en met bakstenen omlijste ramen. Eerst leken er vier ramen te zijn, maar even later waren het er beslist vijf. Ze moest zich hebben verteld.

Omdat er verder niets was en ze ook nergens heen hoefde, liep Nora er op haar hoede naartoe.

Ze keek op het digitale display van haar horloge.

00:00:00

Middernacht, zoals de klok al had aangegeven.

Ze wachtte op de volgende seconde, maar die verscheen niet. Zelfs toen ze dichter bij het gebouw kwam, zelfs toen ze de houten deur open deed, zelfs toen ze de drempel over ging, veranderde het display niet. Er was iets mis met haar horloge of er was iets mis met de tijd. Onder de gegeven omstandigheden kon het alle twee zijn.

Wat gebeurt er? vroeg ze zich af. *Wat is er in godsnaam aan de hand?*

Misschien waren er binnen antwoorden te vinden, dacht ze. Het gebouw was helder verlicht en de vloer was van lichte steen – ergens tussen lichtgeel en camel in, de kleur van een oude pagina – maar de ramen die ze aan de buitenkant had gezien zag ze binnen niet meer. Sterker nog, hoewel ze maar een paar stappen had gezet, zag ze ook geen muren meer. In plaats daarvan waren er boekenplanken. Gangen en gangen vol planken, tot aan het plafond en zich vertakkend vanuit de brede open galerij waar Nora liep. Ze ging een van de gangen in en stopte verbijsterd om de ogenschijnlijk eindeloze hoeveelheid boeken te bekijken.

Er stonden overal boeken, op zulke dunne planken dat ze net zo goed onzichtbaar hadden kunnen zijn. De boeken waren allemaal groen. Allerlei verschillende kleuren groen. Sommige waren somber moerasgroen, sommige waren helder geelgroen, sommige stoer smaragdgroen en andere hadden de grasgroene tint van zomerse gazons.

En over zomerse gazons gesproken: hoewel de boeken er oud uitzagen, voelde de lucht in de bibliotheek lekker fris. Er hing de sappige, grasachtige geur van buitenlucht, niet de stoffige lucht van oude folianten.

De planken leken zich echt eindeloos uit te strekken, recht en lang naar een verre horizon, als lijnen die in een kunstproject op school het eenpuntsperspectief aangaven, alleen her en der onderbroken door een gang.

Ze sloeg lukraak een gang in. Bij de volgende afslag ging ze naar links en raakte zowat verdwaald. Ze zocht naar een uitgang, maar daar was geen spoor van te bekennen. Toen ze terug naar de ingang probeerde te lopen zoals ze was gekomen, bleek dat onmogelijk.

Uiteindelijk moest ze concluderen dat ze de uitgang niet zou vinden.

'Dit is niet normaal,' zei ze tegen zichzelf om troost te vinden bij het geluid van haar eigen stem. 'Beslist niet normaal.'

Nora hield stil en deed een stap naar een paar boeken.

Er stonden geen titels of auteurs op de rug. Afgezien van de verschillen in kleur, verschilden de boeken alleen van formaat: de boeken waren even hoog, maar niet allemaal even dik. Sommige waren vijf centimeter dik, sommige beduidend minder. Een enkel boek was niet meer dan een pamflet.

Ze rekte zich om een van de boeken ertussenuit te halen, koos voor een middelgroot, nogal saai olijfgroen exemplaar. Het zag er een beetje stoffig en versleten uit.

Voordat ze het boek op de plank te pakken kreeg hoorde ze een stem achter zich en ze deed meteen een stap terug.

'Voorzichtig,' zei de stem.

Nora draaide zich om om te zien wie dat zei.

De bibliothecaris

'Voorzichtig, alsjeblieft.'

De vrouw was schijnbaar uit het niets gekomen. Ze was goed gekleed, had kort grijs haar en ze droeg een schildpadgroen polotruitje. Een jaar of zestig, als Nora het moest zeggen.

'Wie bent u?'

Maar voordat ze de vraag had uitgesproken wist ze het antwoord al.

'De bibliothecaris,' zei de vrouw bedachtzaam. 'In eigen persoon.'

Ze had een wijze blik, vriendelijk maar streng. En nog hetzelfde keurige grijze korte haar dat ze altijd had gehad, met precies dezelfde gezichtsuitdrukking als in Nora's herinnering.

Want voor haar stond haar oude schoolbibliothecaris.

'Mevrouw Elm.'

Mevrouw Elm glimlachte fijntjes. 'Misschien.'

Nora herinnerde zich de regenachtige middagen waarop ze schaakten.

Ze herinnerde zich de dag dat haar vader stierf en mevrouw Elm haar dat heel rustig in de bibliotheek had verteld. Haar vader was plotseling bezweken aan een hartaanval op het rugbyveld van de jongenskostschool waar hij lesgaf. Het eerste halfuur was ze verdoofd, had wezenloos naar het niet beëindigde schaakspel zitten staren. De realiteit was eenvoudigweg te groot om meteen te bevatten, maar daarna had het haar als een mokerslag getroffen en was ze uit koers geraakt. Ze had zich vastgeklampt aan mevrouw Elm en zo lang gehuild dat haar gezicht branderig aanvoelde van de combinatie van tranen met acryl van haar polotrui.

Mevrouw Elm had haar vastgehouden, haar achterhoofd geaaid en gestreeld alsof ze een baby was, en was niet met gemeenplaatsen of valse troost aan komen zetten, maar alleen met geruststellende aandacht. Ze herinnerde zich nog de stem van mevrouw Elm: 'Het wordt weer beter, Nora. Het komt goed.'

Meer dan een uur later kwam Nora's moeder haar ophalen, haar broer zat stoned en wezenloos achterin. En Nora had voorin naast haar sprakeloze, trillende moeder gezeten, had gezegd dat ze van haar hield, maar kreeg geen reactie.

'Wat is dit? Waar ben ik?'

Mevrouw Elm glimlachte afgemeten. 'Een bibliotheek, natuurlijk.'

'Maar niet de schoolbibliotheek. En er is geen uitgang. Ben ik dood? Is dit het hiernamaals?'

'Niet precies,' zei mevrouw Elm.

'Ik snap het niet.'

'Laat het me uitleggen.'

Toen ze vertelde kwamen haar ogen tot leven, ze schitterden als regenplassen in maanlicht.

'Tussen leven en dood bevindt zich een bibliotheek,' zei ze. 'Een bibliotheek met eindeloze planken. Elk boek biedt de kans om een leven uit te proberen dat je geleefd zou kunnen hebben. Om te zien hoe het zou zijn gelopen als je andere keuzes had gemaakt… Zou je het anders hebben gedaan als je alles waarvan je spijt hebt ongedaan kunt maken?'

'Dus ik bén dood?'

Mevrouw Elm schudde haar hoofd. 'Nee, luister goed. Tússen leven en dood.' Ze gebaarde vaag het gangpad in, naar de verte. 'De dood is buiten.'

'Dan moet ik dus die kant op. Want ik wil dood.' Nora maakte aanstalten.

Maar mevrouw Elm schudde haar hoofd. 'Zo werkt de dood niet.'

'Waarom niet?'

'Jij gaat niet naar de dood. De dood komt naar jou.'

Zelfs gewoon doodgaan was Nora niet gelukt.

Dat voelde vertrouwd. Het gevoel in zo ongeveer elk opzicht onvolkomen te zijn. Een onaffe puzzel van een mens. Onvolkomen leven en onvolkomen dood.

'Waarom ben ik dan niet dood? Waarom is de dood niet naar me toegekomen? Ik heb hem uitgenodigd. Ik wilde dood. Maar hier ben ik, ik besta nog steeds. Ik ben me nog steeds bewust van de dingen.'

'Als het je troost: mogelijk sta je op het punt om dood te gaan. Op de een of andere manier blijven mensen die langs de bibliotheek komen meestal niet lang.'

Als ze erover nadacht – en dat deed ze steeds vaker – kon Nora alleen maar over zichzelf denken in termen van alles wat ze niet was. Alles wat haar niet gelukt was te worden. En er was nogal wat dat ze niet was geworden. Alle dingen waar ze spijt van had, die in haar gedachten voortdurend op *repeat* stonden. *Ik ben geen Olympische zwemmer geworden. Ik ben geen gletsjeronderzoeker geworden. Ik ben niet Dans vrouw geworden. Ik ben geen moeder geworden. Ik ben geen leadzanger van The Labyrinths geworden. Het is me niet gelukt om een echt goed of echt gelukkig mens te worden. Het is me niet gelukt om voor Voltaire te zorgen.* En nu was het haar uiteindelijk zelfs niet gelukt om dood te gaan. Het was bedroevend hoeveel mogelijkheden ze wel niet had verknoeid.

'Zolang de Middernachtbibliotheek hier is ga je niet dood, Nora. Nu moet je beslissen hoe je wilt leven.'

De bewegende planken

De planken aan weerszijden van Nora begonnen te bewegen. De planken wisselden niet van richting, maar bleven gewoon horizontaal doorschuiven. Het was mogelijk dat de planken helemaal niet bewogen, alleen de boeken, maar het waarom of zelfs maar het hóé was niet duidelijk. Er was geen mechanisme zichtbaar en ook geen geluid of tafereel van vallende boeken aan het eind – of beter gezegd het begin – van de plank. Afhankelijk van de plank waarop de boeken stonden, schoven ze in verschillende mate van traagheid voorbij, maar geen enkel boek bewoog snel.

'Wat gebeurt er?'

Mevrouw Elm ging vastberaden rechtop staan en trok haar kin een beetje in. Ze deed een stap naar voren en vouwde haar handen samen. 'Lieve kind, tijd om te beginnen.'

'Beginnen met wát, als ik mag vragen?'

'Elk leven bestaat uit talloze beslissingen. Soms grote, soms kleine. Maar elke beslissing leidt tot een ander resultaat. Tot een onomkeerbare variatie, die op zijn beurt weer tot andere variaties leidt. Deze boeken zijn de toegangspoorten naar alle levens die je zou kunnen leven.'

'Hè?'

'Je hebt net zoveel levens als je mogelijkheden hebt. Er zijn levens waarin je andere keuzes maakt. En die keuzes leiden tot een ander resultaat. Als je ook maar één ding anders had gedaan, zou je een ander levensverhaal hebben. En die bevinden zich allemaal in de Middernachtbibliotheek. En ze zijn allemaal even echt als dit leven.'

'Parallelle levens?'

'Niet altijd parallel. Sommige staan er eerder… *loodrecht* op. Wil je een leven leiden dat je zou kunnen leven? Wil je iets anders doen? Is er iets wat je wilt veranderen? Heb je iets verkeerd gedaan?'

Dat was een makkelijke vraag. 'Ja. Alles, zo ongeveer.'

Haar antwoord leek de neus van de bibliothecaris te prikkelen.

Mevrouw Elm haalde snel het papieren zakdoekje uit de mouw van haar trui tevoorschijn. Ze bracht het naar haar gezicht en niesde erin.

'Gezondheid,' zei Nora en op het moment dat de bibliothecaris klaar was met het zakdoekje zag ze het door een of andere magische, hygiënische truc uit haar handen verdwijnen.

'Maak je geen zorgen. Zakdoekjes zijn net levens. Er is altijd weer een andere.' Mevrouw Elm pakte de draad van haar redenering op. 'Eén ding anders doen komt vaak neer op álles anders doen. Wat je in een leven hebt gedaan kan niet worden teruggedraaid, hoe hard je je best ook doet… Maar jij bevindt je niet meer ín een leven. Je bent ertussenuit gepiept. Dit is je kans om te zien hoe het anders kan, Nora.' *Dit kan niet waar zijn,* dacht Nora.

Mevrouw Elm leek haar gedachten te kunnen lezen.

'Dit kan wel, Nora Seed. Maar het is niet de realiteit zoals jij hem kent. Bij gebrek aan een beter woord is dit het *tussen*. Het is niet leven. Het is niet dood. Het is niet de realiteit in de gebruikelijke zin. Maar het is ook geen droom. Het is niet het een of het ander. Om kort te gaan, het is de Middernachtbibliotheek.'

De langzaam bewegende planken kwamen tot stilstand. Nora zag aan haar rechterhand op schouderhoogte op een van de planken een groot gat. Alle andere planken stonden vol boeken, maar hier lag op de smalle witte plank maar één boek.

En dat boek was niet groen zoals de andere. Het was grijs. Zo grijs als de gevelsteen van het gebouw toen het in de mist opdoemde.

Mevrouw Elm pakte het boek van de plank en gaf het aan Nora.

Ze keek een beetje verwachtingsvol, trots, alsof ze haar een kerstcadeau gaf.

Het boek leek licht toen mevrouw Elm het vasthield, maar het was veel zwaarder dan het eruitzag. Nora sloeg het open.

Mevrouw Elm schudde haar hoofd.

'Je moet altijd wachten tot je toestemming krijgt.'

'Waarom?'

'Elk boek hier, elk boek in deze bibliotheek – behalve één – is een versie van je leven. Deze bibliotheek is van jou. Hij bestaat voor jou. Kijk, ieders leven had op een oneindig aantal manieren kunnen verlopen. Deze boeken op de plank zijn jouw leven en ze beginnen allemaal op hetzelfde moment. Nu. Middernacht. Op dinsdag 28 april. Maar deze middernachtelijke mogelijkheden zijn niet hetzelfde. Sommige lijken op elkaar, sommige zijn heel anders.'

'Dat is maf,' zei Nora. 'Behalve één? Dit soms?' Nora draaide het leigrijze boek naar mevrouw Elm.

Mevrouw Elm trok haar wenkbrauwen op. 'Ja. Die. Dat heb jij geschreven zonder ooit een woord te hoeven typen.'

'Hoezo?'

'Dit boek is de bron van al je problemen, en ook het antwoord.'

'Maar wat is het dan?'

'Lieve kind, het wordt *Het Boek vol Spijt* genoemd.'

Het Boek vol Spijt

Nora zag het nu staan. Het kleine lettertype in reliëf op het omslag.

Het Boek vol Spijt

'Hier staat alles in waar je sinds je geboortedag ooit spijt van hebt gehad,' zei mevrouw Elm en tikte met haar vinger op het omslag. 'Je mag het nu openslaan.'

Omdat het boek zo zwaar was ging ze in kleermakerszit op de stenen vloer zitten. Ze begon het door te bladeren.

Het boek was opgedeeld in chronologische hoofdstukken per levensjaar. 0, 1, 2, 3, tot aan 35. Naarmate het boek vorderde werden de hoofdstukken jaar na jaar langer. Maar de spijtbetuigingen die ze had verzameld waren niet precies aan het betreffende jaar gekoppeld.

'Spijt houdt zich niet aan chronologie. Die zweeft rond. De volgorde van deze lijsten verandert steeds.'

'Oké, dat lijkt me logisch.'

Ze besefte al snel dat het zowel om kleine dagelijksheden ('Ik heb spijt dat ik vandaag niet heb getraind') als om wezenlijke zaken ging ('Ik heb spijt dat ik mijn vader voor zijn dood niet heb verteld dat ik van hem hield').

Er stonden dingen in waar ze doorlopend spijt van had, die op meerdere bladzijden terugkwamen. 'Ik heb spijt dat ik niet bij The Labyrinths ben gebleven, omdat ik mijn broer in de steek heb gelaten.' 'Ik heb spijt dat ik niet bij The Labyrinths ben gebleven, omdat ik mezelf in de steek heb gelaten.' 'Ik heb spijt dat ik niet meer voor het milieu heb gedaan.' 'Ik heb spijt dat ik zoveel tijd aan social media heb besteed.' 'Ik heb spijt dat ik niet met Izzy naar Australië ben gegaan.' 'Ik heb spijt dat ik vroeger niet meer plezier heb gemaakt.' 'Ik heb spijt van alle ruzies met mijn vader.' 'Ik heb spijt dat ik niet met dieren ben gaan werken.' 'Ik heb spijt dat ik in plaats van filosofie geen geologie heb gestudeerd.' 'Ik heb spijt dat ik niet heb geleerd gelukkiger te zijn.' 'Ik heb spijt dat ik me zo schuldig voel.' 'Ik heb spijt dat ik mijn Spaans heb laten versloffen.' 'Ik heb spijt dat ik geen eindexamen in exacte vakken heb gedaan.' 'Ik heb spijt dat ik geen gletsjeronderzoeker ben geworden.' 'Ik heb spijt dat ik niet ben getrouwd.' 'Ik heb spijt dat ik niet naar Cambridge ben gegaan voor een master filosofie.' 'Ik heb spijt dat ik te weinig aandacht aan mijn gezondheid heb besteed.' 'Ik heb spijt dat ik naar Londen ben verhuisd.' 'Ik heb spijt dat ik niet naar Parijs ben gegaan om Engelse les te geven.' 'Ik heb spijt dat ik het boek niet heb afgemaakt waaraan ik tijdens mijn studie was begonnen.' 'Ik heb spijt dat ik uit Londen ben verhuisd.' 'Ik heb spijt dat ik een baan heb waar geen toekomst in zit.' 'Ik heb spijt dat ik geen beter zusje ben.' 'Ik heb spijt dat ik na mijn studie geen tussenjaar heb genomen.' 'Ik heb spijt dat ik mijn vader zo heb teleurgesteld.' 'Ik heb spijt dat ik vaker pianoles geef dan dat ik pianospeel.' 'Ik heb spijt dat ik zo'n puinhoop van mijn financiën heb gemaakt.' 'Ik heb spijt dat ik niet buiten woon.'

Sommige dingen waren wat halfhartiger dan andere. Eentje veranderde van bijna onzichtbaar in vetgedrukt en weer terug, alsof het aan en uit flitste terwijl ze ernaar keek. Dat was 'Ik heb spijt dat ik geen kinderen heb'.

'Dat is iets wat er soms wel en soms niet is,' zei mevrouw Elm en het leek opnieuw of ze Nora's gedachten kon lezen. 'Daar zijn er nog een paar van.'

In het langste hoofdstuk aan het eind van het boek, vanaf haar vierendertigste, stonden de nodige Dan-specifieke spijtbetuigingen. Die waren nogal stevig en vetgedrukt, en bleven in haar hoofd rondzingen als een aanhoudend fortissimo-akkoord in een concert van Haydn.

'Ik heb spijt dat ik gemeen tegen Dan ben geweest.' 'Ik heb spijt dat ik het met Dan heb uitgemaakt.' 'Ik heb spijt dat ik niet met Dan een pub op het platteland heb.'

Toen ze die bladzijden bekeek moest ze denken aan de man met wie ze bijna was getrouwd.

Een overdaad aan spijt

Ze had Dan ontmoet toen ze met Izzy in Tooting woonde. Brede glimlach, klein baardje. Net een tv-dierenarts. Grappig, nieuwsgierig. Hij dronk flink door, maar leek immuun voor katers.

Hij had kunstgeschiedenis gestudeerd en had enorm veel profijt van zijn diepgaande kennis van Rubens en Tintoretto als hoofd pr van een merk proteïnehoudende haverkoeken. Maar hij had een droom. Een pub op het platteland. Een droom die hij wilde delen met haar. Met Nora.

Ze liet zich meeslepen door zijn enthousiasme. Verloofde zich. Maar plotseling besefte ze dat ze niet met hem wilde trouwen.

Diep vanbinnen was ze bang dat ze haar moeder zou worden. Ze wilde het huwelijk van haar ouders niet kopiëren.

Terwijl ze nog steeds wezenloos naar *Het Boek vol Spijt* staarde, vroeg ze zich af of haar ouders ooit verliefd waren geweest of dat ze waren getrouwd omdat je dat nou eenmaal op het juiste moment met de dichtstbijzijnde beschikbare persoon deed. Zo'n spelletje waarbij je de eerste de beste vastpakt als de muziek stopt.

Aan zulke spelletjes had ze nooit willen meedoen.

Bertrand Russell had geschreven: 'Bang zijn voor de liefde is bang zijn voor het leven, en wie bang is voor het leven is al voor driekwart dood.' Misschien was dat wel haar probleem. Misschien was ze gewoon bang voor het leven. Maar Bertrand Russell had meer echtgenotes en vriendinnen versleten dan schoenen, dus misschien was hij niet de beste adviseur.

Toen haar moeder drie maanden voor de bruiloft stierf, was Nora intens verdrietig. Hoewel ze nog had voorgesteld de datum te verschuiven, was dat er op een of andere manier niet van gekomen, en Nora's verdriet versmolt met depressieve en angstige gevoelens en het idee dat ze haar leven niet meer onder controle had. De bruiloft werd zó symptomatisch voor de chaos in haar hoofd, dat het leek alsof ze vastgebonden op de treinrails lag en het afblazen van de bruiloft de enige manier was waarop ze de touwen kon loskrijgen en zich kon bevrijden. Maar eigenlijk had het als het tegendeel van vrijheid gevoeld om als single in Bedford te blijven, Izzy met hun Australiëplannen in de steek te laten, bij String Theory te gaan werken en een kat te nemen.

'O nee,' zei mevrouw Elm, Nora's gedachten onderbrekend. 'Dat is te veel voor je.'

En plotseling voelde ze opnieuw haar wroeging, de pijn dat ze mensen en zichzelf in de steek had gelaten, de pijn waar ze minder dan een uur geleden aan had proberen te ontsnappen. Al die gevoelens van spijt vormden één grote zwerm. Starend naar de bladzijden van het boek was de pijn nog erger dan toen ze in Bedford had rondgezworven. De intense spijt die uit het boek opsteeg werd een kwelling. Het gewicht van het schuldgevoel, de wroeging en het verdriet te zwaar. Ze leunde achterover op haar ellebogen, liet het dikke boek vallen en kneep haar ogen dicht. Ze kreeg nauwelijks adem, er leken onzichtbare handen om haar hals te zitten.

'Laat het ophouden!'

'Doe het dicht,' instrueerde mevrouw Elm haar. 'Doe het boek dicht. Niet alleen je ogen. *Doe dicht*. Je moet het zelf doen.'

Nora had het gevoel dat ze flauwviel, ging rechtop zitten en legde haar hand onder het boekomslag. Het voelde nu nog zwaarder aan, maar het lukte haar om het boek dicht te slaan en ze slaakte een zucht van verlichting.

Elk leven begint nu

'En?'

Mevrouw Elm zat met haar armen over elkaar. Hoewel ze precies op de mevrouw Elm leek die Nora al kende, was haar manier van doen wat bitser. Het was mevrouw Elm, maar ze was het ook níét. Nogal verwarrend.

'En wat?' vroeg Nora, nog steeds nahijgend, nog steeds opgelucht dat ze de opgetelde intense spijt over al haar verkeerde beslissingen niet meer voelde.

'Waar heb je het meeste spijt van? Welke beslissing zou je ongedaan willen maken? Welk leven zou je willen passen?'

Dat zei ze, precies zo. Passen. Alsof dit een kledingwinkel was en Nora net zo makkelijk een leven als een T-shirt kon uitkiezen. Het voelde als een wreed spelletje.

'Dat was een kwelling. Het voelde alsof ik werd gewurgd. Wat heeft dit voor zin?'

Toen Nora opkeek zag ze voor het eerst de lichten. Gewoon kale peertjes die aan draden aan het plafond hingen, een normaal lichtgrijs plafond leek het. Het was alleen een plafond zonder muren. Net als aan de vloer kwam er geen eind aan.

'Je hebt een behoorlijke kans dat je oude leven voorbij is, dat is de zin ervan. Je wilde sterven en misschien gebeurt dat ook wel. Je hebt iets nodig om naartoe te gaan. Iets om te landen. Een ander leven. Dus je moet goed nadenken. Deze bibliotheek wordt de Middernachtbibliotheek genoemd, want elk ander leven begint nu. En nu is middernacht. Ze beginnen nu. Al die toekomsten. Elke andere onmiddellijk aanwezige en voortgaande toekomst die je had kunnen hebben.'

'Er zijn hier dus geen verledens?'

'Nee. Alleen het vervolg erop. Die boeken zijn ook geschreven, hoor. En ik ken ze allemaal. Maar die mag je niet lezen.'

'En wanneer eindigt elk leven?'

'Na seconden. Of uren. Misschien dagen. Maanden. Langer. Als je een leven hebt gevonden dat je echt wilt leven, dan kun je dat leven totdat je van ouderdom doodgaat. Als je een leven echt wilt leven hoef je je geen zorgen te maken. Dan blijf je daar alsof je er altijd bent geweest. Want in dat ene universum bén je altijd geweest. Het boek wordt bij wijze van spreken niet meer ingeleverd. De lening wordt omgezet in een gift. Het moment waarop je beslist dat je dat leven wilt, echt wilt, zal alles wat er in je hoofd zit, inclusief deze Middernachtbibliotheek, uiteindelijk een vage, ongrijpbare herinnering worden.'

Een van de peertjes boven hun hoofd flikkerde.

'Alleen hier loop je gevaar,' voegde mevrouw Elm er onheilspellend aan toe. 'Tussen de levens in. Als je ermee wilt ophouden heeft dat invloed op je stamleven – je oorspronkelijke leven. En dat kan tot de vernietiging van deze plek leiden. Dan ben je voor altijd weg. Dood. En kun je hier dus niet meer naartoe.'

'Maar dat wil ik ook. Ik wil ook dood. Ik zou dood zijn omdat ik dat wil. Daarom heb ik een overdosis genomen. Ik wil doodgaan.'

'Misschien. Misschien niet. Tegen alle verwachtingen in ben je hier nog.'

Nora kon er geen chocola van maken. 'Maar hoe kom ik weer terug in de bibliotheek? Als ik in een leven beland dat nog erger is dan het leven dat ik net achter me heb gelaten?'

'Je hoeft het niet eens te merken, maar als dat leven je echt teleurstelt kom je hier terug. Soms bekruipt dat gevoel je geleidelijk en andere keren overkomt het je plotseling. Als er niets gebeurt blijf je waar je bent en zul je er vanzelfsprekend gelukkig zijn. Simpeler kan niet. Kortom, kies iets wat je anders had willen doen, dan kan ik het boek voor je opzoeken. Met andere woorden: het leven.'

Nora keek naar *Het Boek vol Spijt* dat op de geelbruine tegels lag.

Ze herinnerde zich dat ze het 's avonds laat met Dan over zijn droom van een ouderwetse, kleine pub op het platteland had gehad. Zijn enthousiasme was aanstekelijk en bijna was het ook haar droom geworden. 'Ik wou dat ik niet bij Dan was weggegaan. En dat ik nog een relatie met hem had. Ik heb er spijt van dat we niet bij elkaar zijn gebleven en die droom niet hebben waargemaakt. Is er een leven waarin we nog bij elkaar zijn?'

'Natuurlijk,' antwoordde mevrouw Elm.

De boeken in de bibliotheek begonnen weer te bewegen alsof de planken lopende banden waren. Niet zo traag als een bruiloftsmars, maar steeds sneller en sneller tot je de boeken niet meer afzonderlijk zag. Ze kwamen in één groene stroom langs gezoefd.

Net zo plotseling stopten ze weer.

Mevrouw Elm bukte en pakte een boek van de laagste plank aan haar linkerhand. Het was donkergroen. Ze gaf het aan Nora. Het was lang niet zo zwaar als *Het Boek vol Spijt*, hoewel het even dik was. Ook bij deze stond de titel niet op de rug, maar op de voorkant in kleine reliëfletters in precies dezelfde kleur als de rest van het boek.

Er stond: *Mijn Leven.*

'Maar dit is mijn leven niet...'

'Nora, dit zijn allemaal jouw levens.'

'Wat moet ik nu doen?'

'Je doet het boek open en gaat naar de eerste pagina.'

Dat deed Nora.

'O-ké,' zei mevrouw Elm, met grote nadruk. 'Lees nu de eerste zin maar.'

Nora keek in het boek en begon te lezen.

Ze liep de pub uit
de koele nacht in...

Ze had nog net genoeg tijd om bij zichzelf te denken: 'Pub?' Daarna gebeurde het. De tekst begon te wervelen, werd pijlsnel onleesbaar terwijl ze zich voelde verslappen. Ze liet het boek niet bewust los, maar er was een moment waarop ze het boek niet langer las en een volgend moment waarop er helemaal geen boek – en geen bibliotheek – meer was.

The Three Horseshoes

Nora stond buiten in de tintelfrisse, zuivere lucht. Maar anders dan in Bedford regende het hier niet.

'Waar ben ik?' fluisterde ze tegen zichzelf.

Aan de andere kant van de flauwe bocht stond een aaneengesloten rijtje ouderwetse, bakstenen huizen. Stille, oude huizen, zonder ook maar een enkel licht, aan de rand van een dorp dat in het rustige platteland overging. Een heldere hemel, een met sterren bezaaid uitspansel, de sikkel van een afnemende maan. De geur van weiland. Het over en weer gaande ge-oehoe van bosuilen. En dan is het opnieuw stil. Een duidelijke, krachtig aanwezige stilte.

Vreemd.

Ze was in Bedford geweest. Vervolgens in die rare bibliotheek. En nu stond ze hier, op een lieflijk dorpsweggetje. Zonder zelfs maar te bewegen.

Aan deze kant van de weg schemerde goudkleurig licht door een benedenraam. Ze keek omhoog en zag een elegant beschilderd bord hangen dat zachtjes in de wind knerste. In elkaar grijpende hoefijzers met daaronder in keurig schuinschrift: *The Three Horseshoes.*

Op de stoep stond een schoolbord. Ze herkende haar eigen handschrift, op haar allernetst geschreven.

THE THREE HORSESHOES

Dinsdagavond – Quizavond

20:30

'Ware kennis schuilt in de wetenschap dat je niets weet.'

– Socrates (na het verliezen van onze quiz!!!!)

Dit was een leven waarin ze vier uitroeptekens achter elkaar zette. Waarschijnlijk werd dat gedaan door mensen die gelukkiger, minder gespannen waren.

Een veelbelovend voorteken.

Ze keek naar wat ze aanhad. Een spijkerbloes met tot halverwege haar onderarmen opgerolde mouwen, een spijkerbroek en schoenen met een sleehak, kleren die ze in haar echte leven nooit zou dragen. Ze kreeg kippenvel van de kou, was er duidelijk niet op gekleed om lang buiten te zijn.

Aan haar linkerhand zaten twee ringen. Haar oude saffieren verlovingsring – de ring die ze meer dan een jaar geleden trillend en in tranen had afgedaan – en een eenvoudige zilveren trouwring.

Maf.

Ze droeg een horloge. Geen digitale in dit leven. Een elegante, smalle analoge, met Romeinse cijfers. Het was ongeveer een minuut na middernacht.

Hoe kan dit?

In dit leven had ze gladdere handen. Misschien gebruikte ze wel handcrème. Haar nagels glansden van de transparante lak. Het was een troost om het vertrouwde moedervlekje op haar linkerhand te zien.

Er klonken knerpende voetstappen op het grind. Er kwam iemand over de oprit op haar af. Een man, zichtbaar in het licht door de ramen van de pub en van de eenzame straatlantaarn. Een man met blozende wangen, grijze Dickens-bakkebaarden en een waxjas. Zo'n aardewerken kan in de vorm van een oude man, maar dan van vlees. Uit zijn overdreven behoedzame manier van lopen maakte ze op dat hij waarschijnlijk lichtelijk dronken was.

'Goedenavond, Nora. Je ziet me vrijdag weer. Bij de folkzanger. Volgens Dan is het een goeie.'

In dit leven wist ze waarschijnlijk hoe hij heette. 'Oké. Prima, natuurlijk. Vrijdag. Het wordt een prachtige avond.'

Haar stem klonk tenminste wel als die van haarzelf. Ze keek toe hoe de man, ondanks de overduidelijke afwezigheid van verkeer, een paar keer naar links en rechts keek, de weg overstak en in een steegje tussen de huizen verdween.

Het gebeurde echt. Dit was de werkelijkheid. Dit was het publeven. Dit was de droom die werkelijkheid was geworden.

'Dit is zó raar,' zei ze voor zich uit. 'Zo. Ontzettend. Raar.'

Er kwamen drie mensen de pub uit. Twee vrouwen en een man. In het voorbijlopen glimlachten ze naar Nora.

'De volgende keer winnen wíj,' zei een van de vrouwen.

'Vast, er is altijd een volgende keer,' antwoordde Nora.

Ze liep naar de pub en gluurde door het raam. Er leek niemand meer te zijn, maar de lichten waren nog aan. Dat moesten de laatste gasten zijn geweest.

De pub zag er heel uitnodigend uit. Gezellig en karakteristiek. Met tafeltjes, een balkenplafond en een wagenwiel aan de muur. Warmrode vloerbedekking en een houten bar met een indrukwekkend rijtje biertaps.

Ze deed een stap naar achteren en zag vlak achter de pub, waar de bestrating in gras overging, een bord staan.

Ze liep er vlug naartoe en las:

LITTLEWORTH
Verwelkomt Voorzichtige Chauffeurs

Bovenaan het bord stond een klein wapen met daaromheen de woorden: *Oxfordshire County Council.*

'Het is ons gelukt,' fluisterde ze in de buitenlucht. 'Het is ons echt gelukt.'

Dit was de droom waar Dan voor het eerst over was begonnen toen ze langs de Seine in Parijs liepen, snoepend van de macarons die ze aan de Boulevard Saint-Michel hadden gekocht.

Geen droom over Parijs, maar over het platteland van Engeland waar ze zouden gaan wonen.

Een pub op het platteland van Oxfordshire.

Toen haar moeders kanker terugkwam, en meteen op een agressieve manier met uitzaaiingen in haar lymfeklieren die haar lichaam koloniseerden, werd die droom in de wacht gezet en waren Dan en zij van Londen naar Bedford verhuisd. Haar moeder wist dat ze zich hadden verloofd en was vast van plan lang genoeg te blijven leven om de bruiloft mee te maken. Ze was vier maanden te vroeg overleden.

Misschien was dit het wel. Misschien was dit wel het leven. Misschien was dit wel beginnersgeluk of tweedekansgeluk.

Ze stond zichzelf een bangig glimlachje toe.

Ze liep langs het pad terug en knerste over het grind naar de zijdeur waar de dronken man met zijn bakkebaarden in zijn waxjas uit was gekomen. Ze haalde diep adem en ging naar binnen.

Het was er warm.

En stil.

Ze bevond zich in een soort hal of gang. Terracotta vloertegels. Een lage houten lambrisering met daarboven behang met een patroon van plataanbladeren. Ze liep door het gangetje en kwam in het deel van de pub dat ze door het raam had gezien. Een kat die uit het niets kwam deed haar opschrikken.

Een elegante, knokige chocoladebruine burmees. Ze boog

voorover, aaide hem en keek naar de gegraveerde naam op het plaatje aan zijn halsband. *Voltaire.*

Andere kat, zelfde naam. Ze betwijfelde of deze net als haar geliefde rode cyperse kat uit het asiel kwam. De kat begon te spinnen. 'Hallo, Volts Nummer Twee. Je lijkt het hier naar je zin te hebben. Hebben we het allemaal zo naar ons zin?'

De kat spinde mogelijk bevestigend en gaf Nora een kopje tegen haar been. Ze pakte hem op en ging naar de bar. Er stond een rijtje ambachtelijke bieren, stouts, ciders, pale ales en IPA's. *Vicar's Favourite. Lost and Found. Miss Marple. Sleeping Lemons. Broken Dream.*

Er stond ook een collectebusje voor de Vlinderstichting.

Ze hoorde het gerinkel van glazen. Alsof er een vaatwasser werd ingeruimd. Nora kreeg het benauwd. Een vertrouwd gevoel. Vanachter de bar dook plots een spichtige twintiger in een flodderig rugbyshirt op. Zonder veel aandacht aan Nora te besteden verzamelde hij de laatste vuile glazen en vulde de vaatwasser. Hij zette hem aan, pakte zijn jas van een haak, trok hem aan en haalde autosleutels tevoorschijn.

'Tot ziens, Nora. Ik heb de stoelen gedaan en alle tafels schoongemaakt. De vaatwasser staat aan.'

'O, fijn.'

'Tot donderdag.'

'Prima,' zei Nora, die zich een bijna ontmaskerde spion voelde. 'Tot dan.'

Nadat de man was vertrokken hoorde ze voetstappen van ergens beneden naar boven komen, over de tegels waar zij net had gelopen, vanaf de achterkant van de pub. En daar was hij dan.

Hij zag er anders uit.

Zijn baard was verdwenen en hij had meer rimpeltjes om zijn ogen, donkere kringen. Hij had een bijna leeg glas donker bier in zijn hand. Hij had nog steeds iets weg van een tv-dierenarts, maar dan een paar seizoenen later.

'Dan,' begon ze, alsof hij iets was dat moest worden geïdentificeerd. Als een konijn langs de weg. 'Ik wil alleen maar zeggen dat ik zo trots op je ben. Zo trots op ons.'

Hij keek haar uitdrukkingsloos aan. 'Heb net de koelinstallatie uitgezet. De leidingen moeten morgen worden doorgespoeld. Het is alweer twee weken geleden.'

Nora had geen idee waar hij het over had. Ze aaide de kat. 'Ja, natuurlijk. De leidingen.'

Haar man – want in dit leven was hij dat – keek naar de tafels met de omgekeerde stoelen erop. Hij had een verbleekt *Jaws*-T-shirt aan. 'Zijn Blake en Sophie al naar huis?'

Nora aarzelde. Ze begreep dat hij het over mensen had die voor hem werkten. De jonge man in het flodderige rugbyshirt was waarschijnlijk Blake. Verder leek er niemand meer te zijn.

'Ja,' zei ze en ze probeerde zo nonchalant mogelijk te klinken, ondanks de in beginsel bizarre situatie. 'Volgens mij wel. Ze hadden het allemaal onder controle.'

'Mooi.'

Ze herinnerde zich dat ze het *Jaws*-T-shirt voor zijn zesentwintigste verjaardag had gekocht. Tien jaar geleden.

'De antwoorden waren vanavond nogal bijzonder. Een van de teams – dat van Pete en Jolie – dacht dat het plafond van de Sixtijnse kapel door Maradona was geschilderd.'

Nora knikte en aaide Volts Nummer Twee. Alsof ze wist wie Pete en Jolie in hemelsnaam waren.

'Eerlijk gezegd waren het vanavond wel lastige vragen. De volgende keer moet ik ze misschien van een andere website halen. Wie weet er nou de naam van de hoogste piek van het Kara-nog iets gebergte?'

'Karakoram?' vroeg Nora. 'Dat moet de K2 zijn.'

'Natuurlijk weet jij het,' zei hij iets te kortaf. Iets te aangeschoten. 'Net iets voor jou. Toen de meeste mensen bij rock aan muziek dachten, dacht jij aan de Rocky Mountains.'

'Hé, ik heb mooi wel in een band gezeten, hè.'

Dan vond het verschrikkelijk dat ze in die band zat, herinnerde ze zich.

Hij lachte. Ze herkende de lach, maar was er niet dol op. Ze was vergeten dat zijn humeur tijdens hun relatie vaak afhing van andere mensen, met name van Nora. Toen ze samen waren had ze haar best gedaan niet te blijven doordrammen over die kant van zijn karakter. Hij had zoveel andere karaktertrekken – hij was zo aardig voor haar moeder geweest toen ze ziek was, hij kon op zijn gemak overal over meepraten, hij had een schat aan dromen over de toekomst, hij was aantrekkelijk en ze kon hem goed om zich heen hebben, hij was dol op kunst en stopte altijd om met daklozen te kletsen. Hij gaf om de wereld. Een mens was net een stad. Je moest je niet door een paar mindere buurten laten afschrikken. Er kunnen dingen zijn die je minder leuk vindt, een paar ongure zijstraten en buitenwijken, maar de fijne kanten maken de stad toch de moeite waard.

Hij wilde dat Nora allerlei stomvervelende podcasts beluisterde, lachte op een manier die haar op de zenuwen werkte en gorgelde luidruchtig met mondwater. En ja, hij trok het dekbed altijd naar zich toe en kon af en toe nogal arrogant zijn mening over kunst, films en muziek geven, maar er was niet écht iets mis met hem. Nou ja, nu ze erover nadacht, hij had haar nooit gesteund in haar muzikale carrière, vond in The Labyrinths spelen en een platencontract tekenen slecht voor haar geestelijke gezondheid, en noemde haar broer een beetje egoïstisch. Maar toentertijd zag ze dat niet als een rood maar als een groen sein. Hij gaf om haar en het was fijn dat iemand om haar gaf die zich niet druk maakte om roem of oppervlakkigheden en haar hielp door het leven te laveren. Dus toen hij haar in de cocktailbar op de bovenste verdieping van de OXO Tower ten huwelijk had gevraagd, zei ze ja, misschien wel terecht.

Hij deed een stap naar voren, zette zijn glas even neer en ging op zijn telefoon naar betere quizvragen zoeken.

Ze vroeg zich af hoeveel hij vanavond had gedronken. Ze vroeg zich af of zijn droom om een pub te hebben eigenlijk geen droom was geweest om eindeloze hoeveelheden alcohol te kunnen nuttigen.

'Hoe noem je een twintigzijdige veelhoek?'

'Weet ik niet,' loog Nora, om eenzelfde reactie als zojuist te voorkomen.

Hij stopte de telefoon in zijn zak.

'Maar we hebben het prima gedaan. Er is een hoop gedronken. Niet slecht voor een dinsdag. Het ziet er goed uit. We hebben iets voor de bank morgen. Misschien krijgen we wel uitstel van betaling...'

Hij staarde naar het bier in zijn glas, liet het even rondwalsen en dronk het op.

'Maar ik ga A.J. morgen wel zeggen dat hij het lunchmenu moet veranderen. Niemand in Littleworth vraagt om gekonfijte bietjes, tuinbonensalade of maiskoeken. Dit is verdomme Londen niet. En ik weet dat ze lekker wegdrinken, maar die wijnen die je hebt uitgekozen zijn het niet waard. Vooral die Californische niet.'

'Oké.'

Hij draaide zich om en keek achter zich. 'Waar is het bord?'

'Wat?'

'Het schoolbord. Dacht dat jij dat had binnengehaald?'

Dus dáárom was ze buiten geweest.

'Nee, nee. Dat ga ik nu doen.'

'Dacht dat ik je naar buiten zag gaan.'

Nora lachte haar zenuwen weg. 'Klopt, deed ik ook. Maar ik moest... ik maakte me zorgen om de kat, Volts. Voltaire. Ik zag hem nergens, ben hem buiten gaan zoeken en daar was hij.'

Dan stond weer achter de bar en schonk een glas whisky in.

Hij leek te voelen dat ze dat afkeurde. 'Dit is pas mijn derde, hoor. Vierde misschien. Het is quizavond. Je weet dat ik dat spannend vind. En het helpt, ik word er grappiger van. Ik was toch grappig?'

'Je was heel grappig. Woest grappig.'

Hij trok een serieus gezicht. 'Ik zag je met Erin. Wat zei ze?'

Nora wist niet hoe ze het best kon antwoorden. 'O, niets bijzonders. Gewone dingen. Je kent Erin.'

'Gewone dingen? Volgens mij heb je nooit eerder een woord met haar gewisseld.'

'Ik bedoel wat mensen gewoonlijk tegen elkaar zeggen. Niet wat Erin zei. Gewone dingen...'

'Hoe is het met Will?'

'Goed wel,' giste Nora. 'Je moet de groeten hebben.'

Dan zette grote ogen op. 'Echt?'

Nora had geen idee wat ze moest zeggen. Misschien was Will wel een baby. Misschien lag hij wel in coma. 'Sorry, nee, hij heeft je de groeten niet gedaan. Ik ben er niet bij met m'n hoofd, sorry. In elk geval zal ik... ga ik nu het bord binnenhalen.'

Ze zette de kat op de grond en ging naar buiten. Dit keer viel haar iets op wat ze bij het binnenkomen niet had gezien.

Een ingelijst krantenartikel uit de *Oxford Times* met een foto van Nora en Dan voor The Three Horseshoes. Dan met zijn arm om haar heen. Hij in een pak dat ze nog nooit had gezien en zij in een chique jurk die ze in haar oorspronkelijke leven nooit zou hebben aangetrokken (ze droeg zelden een jurk).

PUBEIGENAREN MAKEN HUN DROOM WAAR

Volgens het artikel hadden ze de verwaarloosde pub voor weinig geld gekocht en hem vervolgens opgeknapt met een combinatie van een kleine erfenis (van Dan), spaargeld en een lening. Het was een succesverhaal, maar wel al van twee jaar geleden.

Ze ging naar buiten en vroeg zich af of een leven echt beoordeeld kon worden op grond van een paar minuten op een dinsdag na middernacht. Misschien had je niet meer nodig.

De wind wakkerde aan. In die rustige dorpsstraat werd het bord door een windvlaag een stukje verder het pad op gewaaid, viel bijna om. Voordat ze het vastpakte voelde ze haar telefoon trillen. Ze wist niet dat ze die in haar zak had. Ze haalde hem eruit. Een berichtje van Izzy.

Op de achtergrond stond een foto van Dan en haar, ergens in een warm land.

Ze ontgrendelde haar telefoon met gezichtsherkenning en opende het bericht: een foto van een walvis die hoog boven de oceaan uitrees te midden van wit stuivend water als een champagne-explosie. Het was een prachtige foto en ze moest glimlachen.

Izzy was aan het typen.

Er verscheen een nieuw bericht:

Dit is een van de foto's die ik gisteren vanaf de boot heb gemaakt.

En nog een:

Bultrug moeder

Met een andere foto: dit keer twee walvissen die boven water komen.

Met kalf

Bij het laatste bericht stonden ook emoji's van walvissen en golven.

Nora kreeg een warm gevoel. Niet alleen van de foto's, die onmiskenbaar schitterend waren, maar ook van het contact met Izzy.

Nadat Nora haar huwelijk met Dan had afgeblazen had Izzy erop aangedrongen dat ze met haar meeging naar Australië.

Ze hadden hun plan helemaal uitgestippeld, wilden in de buurt van Byron Bay gaan wonen en een baantje zien te krijgen op een van de cruiseschepen waarop je walvissen kunt spotten.

In afwachting van het nieuwe avontuur hadden ze elkaar de nodige filmpjes van bultruggen gestuurd. Maar toen was Nora gaan weifelen en was ze afgehaakt. Net zoals ze was afgehaakt toen het ging om een zwemcarrière, de band en een huwelijk. Maar vergeleken met die dingen had ze niet eens een echte reden gehad. Ja, ze was bij String Theory begonnen en ja, ze vond dat ze het graf van haar ouders moest onderhouden, maar ze wist dat in Bedford blijven de slechtste optie was. En toch was dat waar ze voor koos. Omdat een vreemde, voorspellende heimwee en een depressie haar hadden doen beseffen dat ze het helemaal niet verdíénde om gelukkig te zijn. Dat ze Dan verdriet had gedaan en dat een miezerig, depressief leven in de plaats waar ze was opgegroeid haar verdiende loon was, en het ontbrak haar aan wilskracht, helderheid of, jezus, de púf om ook maar iets te doen.

Eigenlijk had ze dus haar beste vriendin voor een kat ingeruild.

In haar echte leven had ze nooit ruzie met Izzy gehad. Niets dramatisch. Maar nadat Izzy naar Australië was vertrokken hadden ze steeds minder contact totdat hun vriendschap alleen nog maar uit een condensspoor van sporadische Facebook- en Instagramlikes en met emoji's bezaaide verjaardagsfelicitaties bestond.

Ze scrolde door haar berichten met Izzy en begreep dat ze, ondanks de vijftienduizend kilometers die hen nog steeds scheidden, in deze versie van het leven een veel hechtere vriendschap hadden.

Toen ze terugkwam in de pub, dit keer met bord, was Dan nergens te bekennen. Ze sloot de achterdeur af en bleef een tijdje in de gang hangen om uit te vissen waar de trap zat, en ze wist ook niet of ze nou zo'n zin had om haar aangeschoten, min-of-meer-echtgenoot naar boven te volgen.

Ze vond de trap aan de achterkant van het gebouw, achter een deur waarop *Privé* stond. Toen ze over de naturel sisalmat naar de trap liep, voorbij een ingelijste poster van *Things You Learn in the Dark* – een van hun favoriete Ryan Bailey-films die ze samen in het Odeon in Bedford hadden gezien – viel haar oog op een kleinere foto op een snoezig vensterbankje.

Hun trouwfoto. In zwart-wit, reportagestijl. Ze kwamen uit een kerk in een wolk van confetti. Hun gezichten kon ze niet goed onderscheiden, maar ze lachten allebei en het was een gedeelde lach en ze leken – voor zover een foto iets zegt – verliefd. Ze herinnerde zich wat haar moeder over Dan had gezegd. ('Dat is een goeie. Je bent zo gelukkig. Laat hem niet lopen.')

Ze zag ook haar broer Joe, gladgeschoren en echt vrolijk met een champagneglas in zijn hand en naast zich zijn kortstondige geliefde Lewis, een waardeloze beleggingsbankier. Izzy was er en Ravi, die er eerder uitzag als een boekhouder dan als een drummer, naast een vrouw met een bril die ze nog nooit had gezien.

Terwijl Dan in de badkamer bezig was vond Nora de slaapkamer. Hoewel ze duidelijk financiële problemen hadden – de spannende afspraak met de bank was er het bewijs van – was de kamer royaal ingericht. Mooie jaloezieën. Een breed bed dat er comfortabel uitzag. Een kraakhelder, wit donzen dekbed.

Aan weerszijden van het bed zag ze boeken. In haar echte leven had ze al minstens een halfjaar geen boek naast haar bed liggen. Had ze al een halfjaar helemaal níéts gelezen. Misschien lukte het haar in dit leven meer concentratie op te brengen.

Ze pakte een van de boeken, *Meditatie voor beginners*. Daaronder lag een exemplaar van de biografie over haar favoriete filosoof, Henry David Thoreau. Op Dans nachtkastje lagen ook boeken. Het laatste boek dat ze zich herinnerde dat hij had gelezen was een biografie over Toulouse-Lautrec – *Kleine Reus* – maar in dit leven las hij een managementboek met de titel: *Van flop naar top: succes in het werk, het spel en het leven* en de laatste editie van *De betere pubgids*.

Haar lichaam voelde anders aan. Wat gezonder, sterker, maar gespannen. Ze klopte op haar buik en concludeerde dat ze in dit leven vaker sportte. Haar haar zat ook anders. Ze had echt een pony en toen ze voelde bleek haar haar aan de achterkant langer. Ze was een beetje licht in het hoofd, ze moest minstens een paar glazen wijn hebben gedronken.

Even later hoorde ze dat de wc werd doorgetrokken. Vervolgens gegorgel. Luidruchtiger dan nodig leek het.

'Voel je je wel goed?' vroeg Dan toen hij de slaapkamer binnenkwam. Zijn stem klonk anders dan ze zich herinnerde. Hol. Een beetje kouder. Misschien van vermoeidheid. Misschien van de stress. Misschien van het bier. Misschien van het getrouwd zijn.

Misschien van iets anders.

Ze wist niet meer precies hoe hij vroeger klonk. Hoe hij precies was geweest. Maar dat was de aard van het geheugen. Toen ze studeerde had ze een essay geschreven met de droge titel: 'De principes van hobbesiaans geheugen en verbeelding'. Thomas Hobbes beschouwde het geheugen en de verbeelding als ongeveer hetzelfde, en sindsdien vertrouwde ze haar geheugen niet meer helemaal.

Achter het raam verlichtte de gele gloed van de straatlantaarn de verlaten dorpsweg.

'Nora? Je doet raar. Waarom sta je daar midden in de kamer? Kom je in bed of doe je een soort sta-meditatie?'

Hij lachte, vond zichzelf grappig.

Hij liep naar het raam en deed de gordijnen dicht. Toen trok hij zijn spijkerbroek uit en hing die over de rugleuning van een stoel. Ze deed haar best hem net zo aantrekkelijk als vroeger te vinden. Dat vereiste een herculische krachtsinspanning. Dat had ze niet verwacht.

Ieders leven had op een oneindig aantal manieren kunnen verlopen.

Hij plofte op het bed als een walvis in de oceaan. Pakte *Van flop naar top*. Probeerde zich te concentreren. Legde het weg. Pakte een laptop naast het bed, deed oortjes in. Misschien wilde hij naar een podcast luisteren.

'Ik sta gewoon te denken.'

Ze kreeg een wegtrekker. Alsof ze er maar half was. Ze herinnerde zich dat mevrouw Elm had gezegd dat ze weer naar de bibliotheek kwam als ze een leven teleurstellend vond. Het voelde zo vreemd om bij een man in bed te kruipen die ze al twee jaar niet had gezien.

Op de digitale wekker zag ze hoe laat het was. 00:23.

Met zijn oortjes nog in keek hij haar opnieuw aan. 'Als je vanavond geen zin hebt om een baby te maken kun je dat gewoon zeggen, hè.'

'Hoezo?'

'Dan moeten we weer een maand wachten tot je weer vruchtbaar bent...'

'Proberen we zwanger te worden? Wil ik een kind?'

'Wat is er met je, Nora? Waarom doe je zo raar vanavond?'

Ze trok haar schoenen uit. 'Ik doe helemaal niet raar.'

Er kwam een herinnering boven die iets met het *Jaws*-T-shirt te maken had.

Een melodietje eigenlijk. 'Beautiful Sky'.

De dag dat ze voor Dan het *Jaws*-T-shirt had gekocht was ook de dag dat ze het nummer voor hem had gespeeld dat ze voor The Labyrinths had geschreven, 'Beautiful Sky'. Ze was ervan overtuigd dat het haar beste nummer ooit was. Bovendien was het een vrolijk nummer dat het optimisme weerspiegelde dat ze op dat moment in haar leven voelde. Het was geïnspireerd op haar nieuwe leven met Dan. En hij had ernaar geluisterd met een schouderophalende onverschilligheid, die haar indertijd had gekwetst en waar ze iets van gezegd zou hebben als hij niet jarig was geweest.

'Ja,' had hij gezegd. 'Prima.'

Ze vroeg zich af waarom ze die herinnering had verdrongen die als de grote witte haai op zijn verbleekte T-shirt opdook.

Er kwamen nu ook andere herinneringen boven. Zijn overdreven reactie toen ze hem een keer had verteld over een klant – Ash, de chirurg en amateurgitarist die af en toe bij String Theory langskwam voor een songbook – die haar terloops had uitgenodigd om een keertje koffie te drinken.

(*'Natuurlijk heb ik nee gezegd. Hou op met schreeuwen.'*)

Maar het werd nog erger toen een talentscout van een belangrijk label (nou ja, een bijzonder voormalig indielabel met Universal achter zich) The Labyrinths had willen contracteren. Dan had gezegd dat hun relatie dat waarschijnlijk niet zou overleven. Hij had ook een horrorverhaal gehoord van een studievriend met een band die door een label was gecontracteerd en was belazerd, waardoor ze allemaal als werkloze alcoholisten in de goot waren beland of zoiets.

'Je zou met me mee kunnen gaan,' zei ze. 'Dat kan ik in het contract laten opnemen. Dan zouden we overal samen naartoe kunnen.'

'Sorry, Nora. Dat is jóúw droom, niet de mijne.'

En dat deed achteraf gezien nog meer pijn, nu ze wist hoe hard ze – voor de bruiloft – haar best had gedaan om van zijn droom over een pub op het platteland van Oxfordshire ook haar droom te maken.

Dan had altijd gezegd dat het uit bezorgdheid was: ze had paniekaanvallen toen ze in de band zat, vooral als ze in de buurt van het podium kwam. Maar nu ze er nog eens over nadacht was zijn bezorgdheid op zijn minst een beetje manipulatief geweest.

'Ik dacht dat je me weer vertrouwde.'

'Je vertrouwen? Waarom zou ik je niet vertrouwen?'

'Dat weet je best.'

'Natuurlijk weet ik dat,' loog ze. 'Ik wil het alleen uit jouw mond horen.'

'Om dat gedoe met Erin.'

Ze staarde hem aan alsof hij een inktvlek uit de Rorschachtest was waarin ze niets zag opdoemen.

'Erin? Die ik vanavond heb gesproken?'

'Blijf ik eeuwig op mijn lazer krijgen voor één stom, dronken moment?'

Buiten op straat wakkerde de wind aan, gierde door de bomen alsof hij een taal probeerde te spreken.

Dit was het leven waarom ze had gerouwd. Dit was het leven waarvoor ze zich om de oren had geslagen omdat ze het niet had geleefd. Dit was de tijdlijn die niet bestond, de tijdlijn waarvan ze spijt dacht te hebben.

'Eén stomme fout?' herhaalde ze.

'Oké, twee dan.'

Het vermenigvuldigde zich.

'Twee?'

'Ik had last van alle stress. Van de pub. En ik was stomdronken.'

'Je hebt seks met iemand anders gehad, maar je lijkt niet uit op... verzoening.'

'Jezus, waarom rakel je het nu weer op? Dat hebben we toch allemaal al besproken. Denk even aan wat de relatietherapeut heeft gezegd. Over bezig zijn met waar we naartoe willen in plaats van waar we vandaan komen.'

'Denk je weleens dat we misschien gewoon niet de ware zijn voor elkaar?'

‘Hè?’

‘Ik hou van je, Dan. Je kunt heel lief zijn. En met mijn moeder was je geweldig. En vroeger konden we – en nog steeds – geweldig met elkaar praten. Maar heb je ooit het gevoel dat we verder zijn gekomen? Dat we veranderd zijn?’

Ze ging op de rand van het bed zitten. Zo ver mogelijk van hem vandaan.

‘Ben je gelukkig met me? Weet je dat ik twee dagen voor de bruiloft bijna de benen had genomen? Dat je compleet in de vernieling had gelegen als ik niet op de bruiloft zou zijn verschenen?’

‘Wauw, echt? Je hebt nogal een hoge dunk van jezelf, Nora.’

‘Nou en? Zou iedereen dat niet moeten hebben? Wat is er mis met eigendunk? En het is waar trouwens. Er bestaat een universum waarin je me whatsappjes stuurt dat je zonder mij compleet in de vernieling ligt. Dat je je heil in de drank zoekt. Hoewel, het lijkt erop dat je dat ook doet als ik er wel ben. Je stuurt me sms’jes dat je mijn stem mist.’

Hij maakte een smalend geluid, ergens tussen een lach en een grom in. ‘Nou, op dit moment mis ik je stem zeker niet.’

Verder dan haar schoenen kwam ze niet. Ze vond het moeilijk – misschien wel onmogelijk – om in zijn bijzijn nog iets uit te trekken.

‘En hou op met je gezeur over mijn drankgebruik.’

‘Als drank je excuus is om iemand te neuken, mag ik erover blijven zeuren.’

‘Ik heb een pub op het platteland. Dat doen mensen met een pub op het platteland. Vrolijk zijn, gezellig doen en willen meegenieten van alle soorten en maten drank die de gasten voor het kiezen hebben. Jezus.’

Sinds wanneer kraamde hij dit soort teksten uit? Deed hij dat altijd?

‘Bekijk het maar, Dan.’

Hij leek niet onder de indruk. Leek op geen enkele manier dankbaar voor het universum waarin hij zich bevond. Het universum dat Nora niet had laten gebeuren en waarover ze zich zo schuldig had gevoeld. Hij pakte zijn telefoon, zijn laptop nog steeds op het dekbed. Ze bekeek hem terwijl hij verder scrolde.

'Is dit wat je altijd wilde? Komt je droom uit?'

'Laten we ophouden met dit gezeik, Nora. Kom verdomme gewoon in bed.'

'Ben je gelukkig, Dan?'

'Niemand is gelukkig, Nora.'

'Sommige mensen wel. Jij vroeger ook. Je ging stralen als je het erover had. Over de pub. Voordat je hem had. Dit is het leven waar je van droomde. Je wilde míj en dít en toch ben je me niet trouw gebleven, drink je als een tempelier en volgens mij waardeer je me alleen als je me niet hebt, wat niet echt een leuk trekje is. Wat denk je van míjn dromen?'

Hij luisterde maar half. Of deed alsof hij maar half luisterde.

'Enorme branden in Californië,' zei hij, bijna tegen zichzelf.

'Nou, daar zitten we tenminste niet.'

Hij legde zijn telefoon neer, klapte zijn laptop dicht. 'Kom je nog in bed?'

Ze had zich klein voor hem gemaakt, maar hij had nog steeds niet voldoende ruimte. Basta.

'Icosagoon,' zei ze.

'Hè?'

'De quiz. Daarstraks. De twintigzijdige veelhoek. Een twintigzijdige veelhoek wordt een icosagoon genoemd. Ik wist het maar heb het niet gezegd omdat ik niet wilde dat je me belachelijk zou maken. Maar nu maakt het me niet meer uit, omdat ik vind dat het jou niet zou moeten ergeren als ik iets weet wat jij niet weet. En nu ga ik naar de wc.'

Ze liet Dan achter met zijn mond wijd open en liep zachtjes over de brede vloerplanken de kamer uit.

In de badkamer deed ze het licht aan. Haar armen, benen en romp tintelden. Zoals de atmosferische ruis als je een radiozender zoekt. Ze was aan het verdwijnen, zeker weten. Lang zou het niet meer duren. De teleurstelling was compleet.

Het was een indrukwekkende badkamer. Met een spiegel. Ze snakte naar adem toen ze haar spiegelbeeld zag. Gezonder, maar ook ouder. Door haar haar zag ze eruit als een vreemde.

Dit was niet het leven dat ze zich had voorgesteld.

Nora wenste het wezen in de spiegel 'Veel geluk'.

Even later was ze terug, ergens in de Middernachtbibliotheek, en mevrouw Elm stond op een afstandje naar haar te kijken, een nieuwsgierige glimlach om haar mond.

'En, hoe was het?'

Nora's één-na-laatste post voordat ze tussen leven en dood terechtkwam

Denk je weleens 'hoe ben ik hier in hemelsnaam terechtgekomen?' Alsof je in een doolhof compleet bent verdwaald en het allemaal je eigen schuld is omdat je je eigen pad hebt gekozen? En je wel weet dat er veel betere paden zijn, want je hoort alle mensen buiten het doolhof die er wel zijn uitgekomen, en ze zijn vrolijk, lachen. Soms vang je door de heg een glimp van ze op. Een vluchtige verschijning tussen de bladeren door. Ze lijken zo verdomd gelukkig dat ze het hebben gered en dat neem je ze niet kwalijk, maar neem je het jezelf kwalijk dat het jou niet is gelukt om al je problemen op te lossen? Is dat zo? Of is het hier alleen voor mij een doolhof?

PS Mijn kat is dood.

Het schaakbord

De planken van de Middernachtbibliotheek stonden weer doodstil, alsof ze helemaal niet konden bewegen.

Nora voelde dat ze in een ander deel van de bibliotheek waren – geen andere ruimte dus, want het leek één oneindig grote ruimte. Het was moeilijk te bepalen of ze echt in een ander gedeelte van de bibliotheek was, de boeken waren nog steeds groen, maar ze leek nu dichter bij een gang te zijn dan eerder. En vanaf hier ving ze tussen de boekenrekken door een glimp op van iets nieuws – een bureau met een computer, als een geïmproviseerd kantoortje tussen de looppaden.

Mevrouw Elm zat niet achter het bureau. Ze zat aan een laag houten tafeltje tegenover Nora en was aan het schaken.

'Het was anders dan ik me had voorgesteld,' zei Nora.

Mevrouw Elm leek halverwege het spel te zijn.

'Het is moeilijk te voorspellen waar we gelukkig van worden, hè,' zei ze, en met een effen gezicht nam ze met een zwarte loper een witte pion aan de overkant van het bord.

Mevrouw Elm draaide het schaakbord honderdtachtig graden. Ze speelde tegen zichzelf.

'Klopt,' zei Nora. 'Maar wat gebeurt er met haar? Met míj? Hoe loopt het met haar af?'

'Hoe moet ik dat weten? Ik weet het alleen van vandaag. Ik weet een heleboel van vandaag. Maar wat er morgen gebeurt weet ik niet.'

'Maar ze is in de badkamer en weet niet hoe ze daar terecht is gekomen.'

'Ben jij dan nooit een kamer ingelopen en dat je niet meer wist wat je daar ging doen? Ben jij dan nooit vergeten wat je net hebt gedaan? Heb jij dan nooit verkeerd onthouden wat je net aan het doen was?'

'Jawel, maar ik was niet langer dan een halfuur in dat leven.'

'Die andere Nora weet dat niet. Ze zal zich herinneren wat jij net hebt gezegd en gedaan. Maar alsof zij dat heeft gezegd en gedaan.'

Nora zuchtte diep. 'Zo was Dan niet.'

'Mensen veranderen,' zei mevrouw Elm met haar blik op het schaakbord. Haar hand zweefde boven een loper.

Nora dacht er nog eens over na. 'Misschien was hij wel zo, maar zag ik dat gewoon niet.'

'En hoe voel jij je?' vroeg mevrouw Elm terwijl ze naar Nora keek.

'Ik wil nog steeds dood. Ik wil al een tijdje dood. Ik heb nauwkeurig berekend dat de pijn van leven voor een mislukkeling als ik, groter is dan de pijn van anderen als ik doodga. Ik weet zeker dat het een opluchting zou zijn. Niemand heeft iets aan me. Ik was slecht in mijn werk. Ik heb iedereen teleurgesteld. Als ik eerlijk ben, mijn ecologische voetafdruk is een verspilling. Ik heb mensen gekwetst. Ik heb niemand meer. Zelfs niet die lieve, oude Volts, die is gestorven omdat ik niet goed voor hem heb gezorgd. Ik wil dood. Mijn leven is een totale mislukking. Ik wil dat er een eind aan komt. Ik ben niet geschikt voor het leven. En dit heeft allemaal ook geen zin. Want het is duidelijk de bedoeling dat ik in andere levens ook ongelukkig ben. Zo ben ik nou eenmaal. Ik voeg niets toe. Ik zwelg in zelfmedelijden. Ik wil dood.'

Mevrouw Elm bestudeerde Nora's gezicht alsof ze in een boek een passage las die ze al eerder had gelezen, maar waarin ze net een nieuwe betekenis had ontdekt. 'Willen is een interessant woord,' zei ze afgemeten. 'Het betekent dat er een tekort is. Als we dat tekort met iets anders aanvullen kan de oorspronkelijke wens soms helemaal verdwijnen. Misschien heb je eerder een probleem met een tekort dan met je wil. Misschien is er een leven dat je echt wilt leiden.'

'Ik dacht dat deze het was. Die met Dan. Niet dus.'

'Nee, maar dat is slechts een van je mogelijke levens. En één op de oneindigheid is echt heel weinig.'

'Ik zit in elk mogelijk leven dat ik kan leven. Dus het is niet echt elk mogelijk leven.'

Mevrouw Elm luisterde niet. 'Vertel, waar wil je nu naartoe?'

'Nergens naartoe, alstublieft.'

'Wil je *Het Boek vol Spijt* nog eens inkijken?'

Nora trok haar neus op en schudde heel even haar hoofd. Ze herinnerde zich nog het verstikkende gevoel van zoveel spijt. 'Nee.'

'En je kat? Hoe heette die ook alweer?'

'Voltaire. Een beetje gewichtig en het was niet echt een gewichtige kat, dus ik noemde hem kortweg Volts. Voltsy als ik in een vrolijke bui was. Maar dat gebeurde natuurlijk niet zo vaak. Het lukte me niet eens een definitieve naam voor een kat te kiezen.'

'Je was slecht in het hebben van een kat, zei je. Wat zou je anders gedaan willen hebben?'

Nora dacht na. Ze had het idee dat mevrouw Elm een soort spelletje met haar speelde, maar ze wilde ook wel graag haar kat weer zien, en niet alleen een kat met dezelfde naam. Eigenlijk wilde ze dat het allerliefst.

'Oké. Ik wil het leven zien waarin ik Voltaire binnenhoud. Míjn Voltaire. Ik wil het leven waarin ik niet probeer mezelf van kant te maken en waarin ik hem gisteravond als goed baasje niet op straat laat. Dat leven zou ik wel een tijdje willen leven. Dat leven bestaat toch?'

Leven is de enige manier om iets te leren

Nora keek om zich heen en zag dat ze in haar eigen bed lag.

Ze keek hoe laat het was. Eén minuut na middernacht. Ze deed het licht aan. Dit was preciés het leven dat ze had, maar het zou beter worden, want Voltaire zou blijven leven. Haar enige echte Voltaire.

Maar waar was hij?

'Volts?'

Ze ging haar bed uit.

'Volts?'

Ze zocht het hele huis af, maar kon hem nergens vinden. De regen sloeg tegen de ramen – dat was in elk geval niet veranderd. Haar nieuwe doosje antidepressiva stond op het aanrecht. De elektrische piano stond stilletjes tegen de muur.

'Voltsy?'

Daar stonden haar yucca en drie cactusjes, daar hingen haar boekenplanken met precies dezelfde mix van filosofieboeken, romans, nooit ingekeken yogahandleidingen, biografieën van rocksterren en populairwetenschappelijke boeken. Een oude *National Geographic* met een haai op de voorkant en een vijf maanden oud exemplaar van de ELLE, die ze vooral had gekocht om het interview met Ryan Bailey. Al een hele tijd geen nieuwe aanwinsten.

Er stond nog een vol bakje met kattenbrokjes.

Ze keek overal, steeds maar zijn naam roepend. Pas toen ze terugging naar haar slaapkamer en onder het bed keek zag ze hem.

'Volts!'

De kat bewoog niet.

Omdat haar armen niet lang genoeg waren verplaatste ze het bed.

'Voltsy. Kom maar, Voltsy,' fluisterde ze.

Maar toen ze zijn koude lichaam aanraakte wist ze genoeg en werd ze overspoeld door verdriet en verwarring. Meteen was ze terug in de Middernachtbibliotheek, tegenover mevrouw Elm, die dit keer met een van de boeken in een lekkere stoel zat weggedoken.

'Ik snap het niet,' zei Nora.

Mevrouw Elm hield haar blik op de bladzijde gericht. 'Er is zoveel dat je niet zult snappen.'

'Ik had gevraagd om een leven waarin Voltaire nog leefde.'

'Nou, nee.'

'Hoezo niet?'

Ze legde haar boek neer. 'Je hebt gevraagd om het leven waarin je hem binnenhield. Dat is heel iets anders.'

'Is dat zo?'

'Ja, dat is zo. Als je had gevraagd om het leven waarin hij nog leefde, had ik nee moeten zeggen.'

'Waarom dan?'

'Omdat het niet bestaat.'

'Ik dacht dat elk leven bestond.'

'Elk mógelijk leven. Voltaire had een ernstige, aangeboren ziekte onder de leden, namelijk' – en nauwkeurig las ze voor uit het boek – '*restrictieve cardiomyopathie*, waardoor zijn hart het al op jonge leeftijd zou begeven.'

'Maar hij was onder een auto gekomen.'

'Nora, er zit een verschil tussen doodgaan op straat en onder een auto komen. In je stamleven heeft Voltaire langer geleefd dan in bijna elk ander leven, behalve in het leven waar je net bent geweest, waar hij pas drie uur geleden is overleden. In het begin heeft hij het zwaar gehad, maar het jaar bij jou was de beste tijd van zijn leven. Voltaire heeft veel slechtere levens gehad, geloof me maar.'

'Net wist u niet hoe hij heette en nu weet u dat hij restrictieve cardio-nog-wat had?'

'Ik wist hoe hij heette. En het was niet net. Het was hetzelfde moment, kijk maar op je horloge.'

'Waarom heeft u gelogen?'

'Ik heb niet gelogen. Ik heb gevraagd hoe je kat heette. Ik heb nooit gezegd dat ik niet wist hoe hij heette. Zie je het verschil? Ik wilde alleen maar dat je zijn naam zei zodat je iets zou voelen.'

Nora werd witheet. 'Dat is nog misselijker! U hebt me naar dat leven gestuurd terwijl u wíst dat Volts dood zou zijn. En Volts wás dood. Er is dus niets veranderd.'

Mevrouw Elms ogen twinkelden. 'Behalve jij.'

'Wat bedoelt u?'

'Nou, nu vind je jezelf geen slecht baasje meer. Je hebt zo goed mogelijk voor hem gezorgd. Hij heeft net zoveel van jou gehouden als jij van hem en misschien wilde hij niet dat je hem zag doodgaan. Katten wéten het gewoon. Ze hebben door wanneer het hun tijd is. Hij is juist naar buiten gegaan omdat hij wist dat hij doodging.'

Nora probeerde het te begrijpen. Nu ze erover nadacht had ze helemaal geen uitwendige verwondingen op het kattenlijf gezien. Ze had dezelfde conclusie als Ash getrokken. Dat een dode kat op straat waarschijnlijk dood was omdat hij op straat was. En als een chirurg dat kon bedenken, dan zou een leek dat ook doen. Twee plus twee is een auto-ongeluk.

'Arme Volts,' mompelde ze verdrietig.

Mevrouw Elm glimlachte als een onderwijzer die zag dat iemand iets snapte.

'Hij heeft van je gehouden, Nora. Je hebt zo goed mogelijk

voor hem gezorgd. Kijk maar eens op de laatste bladzijde van *Het Boek vol Spijt.*'

Nora zag het boek op de vloer liggen. Ze knielde ernaast.

'Ik wil het niet meer opendoen.'

'Maak je geen zorgen. Dit keer is het veilig. Blijf op de laatste bladzijde.'

Toen ze de laatste bladzijde voor zich had zag ze een van de allerlaatste dingen waar ze spijt van had – 'Ik heb slecht voor Voltaire gezorgd' – langzaam van de bladzijde verdwijnen. De letters vervaagden als zich terugtrekkende vreemdelingen in de mist.

Nora deed het boek dicht voordat er iets vervelends kon gebeuren.

'Zie je wel? Soms is spijt helemaal niet op feiten gebaseerd. Soms is spijt gewoon...' Ze zocht naar het goede woord en vond het. 'Gelúl.'

Nora probeerde zich te herinneren of mevrouw Elm in haar schooltijd ooit eerder het woord 'gelul' in haar mond had genomen, maar ze was er behoorlijk zeker van dat dit de eerste keer was.

'Toch begrijp ik niet waarom u me naar dat leven liet gaan terwijl u wist dat Volts hoe dan ook dood zou zijn? U had het me kunnen vertellen. U had me gewoon kunnen vertellen dat ik geen slecht baasje ben. Waarom heeft u dat niet gedaan?'

'Nora, soms is leven de enige manier om iets te leren.'

'Klinkt hard.'

'Ga nou eens zitten. Op een echte stoel. Zo op je knieën op de vloer is maar niets.' En Nora draaide zich om en zag een stoel die ze nog niet eerder had gezien. Een antieke, mahoniehouten, met leer beklede stoel met knopen, edwardiaans misschien, met een koperen boekenstandaard aan één armleuning. 'Neem even de tijd.'

Nora ging zitten.

Ze keek op haar horloge. Hoe 'even' ze ook de tijd nam, het bleef middernacht.

'Ik vind het maar niks. Eén treurig leven was wel genoeg. Wat heeft het voor zin om nog meer risico te lopen?'

'Oké.' Mevrouw Elm haalde haar schouders op.

'Hè?'

'Dan doen we niets. Je kunt gewoon hier in de bibliotheek blijven met al die levens op de plank zonder er een te kiezen.'

Nora begreep dat mevrouw Elm een of ander spelletje speelde. Maar ze speelde mee.

'Prima.'

Dus Nora bleef staan terwijl mevrouw Elm haar boek weer pakte.

Nora vond het niet eerlijk dat mevrouw Elm levens kon lezen zonder erin te belanden.

De tijd verstreek. Hoewel dat technisch gezien natuurlijk niet zo was.

Nora zou er eeuwig hebben kunnen blijven zonder honger of dorst te krijgen of moe te worden. Maar ze kon zich wel gaan vervelen.

Terwijl de tijd stilstond nam Nora's nieuwsgierigheid naar de levens om haar heen langzaam toe. Het bleek bijna ondoenlijk om in een bibliotheek geen boeken van de plank te pakken.

'Waarom kunt u niet gewoon een goed leven voor me uitkiezen?' vroeg ze opeens.

'Zo werkt het niet in deze bibliotheek.'

Nora had nog een vraag.

'In de meeste levens zou ik nu toch slapen?'

'In een heleboel wel, ja.'

'En wat gebeurt er dan?'

'Je slaapt. En dan word je wakker in dat leven. Niets om je zorgen over te maken. Maar als je dat toch doet kun je een leven in een andere tijdzone proberen.'

'Hoe bedoelt u?'

'Het is niet overal nacht, hè.'

'Hoezo?'

'Je kunt in een oneindig aantal universa leven. Denk je nou echt dat iedereen GMT aanhoudt?'

'Natuurlijk niet.' Nora wist dat ze op het punt stond toe te geven en een ander leven te kiezen. Ze moest aan de bultruggen denken. Aan het onbeantwoorde berichtje. 'Ik wou dat ik met Izzy mee naar Australië was gegaan. Ik zou dat leven weleens willen proberen.'

'Een heel goede keus.'

'Hoezo? Is het een heel goed leven dan?'

'Dat zeg ik niet. Ik heb alleen het idee dat je misschien beter wordt in kíézen.'

'Dus het is een rotleven?'

'Dat zeg ik ook niet.'

En de planken kwamen weer in beweging om een paar seconden later te stoppen.

'Daar zal je hem hebben,' zei mevrouw Elm en ze pakte een boek van de twee na onderste plank. Ze herkende het meteen, wat vreemd was omdat het er bijna net zo uitzag als alle andere. Ze gaf het heel liefdevol aan Nora, alsof het een verjaardagscadeau was.

'Alsjeblieft. Je weet wat je te doen staat.'

Nora aarzelde.

'En als ik nou dood ben?'

'Pardon?'

'In een ander leven, bedoel ik. Er moeten andere levens zijn waarin ik vandaag al dood was.'

Mevrouw Elm keek haar nieuwsgierig aan. 'Dat wilde je toch?'

'Jawel, maar –'

'Vóór vandaag ben je inderdaad al een oneindig aantal keer doodgegaan. Auto-ongeluk, overdosis, verdronken, een fatale voedselvergiftiging, gestikt in een appel, gestikt in een koekje, gestikt in een veganistische hotdog, gestikt in een niet-veganistische hotdog, elke ziekte die je maar kon opdoen of oplopen… Je bent op alle mogelijke manieren, op elk mogelijk tijdstip doodgegaan.'

'Ik kan dus een boek openslaan en gewoon doodgaan?'

'Nee. Niet ogenblikkelijk. Net als met Voltaire zijn de enige beschikbare levens hier, nou ja, lévens. Je kúnt doodgaan in dat leven, maar voordat je een leven binnengaat ben je nog niet dood, want deze Middernachtbibliotheek is geen bibliotheek met geesten. Of met lijken. Het is een bibliotheek met kansen. En dood is het tegenovergestelde van kans. Snap je?'

'Denk het wel.'

Nora bekeek het boek dat ze had gekregen. Coniferengroen. Een glad omslag met in reliëf opnieuw die vage, frustrerend nietszeggende titel **Mijn Leven**.

Ze sloeg het open, stuitte op een lege bladzijde, bladerde verder en vroeg zich af wat er dit keer zou gebeuren. **'In het zwembad was het iets drukker dan normaal…'** En toen was ze er.

Vuur

Ze hapte naar lucht. Al die plotselinge sensaties. Het lawaai en het water. Ze hield haar mond open, snakte naar adem. De scherpe smaak en tinteling van zout water.

Ze probeerde op de bodem van het zwembad te gaan staan, maar het was te diep dus ze begon meteen met de schoolslag.

Een zwembad, maar dan met zout water. Buiten, aan de rand van de oceaan. Schijnbaar uit de rots gehakt die vanuit de kust in het water stak. De echte oceaan lag daar net achter. De zon scheen. Het water was koel, maar gezien de warme lucht boven haar was het een welkome koelte.

Ooit was ze de beste veertienjarige zwemster van Bedfordshire. In haar leeftijdscategorie had ze op de Nationale Jeugdkampioenschappen twee wedstrijden gewonnen. De 400 meter vrije slag. En de 200 meter vrije slag. Haar vader had haar elke dag naar het plaatselijke zwembad gereden. Soms voor én na school. Maar toen had ze – terwijl haar broer met zijn gitaar op Nirvana uit zijn dak ging – meters voor toonladders ingeruild en zichzelf niet alleen Chopin leren spelen, maar ook klassiekers als 'Let It Be' en 'Rainy Days and Mondays'. En nog voordat haar broer ook maar droomde van The Labyrinths begon ze al muziek te componeren.

Het zwemmen had ze niet echt achter zich gelaten, wel de druk die ermee gepaard ging.

Ze kwam bij de rand van het zwembad. Stopte en keek rond. In de verte zag ze ergens op een lager niveau een strand, een halfronde boog waar de kabbelende zee door het zand werd verwelkomd. Voorbij het strand, landinwaarts, een grasvlakte. Een park, compleet met palmbomen, met in de verte mensen die hun hond uitlieten.

Daar weer achter stonden huizen en lage appartementencomplexen, een straat met doorgaand verkeer. Ze had foto's van Byron Bay gezien en dat zag er toch anders uit. Hier, waar het ook was, leek het meer bebouwd. Nog steeds surfachtig, maar ook stads.

Ze vestigde haar aandacht weer op het zwembad en zag een man die naar haar glimlachte toen hij zijn zwembril opzette. Moest ze hem kennen? Moest ze zijn glimlach in dit leven enthousiast beantwoorden? Ze had geen idee, glimlachte beleefd maar zo zuinig mogelijk terug. Ze voelde zich een toerist met vreemde valuta, onzeker over hoeveel fooi ze moest geven.

Vervolgens ving ze de glimlach van een oudere vrouw met een badmuts die door het water naar haar toe kwam glijden.

'Goedemorgen, Nora,' zei ze zonder het zwemmen te onderbreken.

Het was een groet die de suggestie wekte dat Nora een vaste bezoeker was.

'Goedemorgen,' antwoordde Nora.

Ze keek naar de oceaan om een ongemakkelijk praatje te voorkomen. Een zwerm ochtendsurfers, kleine stippen vanaf hier, zwommen op hun plank om de grote, saffierblauwe golven te begroeten.

Haar Australische leven begon in elk geval goed. Ze keek op haar horloge. Een feloranje, goedkoop uitziende Casio. Een vrolijk horloge dat naar ze hoopte een vrolijk leven beloofde. Het was net negen uur geweest. Naast haar horloge zat een plastic polsbandje met een sleutel eraan.

Dus dit was haar ochtendritueel hier. In een buitenzwembad naast een strand. Ze vroeg zich af of ze in haar eentje was. Ze keek hoopvol rond of ze enig teken van Izzy bespeurde, maar nee.

Ze bleef nog even in het water.

Vroeger vond ze vooral het verdwijneffect van zwemmen fijn. In het water moest ze zich zó concentreren dat ze nergens anders aan kon denken. Alle zorgen over school of thuis verdwenen. De kunst van het zwemmen – net als elke kunst nam ze aan – zat hem in de puurheid. Hoe meer je je op de activiteit concentreerde, hoe minder je met andere dingen bezig was. Je was niet met jezelf bezig, maar met wat je aan het doen was.

Toen ze haar armen en borst begon te voelen was het moeilijk om geconcentreerd te blijven. Ze zwom al een poosje en het was kennelijk tijd om uit het water te gaan. Ze zag een bord. *Bronte Beach Swimming Pool.* Vagelijk herinnerde ze zich dat Dan, die in zijn tussenjaar naar Australië was geweest, het over deze plek had gehad en de naam – Bronte Beach – was blijven hangen omdat hij makkelijk viel te onthouden. Jane Eyre op een surfplank.

Maar toen werd haar twijfel bevestigd.

Bronte Beach was in Sydney. En maakte zeker geen deel uit van Byron Bay.

Dus dat kon twee dingen betekenen. Of Izzy was in dit leven niet in Byron Bay. Of Nora was hier zonder Izzy.

Ze zag dat ze van top tot teen een lichte karamelkleur had.

Het probleem was natuurlijk dat ze niet wist waar haar kleren waren. Maar toen dacht ze aan het plastic polsbandje met de sleutel.

57. Ze had locker 57. Ze vond de kleedruimte, maakte de krappe, vierkante locker open en zag dat ze in dit leven een kleurrijker smaak had, zowel in kleding als in horloges. Ze had een T-shirt met een ananasprint. Een overvloed aan ananassen. Een paarsroze kort spijkerbroekje. En makkelijk aan te schieten geruite ballerina's.

Wat ben ik in hemelsnaam? vroeg ze zich af. Presentator van tv-programma's voor kinderen?

Zonnebrandcrème. Hibiscuskleurige lippenbalsem. Geen andere make-up.

Toen ze haar T-shirt aantrok viel haar oog op een paar littekens op haar arm. Strepen. Ze vroeg zich heel even af of ze dat zelf had gedaan. Ze had ook een tattoo net onder haar schouder. Een feniks met vlammen. Het was een verschrikkelijke tattoo. In dit leven had ze duidelijk geen smaak. Maar sinds wanneer hadden smaak en geluk iets met elkaar te maken?

Ze kleedde zich aan en haalde een telefoon uit haar broekzak. Een ouder model dan in haar getrouwd-en-wonend-in-een-pub leven. Een duimafdruk was gelukkig genoeg om hem te ontgrendelen.

Ze verliet de kleedruimte en nam een pad langs het strand. Het was een warme dag. Misschien was het leven wel automatisch beter als de zon zo overtuigend scheen in april. Alles leek veel intenser, kleurrijker en lévendiger dan in Engeland.

Op een bankje was een papegaai neergestreken – een regenbooglori – die door een paar toeristen werd gefotografeerd. Een fietser die op een surfer leek kwam glimlachend langsrijden met een oranje smoothie in zijn hand en zei letterlijk 'Hullo'.

Dit leek in de verste verte niet op Bedford.

Nora merkte dat er iets met haar gezicht gebeurde. Ze – zou dat kunnen? – glimlachte. En uit zichzelf, niet omdat iemand dat van haar verwachtte.

Ze zag een laag muurtje met graffiti: DE WERELD STAAT IN BRAND en ook: ÉÉN AARDE = ÉÉN KANS, en haar glimlach verdween. Een ander leven betekende nog geen andere planeet tenslotte.

Ze had geen idee waar ze woonde of wat ze deed of waar ze geacht werd heen te gaan na het zwembad, maar dat was ook bevrijdend. Om te leven zonder enige verwachting, niet eens van haarzelf. Lopend googelde ze haar eigen naam en voegde er 'Sydney' aan toe om te zien of dat iets opleverde.

Voordat ze de zoekresultaten scande zag ze een man op het pad glimlachend naar haar toe komen lopen. Een kleine, zongebruinde, lief uit zijn ogen kijkende man met lang, dunner wordend haar in een losse paardenstaart en in een bloes die scheef was dichtgeknoopt.

'Hé, Nora.'

'Hé,' zei ze en ze deed haar best niet te warhoofdig te klinken.

'Hoe laat begin je vandaag?'

Hoe kon ze daarop antwoorden? 'Eh, o. Jezus. Helemaal vergeten.'

Hij moest lachen, een lachje van herkenning, alsof zoiets vergeten helemaal bij haar paste.

'Ik heb het rooster gezien. Volgens mij om elf uur.'

'Elf uur 's morgens?'

Liefoog lachte. 'Wat heb je gebruikt? Dat wil ik ook wel.'

'O. Niets,' zei ze stijfjes. 'Ik heb niets gebruikt. Gewoon het ontbijt overgeslagen.'

'Zie je vanmiddag wel…'

'Goed. Bij… daar. Waar ook alweer?'

Hij lachte fronsend en liep door. Misschien werkte ze wel ergens buiten Sydney op een cruiseschip om walvissen te spotten. Izzy misschien ook wel.

Nora had geen idee waar ze (of zij en Izzy) woonde en Google was niet behulpzaam, maar weg van de oceaan leek de goede richting. Misschien was ze al in de buurt. Misschien was ze hierheen gelopen. Misschien was een van de fietsen bij het zwembadcafé wel van haar. Ze zocht in haar beugelportemonnee en voelde in haar zakken, maar ze vond alleen een huissleutel. Geen autosleutels, geen fietssleuteltje. Met de bus of te voet dus. De huissleutel bood geen enkele informatie dus ze ging op een bankje zitten met de felle zon in haar nek en bekeek haar berichten.

Er kwamen onbekende namen voorbij.

Amy. Rodhri. Bella. Lucy P. Kemala. Luke. Lucy M.

Wie zijn dit?

En een nogal onbehulpzaam contact 'Werk'. Met maar één recent bericht:

Waar ben je?

Er was één naam die ze herkende.

Dan.

Met ingehouden adem klikte ze op zijn recentste berichtje.

Hey Noor! Hoop dat de aussies aardig voor je zijn. Het klinkt misschien sentimenteel of creepy maar ik ga het je toch vertellen. Een paar dagen geleden heb ik over onze pub gedroomd. Het was zo'n fijne droom. We waren zo gelukkig! Hoe dan ook, let maar niet op dit bizarre gedoe, wat ik wil zeggen: raad eens waar ik in mei naar toe ga? AUSTRALIË. Voor het eerst in meer dan tien jaar. Heb werk daar. Bij de kustwacht. Zou leuk zijn om bij te kletsen, al was het maar om een koffietje te doen als je in de buurt bent. D x

Het was zo vreemd dat ze bijna moest lachen. Maar ze moest hoesten. (Nu ze erover nadacht had ze in dit leven misschien niet zo'n goede conditie.) Ze vroeg zich af hoeveel Dans er op de wereld waren met een droom die ze een verschrikking zouden vinden als ze hem eenmaal hadden waargemaakt. En hoeveel van die Dans probeerden anderen te overreden om hun waanideeën over geluk over te nemen?

Instagram leek de enige vorm van social media die ze hier had en ze postte er alleen foto's van gedichten op.

Ze nam even tijd om er een te lezen:

VUUR

Elk deel van haar
Dat was veranderd
Dat was afgeschraapt
Door het gelach op het schoolplein
Of het advies van volwassenen
Lang geleden –
En het verdriet over vrienden
Die dood zijn.
Ze verzamelde de stukjes van de vloer.
Alsof het houtschilfers waren.
Maakte er brandstof van.
Vuur.
Verbrandde ze.
Fel genoeg om **voor altijd** te zien.

Dat klonk niet echt vrolijk, maar het was maar een gedicht. Toen ze door een paar e-mails scrolde kwam ze er een tegen die aan Charlotte was gericht – een fluitiste uit een Schotse band die graag grove grappen maakte en bij String Theory Nora's enige vriendin was totdat ze weer terug naar Schotland was verhuisd.

Hé Charl!
Hoop dat alles tiptop gaat.
Fijn dat je verjaardag goed ging. Jammer dat ik er niet bij kon zijn. Alles gaat goed in zonnig Sydney. Eindelijk verhuisd naar een nieuwe plek. Vlakbij Bronte Beach (mooi). Een buurtje met allemaal charmante cafeetjes. Ik heb ook een nieuwe baan.
Elke ochtend zwem ik in een zoutwaterbad en elke avond drink ik een glas Australische wijn in de zon. Het leven is goed!

Adres:
2/29 Darling Street
Bronte
NSW 2024
AUSTRALIË
Nora
x

Er klopte iets niet. Haar vage, afstandelijke, opgewekte toontje, alsof ze een tante schreef die ze al jaren niet had gezien. Haar *Een buurtje met allemaal charmante cafeetjes*, alsof het een review op TripAdvisor was. Zo deed ze niet tegen Charlotte, tegen niemand niet.

Izzy werd ook niet genoemd. *Eindelijk verhuisd naar een nieuwe plek.* Bedoelde ik dat ík was verhuisd of wíj? Charlotte wist van Izzy. Waarom noemde ik haar helemaal niet?

Ze zou er snel achter komen. Twintig minuten later staarde ze in het halletje van haar appartement naar vier vuilniszakken die naar buiten moesten. De woonkamer was klein en deprimerend. De bank oud en aftands. Het rook er een beetje muf.

Aan de muur hing een poster van de videogame *Angel* en op een salontafeltje lag een e-sigaret met een sticker van een cannabisblad. Een vrouw zat naar een scherm te staren en schoot zombies voor de kop.

De vrouw had kort blauw haar en Nora dacht even dat het misschien Izzy was.

'Hoi,' zei Nora.

De vrouw draaide zich om. Het was Izzy niet. Ze keek slaperig en had een lege uitdrukking op haar gezicht, alsof de zombies die ze neerschoot haar hadden besmet. Ze was waarschijnlijk door en door fatsoenlijk, maar Nora had haar van haar leven nog niet gezien. Ze glimlachte.

'Hé. Schiet het al op met dat nieuwe gedicht?'

'O, ja hoor. Het schiet lekker op. Dank je wel.'

Nora liep in opperste verwarring rond. Ze deed lukraak een deur open en begreep dat dat de badkamer was. Ze hoefde niet naar de wc, maar ze moest even nadenken. Dus ze deed de deur dicht, waste haar handen en staarde naar het water dat in de verkeerde draairichting door de afvoer wegliep.

Ze wierp een blik op de douche. Het dofgele gordijn was op een studentenhuisachtige manier vies. Daar deed haar deze flat aan denken. Aan een studentenhuis. Ze was vijfendertig en woonde, in dit leven althans, als een student. Naast de wastafel zag ze antidepressiva staan – fluoxetine – en ze pakte het doosje. Er stond *Geneesmiddel voor N. Seed* op het etiket. Ze keek naar haar arm en zag opnieuw de littekens. Het was gek dat je eigen lichaam hints gaf voor een raadsel.

Naast de afvalbak lag een tijdschrift op de vloer, de *National Geographic*. Die met het zwarte gat op de voorkant dat ze in een ander leven, aan de andere kant van de wereld, pas gisteren had gelezen. Ze voelde dat het haar exemplaar was, aangezien ze het altijd al graag las en ze het af en toe – zelfs onlangs nog – in een spontane opwelling had gekocht omdat geen enkele online versie recht deed aan de foto's.

Ze herinnerde zich dat ze op haar elfde in het exemplaar van haar vader de foto's van Svalbard had gezien, de Noorse eilandengroep in het noordpoolgebied. Het had er zo uitgestrekt, desolaat en krachtig uitgezien en ze had zich afgevraagd hoe het zou zijn om, net als de wetenschappers in het artikel, daar in de zomer een of ander geologisch onderzoek te doen. Ze had de foto's uitgeknipt en op het prikbord in haar slaapkamer gehangen. En op school had ze bij aardrijkskunde en de bètavakken heel lang haar uiterste best gedaan zodat ze net als de wetenschappers in het artikel haar zomers zou kunnen doorbrengen tussen ijsbergen, fjorden en vliegende papegaaiduikers.

Maar na de dood van haar vader en nadat ze Nietzsches *Voorbij goed en kwaad* had gelezen, besloot ze a) dat filosofie het enige vak was dat bij haar plotselinge innerlijke gedrevenheid aansloot, en b) dat ze toch liever rockster werd dan wetenschapper.

Toen ze uit de badkamer kwam liep ze naar haar mysterieuze flatgenoot.

Ze ging op de bank zitten en wachtte even, keek mee.

De avatar van de vrouw werd door de kop geschoten.

'Rot op, zombie *fuckface*,' snauwde de vrouw opgewekt naar het scherm.

Ze pakte de e-sigaret. Nora vroeg zich af waar ze deze vrouw van kende. Ze nam aan dat ze huisgenoten waren.

'Ik heb nagedacht over wat je zei.'

'Wat heb ik gezegd?' vroeg Nora.

'Over kattenoppas spelen. Je wilde toch voor die kat gaan zorgen?'

'O ja, natuurlijk. Ik weet het weer.'

'Slecht idee.'

'Echt?'

'Katten.'

'Wat is er dan mee?'

'Die hebben een parasiet. Toxoplas nog wat.'

Dat wist Nora. Al sinds ze als tiener voor school bij het asiel in Bedford stage had gelopen. 'Toxoplasmose.'

'Precies! In die podcast... hadden ze het over een theorie dat een internationale groep van miljardairs daarmee alle katten hebben besmet zodat mensen steeds maar dommer worden en die groep de wereld kan overnemen. Denk daar maar eens over na. Katten zijn óveral. Ik had het erover met Jared en die zei: "Jojo, ben je soms aan het blowen?" En ik zei zoiets van: "Dat spul dat ik van jou heb" en toen hij weer: "Ik dacht al." En toen kwam hij met dat sprinkhanenverhaal.'

'Sprinkhanen?'

‘Heb je nooit over sprinkhanen gehoord?’ vroeg Jojo.

‘Wat is er dan mee?’

‘Die plegen allemaal zelfmoord. Omdat ze die parasitaire worm hebben opgelopen die in hun binnenste uitgroeit tot een waterwezen en stilletjes de hersenfunctie van de sprinkhaan overneemt zodat die gaat denken: hé, ik hou echt van water, en dan maken ze een bommetje in het water en gaan ze dood. En dat gebeurt achter elkaar door. Googel het maar. Moet je googelen op “zelfmoord sprinkhanen”. Hoe dan ook, het punt is dat de elites ons met behulp van katten vermoorden en dat je dus uit de buurt van katten moet blijven.’

Nora kon de gedachte niet onderdrukken dat dit leven toch wel heel anders was dan de versie die ze zich had voorgesteld: samen met Izzy op een boot bij Byron Bay, zich verwonderend over de indrukwekkende bultruggen. En nu zat ze hier in een naar hasj ruikend appartementje in Sydney met een complotdenker als huisgenoot die haar zelfs uit de buurt van katten hield.

‘Wat is er met Izzy gebeurd?’

Nora besefte dat ze haar vraag hardop had gesteld.

Jojo keek verward. ‘Izzy? Je vriendin van vroeger?’

‘Ja.’

‘Die nu dood is?’

De woorden kwamen zo snel dat Nora ze nauwelijks kon bevatten.

‘Hè?’

‘Het meisje van het auto-ongeluk?’

‘Wat zeg je?’

Jojo keek verward terwijl er rook om haar gezicht kringelde. ‘Gaat het wel goed met je, Nora?’ Ze bood haar de joint aan. ‘Hijs?’

‘Nee, dank je.’

Jojo grinnikte. ‘Dat is weer eens wat anders.’

Nora pakte haar telefoon. Ging online. Typte 'Isabel Hirsh' in de zoekbalk. Klikte op 'Nieuws'.

Daar was het. Een krantenkop. Boven een foto van Izzy's lachende, bruine gezicht.

ENGELSE VROUW OMGEKOMEN
BIJ BOTSING IN NIEUW-ZUID-WALES

Gisteravond even voor negen uur is een vrouw van drieëndertig omgekomen en zijn drie mensen gewond geraakt toen de Toyota Corolla van de vrouw op de Pacific Highway even ten zuiden van Coffs Harbour in botsing kwam met een tegenligger.

De chauffeur, de Engelse Isabel Hirsh, kwam daarbij om het leven. Ze was de enige inzittende van de Toyota.

Volgens haar huisgenoot, Nora Seed, was Isabel op weg van Sydney naar Byron Bay voor Nora's verjaardagsfeestje. Isabel was onlangs begonnen bij de Byron Bay Walvistours.

'Ik ben er kapot van,' zei Nora. 'We zijn pas een maand geleden samen naar Australië gekomen en Izzy wilde hier zo lang mogelijk blijven. Ze had zo'n levenskracht dat ik me de wereld onmogelijk zonder haar kan voorstellen. Ze was zó blij met haar nieuwe baan. Het is enorm verdrietig en moeilijk te bevatten.'

De passagiers van de andere auto hebben verwondingen opgelopen en de chauffeur, Chris Dale, is met een helikopter naar het ziekenhuis in Baringa gebracht.

In verband met het onderzoek vraagt de politie van Nieuw-Zuid-Wales eventuele getuigen van de botsing contact met hen op te nemen.

'O mijn god,' fluisterde ze wit weggetrokken. 'O, Izzy.'

Ze wist dat Izzy niet in al haar levens dood was. In de meeste zelfs. Maar in deze was het echt zo en Nora's verdriet voelde ook echt. Vertrouwd en verschrikkelijk verdriet, met een randje schuldgevoel.

Voordat ze de informatie kon verwerken ging haar telefoon. 'Werk'.

De trage, lijzige stem van een man. 'Waar blijf je?'

'Hè?'

'Je had hier al een halfuur geleden moeten zijn.'

'Waar?'

'Bij de terminal van de veerpont. Je verkoopt kaartjes. Ik heb toch het goede nummer? Spreek ik met Nora Seed?'

'Een van hen,' zuchtte Nora terwijl ze stilletjes verdween.

Aquarium

De scherpzinnige bibliothecaris zat achter haar schaakbord en keek nauwelijks op toen Nora terugkwam.

'Dat was verschrikkelijk.'

Mevrouw Elm glimlachte spottend. 'Het wordt wel duidelijk zo, hè?'

'Wat wordt duidelijk?'

'Dat je kunt kiezen voor wat je wil, maar niet voor wat het wordt. Maar ik blijf bij wat ik eerder heb gezegd. De keus was goed. De afloop minder.'

Nora bestudeerde het gezicht van mevrouw Elm. Genóót ze hier soms van?

'Waarom ben ik daar gebleven?' vroeg Nora. 'Waarom ben ik niet gewoon naar huis gegaan toen ze dood was?'

Mevrouw Elm haalde haar schouders op. 'Je was vastgelopen. Je was in de rouw. Je was depressief. Je weet wat een depressie is.'

Dat begreep Nora. Ze dacht aan een onderzoek over vissen waarover ze ergens had gelezen. Vissen leken meer op mensen dan je zou denken.

Vissen worden depressief. Ze hadden proeven gedaan met zebravisjes. Ze hadden een aquarium waarop ze halverwege met een markeerstift een horizontale lijn hadden aangebracht. Depressieve vissen bleven onder de lijn. Maar geef diezelfde vissen Prozac en ze komen boven de lijn uit, zwemmen als nieuw dartelend naar de bovenkant van hun aquarium.

Vissen worden gedeprimeerd als ze te weinig prikkels krijgen.

Te weinig van álles. Als ze daar in een aquarium liggen te dobberen dat helemaal nergens op lijkt.

Toen Izzy er niet meer was, was Australië misschien wel haar lege aquarium geweest. Misschien had ze gewoon geen reden om boven de lijn te zwemmen. En misschien was zelfs Prozac – of fluoxetine – niet genoeg om haar naar boven te helpen. Dus zou ze gewoon met Jojo in de flat zijn blijven hangen totdat ze het land uit moest.

Misschien zou zelfmoord al te veel actie van haar hebben gevraagd. Misschien bestaan er levens waarin je gewoon ronddobbert, geen andere verwachtingen hebt en ook niets probeert te veranderen. Misschien de meeste levens wel.

'Ja,' zei Nora hardop. 'Misschien ben ik wel vastgelopen. Misschien loop ik in elk leven vast. Ik bedoel, misschien ben ik wel gewoon zo. Een zeester blijft een zeester, in welk leven dan ook. Een leven waarin een zeester hoogleraar lucht- en ruimtevaarttechniek wordt bestaat niet. En misschien bestaat er ook wel geen leven waarin ik niet vastloop.'

'Volgens mij heb je het mis.'

'Oké. Dan wil ik graag het leven proberen waarin ik niet vastloop. Welk leven zou dat zijn?'

'Moet jij dat niet aan mij vertellen?'

Mevrouw Elm verplaatste een koningin om een pion te slaan en draaide daarna het schaakbord. 'Ik ben alleen maar de bibliothecaris, hè.'

'Een bibliothecaris heeft kennis. Leidt je naar de juiste boeken. De juiste werelden. Vindt de beste plaatsen. Als een zielverheffende zoekmachine.'

'Precies. Maar je moet ook weten wat je leuk vindt. Wat je in de overdrachtelijke zoekbalk moet typen. En soms moet je een paar dingen proberen voordat dat duidelijk wordt.'

'Ik ben niet zo'n volhouder. Volgens mij kan ik dat niet.'

'Leven is de enige manier om iets te leren.'

‘Ja. Dat blijft u maar zeggen.’

Nora ademde zwaar uit. Het was interessant dat ze in de bibliotheek kon uitademen. Dat ze zich heel voelde in haar lijf. Dat het normaal voelde. Want deze plek was beslist níét normaal. En haar echte fysieke zelf was hier niet. Dat kon niet. En toch was het feitelijk zo, omdat ze er – in zekere zin – was. Rechtop, alsof de zwaartekracht nog steeds bestond.

‘Oké, ik wil een leven waarin ik succes heb.’

Mevrouw Elm mompelde afkeurend. ‘Voor iemand die veel boeken heeft gelezen ben je niet erg kieskeurig in je woordkeuze.’

‘Pardon?’

‘Succes. Wat betekent dat voor je? Geld?’

‘Nee. Nou ja, misschien. Maar dat zou niet doorslaggevend zijn.’

‘Wat dan wel?’

Nora had geen idee wat succes was. Ze voelde zich al zo lang mislukt.

Mevrouw Elm glimlachte geduldig. ‘Wil je *Het Boek vol Spijt* nog eens inzien? Wil je de verkeerde beslissingen die je hebben afgehouden van wat jij succes noemt nog eens overdenken?’

Nora schudde snel van nee, als een hond die water van zich afschudt. Ze wilde niet nog een keer met die ellenlange lijst fouten en verkeerde afslagen worden geconfronteerd. Ze was al depressief genoeg. En trouwens, ze wist waar ze spijt van had. Gevoelens van spijt verdwijnen niet. Het zijn geen muggenbeten. Ze blijven eeuwig jeuken.

‘Nee, hoor,’ zei mevrouw Elm, haar gedachten lezend. ‘Je hebt geen spijt van hoe je het met je kat hebt gedaan. En je hebt er ook geen spijt van dat je niet met Izzy naar Australië bent gegaan.’

Nora knikte. Mevrouw Elm had een punt.

Ze dacht aan het zwembad van Bronte Beach. Hoe lekker ze

had gezwommen, de vreemde vertrouwdheid ervan.

'Zwemmen is van jongs af aan gestimuleerd,' zei mevrouw Elm.

'Klopt.'

'Je vader bracht je altijd graag naar het zwembad.'

'Dat was een van de weinige dingen waar hij gelukkig van werd,' peinsde Nora.

Zwemmen had ze geassocieerd met de goedkeuring van haar vader en ze had genoten van het woordeloze water omdat het het tegenovergestelde was van haar ouders die naar elkaar schreeuwden.

'Waarom ben je ermee gestopt?' vroeg mevrouw Elm.

'Zodra ik wedstrijden begon te winnen werd ik gezien en ik wilde niet gezien worden. En ik werd niet zomaar gezien, maar gezien in een zwempak op precies de leeftijd dat je geobsedeerd bent door je lichaam. Iemand zei dat ik de schouders van een jongen had. Dat was iets onnozels, maar er was heel veel onnozels en op die leeftijd voel je dat allemaal. Als tiener was ik graag onzichtbaar geweest. Ik werd "De Vis" genoemd. En dat was geen compliment. Ik was verlegen. En daarom was ik vaker in de bibliotheek dan op het sportveld te vinden. Het lijkt onbelangrijk, maar die plek heeft me echt geholpen.'

'Onderschat nooit het grote belang van kleine dingen,' zei mevrouw Elm. 'Knoop dat in je oren.'

Nora dacht terug aan haar tienerjaren. De combinatie van verlegenheid en zichtbaarheid was lastig, maar ze was nooit gepest, waarschijnlijk omdat iedereen wist wie haar broer was. En Joe, niet bepaald stoer, werd wel cool gevonden en was populair genoeg om zijn meest directe bloedverwant immuniteit te bezorgen voor schoolpleinterreur.

Ze won plaatselijke en later landelijke wedstrijden, maar op haar vijftiende werd het haar te veel. Het dagelijkse zwemmen, baantje na baantje na baantje.

'Ik moest ermee stoppen.'

Mevrouw Elm knikte. 'En de band die je met je vader had werd aangevreten en begaf het bijna.'

'Zo goed als.'

Ze zag haar vaders gezicht voor zich, in de auto, op een miezerige zondagochtend voor de sporthal van Bedford, toen ze hem vertelde dat ze wilde stoppen met wedstrijdzwemmen. Zijn teleurgestelde, zwaar gefrustreerde blik.

'Maar je kunt een succes maken van je leven,' had hij gezegd. Ja. Ze herinnerde het zich. 'Een popster zul je nooit worden, maar dit is écht. Vlak voor je neus. Als je blijft trainen eindig je op de Olympische Spelen. Zeker weten.'

Ze was boos geweest over wat hij zei. Alsof er maar een heel smal pad naar een gelukkig leven was en dat was het pad dat hij voor haar had uitgekozen. Alsof zelf handelen in haar eigen leven per definitie verkeerd was. Maar op haar vijftiende had ze niet ten volle beseft hoe vervelend spijt was, en dat ze haar vader, zo dicht bij de verwezenlijking van een droom, zoveel pijn had gedaan.

Nora's vader was inderdaad een moeilijke man geweest.

Behalve dat hij heel kritisch was over alles wat Nora deed, alles wat Nora wilde en alles waar Nora in geloofde, tenzij het iets met zwemmen te maken had, had Nora ook het gevoel dat het een onzichtbaar vergrijp was om alleen al in zijn aanwezigheid te verkeren. Sinds de blessure aan zijn kruisbanden waardoor hij zijn rugbycarrière had moeten opgeven, was hij ervan overtuigd dat het universum tegen hem was. En voor hem maakte Nora deel uit van datzelfde plan van het universum, zo voelde ze het tenminste. Vanaf het moment op dat parkeerterrein had ze het gevoel dat ze alleen maar een verlengstuk van de pijn in zijn linkerknie was. Een wandelende wond.

Maar misschien had hij geweten wat er ging gebeuren. Misschien had hij voorzien dat het ene spijtgevoel het andere oproept, totdat ze plots alleen nog uit spijt bestond. Een boek vol spijt.

'Oké, mevrouw Elm. Ik wil weten wat er is gebeurd in het leven dat mijn vader voor me had uitgestippeld. Waarin ik zo hard mogelijk trainde. Waarin ik nooit klaagde over beginnen om vijf uur 's morgens of ophouden om negen uur 's avonds. Waarin ik elke dag zwom en geen moment aan stoppen heb gedacht. Waarin ik mezelf niet buitenspel zette door muziek of het schrijven van romans die nooit werden afgemaakt. Waarin ik alles op het altaar van de vrije slag offerde. Waarin ik niet opgaf. Waarin ik alles deed om de Olympische Spelen te bereiken. Breng me naar waar ik in dát leven ben.'

Even leek het of mevrouw Elm geen enkele belangstelling voor Nora's minitoespraak had: met gefronste wenkbrauwen zat ze achter het schaakbord te bedenken hoe ze zichzelf te slim af kon zijn.

'De toren is mijn lievelingsstuk,' zei ze. 'Dat is het schaakstuk waarvan je denkt dat je het niet in de gaten hoeft te houden. Het is rechtlijnig. De koningin, de paarden en de lopers verlies je niet uit het oog, dat zijn de stiekemerds. Maar het is vaak de toren die je te grazen neemt. Dat rechtlijnige is nooit helemaal wat het lijkt.'

Nora realiseerde zich dat mevrouw Elm het waarschijnlijk niet alleen over schaken had. Maar de planken bewogen inmiddels. Op treinsnelheid.

'Dat leven dat je hebt gevraagd staat wat verder weg dan de pubdroom en het Australische avontuur. Dat waren nog levens in de buurt. Deze versie brengt veel andere keuzes met zich mee, gaat verder terug in de tijd. En daarom staat het boek ook wat verder weg, snap je?' legde mevrouw Elm uit.

'Ik snap het.'

'Bibliotheken moeten een systeem hebben.'

De boeken gingen langzamer. 'Ziezo.'

Dit keer stond mevrouw Elm niet op. Ze stak gewoon haar linkerhand in de lucht en er vloog een boek naar haar toe.

'Hoe kreeg u dat voor elkaar?'

'Geen idee. Hier is het leven dat je hebt gevraagd. En nou wegwezen!'

Nora pakte het boek vast. Licht, fris, limoenkleurig. Ze sloeg het open op de eerste pagina. En dit keer was ze zich ervan bewust dat ze helemaal niets voelde.

Nora's laatste post voordat ze tussen leven en dood terechtkwam

Ik mis mijn kat. Ik ben moe.

Het succesvolle leven

Ze had geslapen.

Een diep, droomloos niets en dankzij het rinkelende alarm op haar telefoon was ze nu wakker, maar ze had geen idee waar ze was.

Volgens de telefoon was het halfzeven. Dankzij het schijnsel van het scherm kwam er naast het bed een lichtknopje in beeld. Ze deed het licht aan en zag dat ze in een hotelkamer lag. Nogal chic, nietszeggend, treurig, zakelijk.

Er hing een smaakvolle, semi-abstracte namaak-Cézanne van een appel – of een peer – aan de muur.

Naast het bed stond een halflege, cilindervormige fles mineraalwater. Een ongeopende verzameling zandkoekjes. En ook een paar geprinte vellen die aan elkaar waren vastgeniet. Een schema of zo.

Ze bekeek het.

TIJDSCHEMA VOOR NORA SEED,
OFFICIER VAN HET BRITSE RIJK, GASTSPREKER,
VOORJAARSCONGRES INSPIRATIE VOOR SUCCES VAN
GULLIVER RESEARCH

8.45 a.m. Kennismaking met Priya Navuluri (Gulliver Research) en Rory Longford (Celebrity Speakers) en J in de lobby van het InterContinental Hotel
9.00 a.m. Soundcheck

9.05 a.m. Technische doorloop

9.30 a.m. Nora wacht in de vipruimte of is aanwezig bij de lezing van de eerste spreker in de grote zaal (JP Blythe, ontwikkelaar van de MeTime-app en schrijver van *Jouw leven? Jouw manier!*)

10.15 a.m. Nora houdt praatje

10.45 a.m. Vraaggesprek met de zaal

11.00 a.m. Meet-and-greet

11.30 a.m. Afsluiting

Nora Seed, Officier van het Britse Rijk.

Inspiratie voor Succes.

Er bestond dus inderdaad een leven waarin ze succesvol was. Dat was tenminste iets.

Ze vroeg zich af wie 'J' was en de andere mensen met wie ze in de lobby zou kennismaken, legde het schema neer en stond op. Ze had ruim de tijd. Waarom was ze om halfzeven opgestaan? Misschien zwom ze wel elke ochtend. Dat zou logisch zijn. Ze drukte op een knop en met een zacht gezoem gingen de gordijnen open en onthulden het uitzicht op water, wolkenkrabbers en de witte koepel van de O2-Arena. Dit precieze uitzicht vanuit precies deze hoek had ze nog nooit gehad. Londen. Canary Wharf. Vanaf de twintigste verdieping ongeveer.

Ze ging naar de badkamer – beige tegels, grote douchecel, donzige, witte handdoeken – en realiseerde zich dat ze zich niet zo rot voelde als meestal 's morgens. Een van de wanden werd voor de helft door een spiegel in beslag genomen. Haar adem stokte toen ze zichzelf zag. En toen moest ze lachen. Ze zag er belachelijk gezond uit. En sterk. En in dit leven had ze een verschrikkelijke smaak als het om nachtgoed ging (een pyjama in een mosterdgeel met groen ruitje).

De badkamer was vrij groot. Groot genoeg om wat push-ups

te doen. Tien achter elkaar – zonder knieën – zonder zelfs maar buiten adem te raken.

Vervolgens ging ze planken. Probeerde het op één hand. Vervolgens op de andere hand, bijna zonder te trillen. Tot slot deed ze nog een paar burpees.

Geen enkel probleem.

Wáúw.

Ze stond op en sloeg op haar keiharde buik. Herinnerde zich haar kortademigheid uit haar stamleven als ze de hoofdstraat omhoogliep, technisch gezien pas gisteren.

Sinds haar tienerjaren had ze zich niet zo fit gevoeld. Eigenlijk had ze zich nog nooit zó fit gevoeld. Beslist sterker.

Ze zocht op Facebook naar 'Isabel Hirsh' en ontdekte tot haar blijdschap dat haar vroegere beste vriendin nog in leven was en nog steeds in Australië woonde. Het maakte haar niet uit dat ze geen socialmediavrienden waren, want in dit leven was Nora hoogstwaarschijnlijk niet naar de universiteit in Bristol gegaan. En zelfs als dat wel zo was zouden ze niet dezelfde studie hebben gedaan. Hoewel deze Isabel Hirsch misschien nooit met Nora Seed in contact zou zijn gekomen, vond ze het een beetje vernederend dat ze nog steeds hetzelfde deed als in Nora's stamleven.

Ze ging ook na wat Dan deed. Die was (ogenschijnlijk) gelukkig getrouwd met een spin-instructeur, een zekere Gina. 'Gina Lord (meisjesnaam Sharpe)'. Hun bruiloft hadden ze op Sicilië gevierd.

Vervolgens googelde Nora 'Nora Seed'.

Op haar Wikipediapagina (ze had een Wikipediapagina!) stond dat ze inderdaad de Olympische Spelen had gehaald. Twee keer. En dat de vrije slag haar specialisme was. Ze had een gouden plak voor de 800 meter vrije slag in de belachelijke tijd van acht minuten en vijf seconden, en een zilveren voor de 400 meter.

Dat was op haar tweeëntwintigste. Op haar zesentwintigste

had ze opnieuw een zilveren medaille gewonnen, nu voor de vier keer 100 meter estafette. Het werd nóg belachelijker toen ze las dat ze bij de wereldkampioenschappen korte tijd wereldrecordhouder op de 400 meter vrije slag voor vrouwen was geweest. Daarna had ze zich teruggetrokken uit de internationale competitie.

Ze was op haar achtentwintigste met pensioen gegaan.

Kennelijk werkte ze nu voor de BBC als verslaggever bij zwemevenementen, had ze meegedaan aan het tv-programma *Hoeveel staat het?*, had ze de autobiografie *Zwemmen of verzuipen* geschreven, was ze af en toe assistent-trainer bij de Britse Zwemfederatie en zwom ze nog steeds zo'n twee uur per dag.

Ze gaf veel geld aan goede doelen – het Marie Curie Kankerfonds – en bij de pier van Brighton had ze een zwemmarathon georganiseerd ten behoeve van de Vereniging tot Behoud van Kust & Zee. Sinds ze zich uit de profsport had teruggetrokken was ze twee keer het Kanaal overgezwommen.

Er was een link naar haar TED-talk over het belang van uithoudingsvermogen in de sport, bij het trainen en in het leven. Die had meer dan een miljoen views. Toen ze het filmpje bekeek voelde het alsof ze naar iemand anders keek. Deze vrouw was zelfverzekerd, beheerste het podium, had een geweldige présence, glimlachte heel natuurlijk tijdens het spreken en ze kreeg de zaal ook op de juiste momenten aan het glimlachen, hardop lachen, klappen en knikken.

Ze had nooit gedacht dat ze zo zou kunnen zijn en probeerde te onthouden wat deze andere Nora deed, maar ze besefte dat haar dat nooit zou lukken.

'Mensen met uithoudingsvermogen zijn niet anders dan anderen,' zei ze. 'Het enige verschil is dat ze een duidelijk doel voor ogen hebben en dat doel vastberaden najagen. Uithoudingsvermogen is cruciaal om je te blijven concentreren in een leven vol afleiding. Het is het vermogen om vol te houden als je lichaam en geest hun grens hebben bereikt, het vermogen om je hoofd onder water te houden, in je baan te blijven zwemmen zonder op of om te kijken en je druk te maken over wie je zou kunnen inhalen...'

Wie wás dit in godsnaam?

Ze spoelde wat door, maar deze andere Nora sprak nog steeds met het zelfvertrouwen van een zelfhulp-Jeanne d'Arc.

'Als je probeert iets te zijn wat je niet bent ga je altijd de mist in. Probeer jezelf te zijn. Probeer te kijken, te doen en te denken zoals jij. Probeer de beste versie van jezelf te zijn. Omarm je eigenheid. Steun het. Hou ervan. Werk er hard aan. En laat het je niet dwarszitten als mensen de spot met je drijven of je voor joker zetten. Roddels zijn meestal jaloezie in vermomming. Blijf je hoofd onder water houden. Blijf volhouden. Blijf zwemmen...'

'Blijf zwemmen,' imiteerde Nora mompelend haar andere zelf en ze vroeg zich af of er in het hotel een zwembad was.

Het filmpje verdween en haar telefoon ging.

Er verscheen een naam. 'Nadia'.

In haar oorspronkelijke leven kende ze geen Nadia's. Ze had geen idee of het zien van de naam deze versie van haar blij of juist bang maakte.

Er was maar één manier om daarachter te komen.

'Met Nora.'

'Lieverd,' zei een stem die ze niet herkende. Een intieme, maar niet echt warme stem. Ze had een accent. Russisch misschien. 'Gaat het goed met je?'

'Hé Nadia. Het gaat prima. Ben me hier in het hotel aan het voorbereiden op een congres.' Ze probeerde opgewekt te klinken.

'Ja natuurlijk, dat congres. Vijftienduizend pond voor een praatje. Klinkt goed.'

Het klonk belachelijk. Maar ze vroeg zich ook af hoe Nadia – wie Nadia dan ook was – dat wist.

'Zeker.'

'Joe vertelde het.'

'Joe?'

'Ja, Joe. Luister, ik wil het even met je hebben over je vaders verjaardag.'

'Hoezo?'

'Hij zou het heel fijn vinden als je langskwam.'

Haar hele lichaam werd koud en slap, alsof ze een geest had gezien.

Ze herinnerde zich haar vaders begrafenis, dat ze haar broer omhelsde en ze allebei moesten huilen.

'Mijn vader?'

Mijn vader. Mijn dode vader.

'Hij komt net uit de tuin. Wil je hem even?'

Dit was zo merkwaardig, zo wereldschokkend, het klopte totaal niet bij haar intonatie. Ze zei het heel terloops, alsof het niets bijzonders was.

'Wat zeg je?'

'Of je hem even aan de lijn wilt?'

Ze moest even bekomen, was plotseling van haar stuk gebracht.

'Ik –'

Ze kon nauwelijks iets uitbrengen. Of ademen. Ze wist niet wat ze moest zeggen. Alles voelde onwerkelijk. Het was net tijdreizen. Alsof ze twee decennia terug was gevallen.

Het was te laat om nog te reageren want ze hoorde Nadia al zeggen: 'Hier heb je hem.'

Nora had de neiging op te hangen. Misschien had ze dat ook moeten doen. Maar dat deed ze niet. Nu ze wist dat het mogelijk was wilde ze zijn stem weer horen.

Eerst zijn ademhaling.

Vervolgens: 'Ha Nora, hoe is het met je?'

Gewoon. Terloops, vrijblijvend, alledaags. Het was hem. Zijn stem. Zijn sterke, altijd wat geknepen stem. Een beetje zachter misschien, een beetje zwakker. Een vijftien jaar oudere stem dan eigenlijk de bedoeling was.

'Pap,' zei ze. Haar stem een verward gefluister. 'Jij bent het.'

'Gaat het goed met je, Nora? Hebben we een slechte verbinding? Wil je facetimen?'

Facetimen. Zijn gezicht zien. Nee. Dat zou te veel zijn. Dit was eigenlijk al te veel. Alleen al het idee dat er een levende versie van haar vader bestond nadat FaceTime was ontwikkeld. Haar vader hoorde bij de wereld van vaste telefoonlijnen. Toen hij overleed was hij net aan het warmlopen voor radicale concepten als e-mails en sms'jes.

'Nee hoor,' zei ze. 'Het lag aan mij. Ik dacht net aan iets. Ik ben een beetje afwezig, sorry. Hoe gaat het met je?'

'Prima. Gisteren zijn we met Sally naar de dierenarts geweest.'

Ze nam aan dat Sally een hond was. Haar ouders hadden nooit een hond of een ander huisdier gehad. Toen ze klein was had Nora gebedeld om een hond of kat, maar haar vader vond het maar handenbinders.

'Wat had ze?' vroeg Nora zo gewoon mogelijk.

'Haar oren weer. Die infectie blijft maar opspelen.'

'Oké,' zei ze, alsof ze alles wist van Sally's gesukkel met haar oren. 'Arme Sally. Ik... ik hou van je, pap. En ik wil alleen maar zeggen dat –'

'Gaat het echt wel goed met je, Nora? Je klinkt een beetje... geëmotioneerd.'

'Ik heb je... ik zég je dat niet vaak genoeg. Ik wil gewoon dat je weet dat ik van je houd. Je bent een goede vader. En in een ander leven – het leven waarin ik met zwemmen ben gestopt – heb ik daar veel spijt van.'

'Nora?'

Ze vond het ongemakkelijk om te vragen, maar ze moest het weten. Haar vragen borrelden op als water uit een springbron.

'Ben je gezond, pap?'

'Waarom niet?'

'Gewoon. Een tijdje geleden had je last van pijn op je borst.'

'Sinds ik beter ben is dat over. Dat was jaren geleden. Dat weet je nog wel. Toen ik aan mijn conditie ben gaan werken? Dat krijg je ervan als je met Olympische sporters omgaat. Ik doe weer aan rugby-fitness. Ben ook alweer zestien jaar van de drank af. En volgens de dokter heb ik een laag cholesterolgehalte en een lage bloeddruk.'

'Natuurlijk... ik weet nog wel dat je aan je conditie bent gaan werken, ja.' En toen drong zich een andere vraag op. Maar ze had geen idee hoe ze die moest stellen. Dan dus maar direct.

'Hoelang ben je nu ook al weer met Nadia?'

'Heb je problemen met je geheugen of zo?'

'Nee hoor. Nou ja, misschien wel. Ik ben de laatste tijd nogal met het leven bezig.'

'Ben je inmiddels filosoof?'

'Ik heb in elk geval filosofie gestudeerd.'

'Wanneer?'

'Maakt niet uit. Ik weet gewoon niet meer hoe jij en Nadia elkaar hebben ontmoet.'

Ze hoorde een ongemakkelijk zucht. Hij klonk korzelig. 'Dat weet je toch... waarom begin je daar weer over? Komt dit van je therapeut? Want je weet wat ik daarvan vind.'

Ik heb een therapeut.

'Sorry, pap.'

'Al goed.'

'Ik wil alleen maar weten of je gelukkig bent.'

'Natuurlijk ben ik dat. Mijn dochter is Olympisch kampioene en ik heb eindelijk de liefde van mijn leven gevonden. En jij staat weer bijna met je pootjes op de grond. Geestelijk, bedoel ik. Na Portugal.'

Nora wilde weten wat er in Portugal was gebeurd, maar ze wilde eerst iets anders weten.

'En mama? Was zij de liefde van je leven dan niet?'

'Ooit wel. Maar dingen veranderen, Nora. Kom op, je bent volwassen.'

'Ik...'

Nora zette haar vader op de speaker. Ging weer naar haar Wikipediapagina. Haar ouders waren inderdaad gescheiden nadat haar vader een affaire was begonnen met Nadia Vanko, de moeder van Yegor Vanko, een Oekraïnse zwemmer. En op deze tijdlijn was haar moeder al in 2011 overleden.

En dat allemaal omdat Nora haar vader nooit had verteld dat ze geen wedstrijdzwemmer wilde zijn op dat parkeerterrein in Bedford.

Ze voelde dat gevoel weer. Alsof ze langzaam verdween. Alsof ze tot de conclusie was gekomen dat dit leven niets voor haar was en ze weer terug naar de bibliotheek ging. Maar ze bleef waar ze was. Ze nam afscheid van haar vader, beëindigde het gesprek en spijkerde haar kennis over zichzelf bij.

Ze was single, maar had wel drie jaar een relatie gehad met de Amerikaanse Olympisch duikkampioen Scott Richards, had ook korte tijd met hem in Californië gewoond, in La Jolla, San Diego. Op dit moment woonde ze in West-Londen.

Toen ze de hele pagina had gelezen legde ze haar telefoon neer en besloot ze te gaan kijken of er in het hotel een zwembad was. Ze wilde doen wat ze in dit leven hoorde te doen en dat was zwemmen. Misschien zou het water ook helpen om te bedenken wat ze kon zeggen.

Ook al leverde het zwemmen haar maar weinig creatieve inspiratie op, na het gesprek met haar dode vader was het wel een buitengewoon rustgevende ervaring. Ze had het zwembad voor zich alleen en zwom schoolslag, baantje na baantje, zonder erbij te hoeven nadenken. Het voelde machtig om zo fit en sterk te zijn en zo'n beheersing over het water te hebben, en ze maakte zich niet meer druk over haar vader of over de toespraak die ze niet echt had voorbereid.

Maar tijdens het zwemmen sloeg haar stemming om. Ze dacht aan de jaren die haar vader had gewonnen en haar moeder had verloren, en werd steeds bozer op haar vader waardoor ze nog sneller ging zwemmen. Ze had altijd gedacht dat haar ouders te trots waren om te scheiden en in plaats daarvan hun wrok stilletjes lieten etteren en op hun kinderen projecteerden, op Nora in het bijzonder. En zwemmen was haar enige kans op goedkeuring geweest.

In het leven waar ze nu was had ze een carrière nagejaagd om hem gelukkig te maken en intussen had ze haar relaties, haar liefde voor muziek, haar wildste, medailleloze dromen, haar eigen léven opgeofferd. En haar vader had haar beloond door iets met die Nadia te beginnen en haar moeder in de steek te laten – en nog steeds deed hij korzelig. Na alles wat er was gebeurd.

Rot toch op. Of tenminste deze versie van hem.

Toen ze overging op de borstcrawl realiseerde ze zich dat het niet haar schuld was dat haar ouders niet onvoorwaardelijk van haar hadden kunnen houden, zoals het hoort. Het was niet haar schuld dat haar moeder zich op elke zwakke plek van haar had gericht, om te beginnen op haar asymmetrische oren. Nee. Het ging zelfs verder terug dan dat. Het eerste probleem was geweest dat Nora op een of andere manier ten tonele had durven te verschijnen toen het huwelijk van haar ouders relatief wankel was. Haar moeder werd depressief en haar vader zocht zijn heil in de whisky.

Na nog eens dertig baantjes werd ze wat rustiger, ze begon zich vrij te voelen, alleen zij met het water.

Maar toen ze uiteindelijk uit het zwembad klom en terug naar haar kamer ging, trok ze de enige schone kleren in haar hotelkamer aan (een mooi marineblauw broekpak) en staarde naar de inhoud van haar koffer. Ze voelde de diepe eenzaamheid die eruit opsteeg. Er zat een exemplaar in van haar eigen boek.

Vanaf het omslag staarde ze zichzelf aan met een vastberaden, staalharde blik in een zwempak van het nationale zwemteam. Ze pakte het op en zag in kleine lettertjes staan dat ze het 'samen met Amanda Sands' had geschreven.

Amanda Sands was volgens het internet 'ghostwriter voor een groot aantal sporthelden'.

Toen keek ze op haar horloge. Tijd om naar de lobby te gaan.

Voor haar stonden twee chic geklede mensen te wachten die ze niet herkende en eentje die ze maar al te goed kende. Hij droeg een pak en was in dit leven gladgeschoren, leek met zijn keurige scheiding in het haar net een zakenman, maar hij was dezelfde Joe. Zijn donkere wenkbrauwen waren nog altijd even borstelig – 'dat is de Italiaan in je,' mocht hun moeder graag zeggen.

'Joe?'

Bovendien lachte hij naar haar. Een grote, broederlijke, ongecompliceerde lach.

'Goedemorgen, zusje,' zei hij, verbaasd en een beetje ongemakkelijk door haar lange omhelzing.

Toen ze hem had losgelaten stelde hij de andere twee aan haar voor.

'Dit is uiteraard Priya van Gulliver Research, de club die de conferentie organiseert, en dit is Rory van Celebrity Speakers, uiteraard.'

'Ha Priya!' zei Nora. 'Ha Rory. Leuk om kennis te maken.'

'Zeker,' zei Priya glimlachend. 'We zijn zo blij met je komst.'

'Dat zeg je alsof we elkaar nooit eerder hebben gezien,' zei Rory met een bulderende lach.

Nora bond in. 'Ik weet wel dat we elkaar al eerder hebben ontmoet, hoor, Rory. Grapje. Je kent mijn gevoel voor humor.'

'Heb je gevoel voor humor dan?'

'Goeie, Rory!'

'Oké,' zei haar broer lachend. 'Wil je de ruimte zien, Nora?'

Ze kon niet stoppen met glimlachen. Haar broer was hier. Haar broer die ze al twee jaar niet had gezien en met wie ze al veel langer op slechte voet stond en die er gezond en gelukkig uitzag, het leek zelfs of hij haar echt mocht. 'De ruimte?'

'Ja, de zaal. Waar je je praatje houdt.'

'Het staat allemaal klaar,' voegde Priya daar behulpzaam aan toe.

'Een verdomd grote ruimte,' zei Rory goedkeurend met een kartonnen koffiebeker in zijn hand.

Nora knikte instemmend en werd meegenomen naar een enorme, blauwe conferentiezaal met een groot podium en duizend lege stoelen. Er kwam een technicus in het zwart naar voren: 'Wat vindt u prettig, op uw revers, op uw wang of in uw hand?'

'Pardon?'

'Wat voor microfoon wilt u op het podium?'

'O!'

'Op haar wang,' zei haar broer namens haar.

'Ja, op mijn wang,' zei Nora.

'Na die nachtmerrie met die microfoon in Cardiff...' zei haar broer.

'Ja, absoluut. Wat een nachtmerrie.'

Priya glimlachte, wilde haar iets vragen. 'Klopt het dat je geen multimedia-dingen bij je hebt? Geen sheets of iets?'

'Ehm, ik –'

Haar broer en Rory keken haar een beetje bezorgd aan. Dit was duidelijk een vraag waar ze een antwoord op zou moeten hebben maar niet had.

'Ja,' antwoordde ze en zag toen de uitdrukking op het gezicht van haar broer. 'Nee... die heb ik niet. Ja, nee dus. Ik heb geen multimedia-dingen.'

Ze keken haar allemaal aan alsof ze niet helemaal lekker was, maar ze lachte eroverheen.

Muntthee

Tien minuten later zat ze met haar broer in iets wat de 'Vip Business Lounge' werd genoemd, een kleine bedompte ruimte met een paar stoelen en een tafel met een aantal kranten van vandaag. Een paar mannen van middelbare leeftijd in pak zaten wat op laptops te typen.

Inmiddels had ze uitgevogeld dat haar broer haar manager was. Al sinds ze met wedstrijdzwemmen was gestopt, dus zeven jaar.

'Alles zo oké?' vroeg hij toen hij met twee bekertjes van de koffieautomaat terugkwam. Hij scheurde een theezakje open. Munt. Hij hing het in het bekertje heet water dat hij had meegenomen.

Toen gaf hij het bekertje aan Nora.

Ze had nog nooit in haar leven muntthee gedronken. 'Is dat voor mij?'

'Ja, dit was de enige kruidenthee.'

Nora smachtte stiekem naar zijn koffie. Misschien dronk ze in dit leven geen cafeïne.

Alles zo oké?

'Hoezo, oké?' vroeg Nora.

'Je praatje vandaag.'

'O, eh, ja. Hoelang moet ik ook alweer?'

'Veertig minuten.'

'Tuurlijk.'

'Het is een boel geld. Ze begonnen met tien.'

'Heel goed van je.'

'Nou ja, ik krijg er nog altijd twintig procent van. Dat weegt wel op tegen de moeite.'

Nora deed haar best hun gedeelde geschiedenis te ontsleutelen. Hoe kon ze erachter komen waarom ze in dit leven naast elkaar zaten en goed met elkaar konden opschieten? Het zou hem in het geld kunnen zitten, maar haar broer was nooit zo tuk op geld geweest. En natuurlijk was hij woedend toen Nora de deal met de platenmaatschappij had afgeblazen, maar dat was omdat hij de rest van zijn leven gitaar had willen spelen in The Labyrinths, rockster had willen zijn.

Nadat ze het zakje een paar keer door het water had gehaald liet ze het over de rand hangen. 'Denk je er weleens aan dat ons leven ook heel anders had kunnen lopen? Als ik bijvoorbeeld nooit was gaan zwemmen?'

'Niet echt.'

'Wat zou je doen als je niet mijn manager was?'

'Ik ben toch niet alleen jouw manager?'

'Ja, natuurlijk. Vanzelf.'

'Zonder jou zou ik dit waarschijnlijk niet doen. Jij was de eerste. En door jou kwam ik in contact met Kai en daarna met Natalie. En later met Eli, dus…'

Ze knikte, alsof ze ook maar enig idee had wie Kai, Natalie en Eli waren. 'Klopt. Maar misschien had je een andere weg gevonden.'

'Wie weet. Misschien woonde ik dan nog wel in Manchester. Ik weet het niet.'

'Manchester?'

'Ja. Weet je nog hoe leuk ik het daar vond? Tijdens mijn studie.'

Het was knap lastig om niet totaal verrast te zijn door het feit dat deze broer met wie ze zo goed kon opschieten en kon samenwerken, ook had gestudeerd. In haar stamleven had haar broer eindexamen gedaan en zich ingeschreven voor geschiedenis in Manchester, maar zijn cijfers waren niet hoog genoeg, waarschijnlijk omdat hij het avond aan avond samen met Ravi druk had met stoned worden. Vervolgens had hij besloten dat hij helemaal niet wilde studeren.

Ze kletsten nog wat langer.

Op een gegeven moment werd hij afgeleid door zijn telefoon.

Nora zag dat zijn screensaver een foto was van een haar onbekende knappe man met een stralende glimlach. Ze zag dat haar broer een trouwring omhad en trok een neutraal gezicht.

'En, hoe bevalt het huwelijksleven?'

Joe glimlachte. Het was echt een gelukkige glimlach. Zo had ze hem al jaren niet zien glimlachen. In haar stamleven had Joe altijd pech in de liefde. Hoewel ze wist dat hij al sinds zijn tienerjaren op mannen viel, was hij pas op zijn tweeëntwintigste officieel uit de kast gekomen. En hij had nooit een gelukkige of langdurige relatie gehad. Ze voelde zich schuldig dat zij met haar leven de macht had om haar broers leven op zo'n wezenlijk punt te bepalen.

'O, je kent Ewan. Ewan is Ewan.'

Nora glimlachte alsof ze wist wie Ewan was en precies wist hoe hij in elkaar zat. 'Ja, hij is geweldig. Ik ben zo blij voor jullie.'

Hij lachte. 'We zijn al vijf jaar getrouwd, hoor. Je doet alsof we net bij elkaar zijn.'

'Nee, maar, nou ja, soms vind ik jullie zulke bofkonten. Zo verliefd. En gelukkig.'

'Hij wil een hond,' zei hij glimlachend. 'Daar hebben we het thuis nu over. Nou ja, ik vind een hond prima. Maar ik zou een achtervang willen. En ik wil niet zo'n stomme Maltipoo of bichon. Ik zou een wolf willen. Een echte hond.'

Nora moest aan Voltaire denken. 'Dieren zijn gezellig...'

'Ja, wil jij nog steeds een hond?'

'Zeker weten. Of een kat.'

'Katten zijn me te ongehoorzaam,' zei hij. Zo klonk hij weer als de broer die ze kende. 'Honden kennen tenminste hun plaats.'

'Ongehoorzaamheid is het ware fundament van vrijheid. De gehoorzamen zullen slaaf zijn.'

Hij keek verbaasd. 'Waar heb je dát vandaan? Is dat een citaat?'

'Ja, van Henry David Thoreau. Mijn favoriete filosoof.'

'Sinds wanneer hou jij je met filosofie bezig?'

Natuurlijk. In dit leven had ze nooit filosofie gestudeerd. Terwijl haar stamzelf in een stinkend appartement in Bristol het werk van Thoreau, Lao Tse en Sartre las, stond haar huidige zelf op het Olympisch podium. Vreemd genoeg had ze net zoveel medelijden met de versie van zichzelf die nooit verliefd was geworden op de simpele schoonheid van Thoreaus *Walden* of de stoïcijnse *Meditaties* van Marcus Aurelius, als met de versie die haar Olympische potentie nooit had weten te verzilveren.

'Ik weet niet... kwam hem net tegen op internet.'

'Ah, cool. Zal hem eens opzoeken. Zoiets kun je wel in je praatje gebruiken.'

Nora voelde dat ze wit wegtrok. 'Hm, misschien doe ik het vandaag wel een beetje anders dan anders. Misschien improviseer ik wel een beetje.'

Improviseren was immers een vaardigheid waar ze zich inmiddels in had bekwaamd.

'Ik heb laatst een geweldige documentaire over Groenland gezien. Deed me denken aan je obsessie met de Noordpool en toen je al die foto's van ijsberen en zo uitknipte.'

'Ja. Gletsjeronderzoeker was volgens mevrouw Elm de beste manier om poolonderzoek te doen. Dus dat wilde ik worden.'

'Mevrouw Elm, waar ken ik die ook alweer van?' fluisterde hij.

'De schoolbibliothecaris.'

'Precies. Je woonde zo'n beetje in die bibliotheek, hè?'

'Zo'n beetje.'

'Als je niet was gaan zwemmen zou je nu in Groenland zitten.'

'Svalbard,' zei ze.

'Sorry?'

'Dat is een Noorse eilandengroep. Ver weg in de Noordelijke IJszee.'

'Vooruit, Noorwegen dan. Zou je daar zitten.'

'Misschien. Of misschien zou ik nog wel in Bedford rondhangen. Werkloos. Moeite om de huur bij elkaar te krijgen.'

'Doe niet zo raar. Je zou altijd iets groots hebben gedaan.'

Ze moest glimlachen om de naïviteit van haar oudere broer. 'In sommige levens zouden we zelfs niet met elkaar overweg kunnen.'

'Onzin.'

'Ik hoop het.'

Joe leek zich een beetje ongemakkelijk te voelen, wilde duidelijk van onderwerp veranderen.

'Raad eens wie ik laatst zag?'

Nora haalde haar schouders op, hoopte dat het iemand zou zijn van wie ze had gehoord.

'Ravi. Ken je die nog?'

Ze dacht aan Ravi, die haar gisteren nog bij de tijdschriftenwinkel op haar nummer had gezet. 'O ja, Ravi.'

'Ik liep hem tegen het lijf.'

'In Bedford?'

'Ha! God, nee. Daar kom ik al jaren niet meer. Nee. Op Station Blackfriars. Heel toevallig. Ik denk dat ik hem al een jaar of tien jaar niet had gezien. Minstens. Hij wilde met me naar de pub. Dus ik uitleggen dat ik inmiddels geheelonthouder ben en vervolgens dat ik alcoholist was. En al die dingen. Dat ik in geen jaren een glas wijn of een hijs van een joint heb gehad.' Nora knikte alsof dit niet als een bom insloeg. 'Sinds ik de weg kwijtraakte na de dood van mama. Ik denk dat hij zoiets had van "Wie is die gast?" Maar hij was oké. Hij was cool. Hij is cameraman. Doet ook nog wat met muziek. Geen rock. Kennelijk als dj. Weet je nog onze band, jaren geleden, The Labyrinths?'

Het werd makkelijker om vaagheid te faken. 'O ja, The Labyrinths. Tuurlijk. Geweldig, dát is lang geleden.'

'Ja. Kreeg het idee dat hij naar die tijd terugverlangde. Ook al waren we waardeloos en kon ik helemaal niet zingen.'

'En jij dan? Denk je weleens aan wat er had kunnen gebeuren als The Labyrinths het hadden gemaakt?'

Hij lachte een beetje treurig. 'Ik weet niet of er iets hád kunnen gebeuren.'

'Misschien hadden jullie een extra bandlid nodig. Ik speelde altijd op dat keyboard dat je van papa en mama had gekregen.'

'Echt waar? Had je daar dan tijd voor?'

Een leven zonder muziek. Een leven zonder het lezen van de boeken waar ze zo van hield.

Maar ook: een leven waarin ze goed kon opschieten met haar broer. Een leven waarin ze hem niet had hoeven teleurstellen.

'Hoe dan ook, Ravi wil gedag komen zeggen. En bijpraten. Hij werkt maar één metrohalte verderop. Dus hij probeert naar je praatje te komen.'

'O, jee… daar ben ik niet zo voor.'

'Waarom niet?'

'Ik ben nooit zo dol op hem geweest.'

Joe fronste zijn wenkbrauwen. 'Is dat zo? Ik kan me niet herinneren dat je dat ooit hebt gezegd. Hij is oké, een goeie gast. Beetje een nietsnut misschien, vroeger, maar hij lijkt zijn leven zo'n beetje op de rit te hebben…'

Nora was onrustig. 'Joe?'

'Zeg het eens.'

'Toen mama doodging, hè.'

'Ja.'

'Waar was ik toen?'

'Wat bedoel je? Gaat het goed, zus? Slaan je nieuwe pillen aan?'

'Pillen?'

Ze keek in haar tas en haalde hem overhoop. Vond een doosje antidepressiva. De moed zonk haar in de schoenen.

'Ik wil het gewoon weten. Ben ik vaak bij mama geweest voor ze stierf?'

Joe fronste zijn wenkbrauwen. Hij was nog steeds dezelfde Joe. Begreep zijn zusje nog steeds niet. Wilde nog steeds de realiteit ontvluchten. 'Je weet dat we er niet bij waren. Het ging zo snel. Ze had ons niet verteld hoe ziek ze was. Om ons te beschermen. Of misschien omdat ze niet wilde dat we zouden zeggen dat ze moest stoppen met drinken.'

'Drinken? Dronk mama?'

Joe werd ongeruster. 'Wat is er met je geheugen? Sinds Nadia op het toneel verscheen sloeg ze elke dag een fles gin achterover.'

'O ja, tuurlijk. Ik weet het weer.'

'En jij had de Europese Kampioenschappen in het vooruitzicht en ze wilde je daar dus niet mee belasten...'

'Jezus. Ik had bij haar moeten zijn. Een van ons had bij haar moeten zijn, Joe. Allebei –'

Plotseling bevroor hij. 'Je was toch nooit zo close met mama? Waarom doe je nu ineens –'

'We werden closer. Dat wilde ik graag. Ik –'

'Je laat me schrikken. Je lijkt jezelf niet.'

Nora knikte. 'Ja, ik... ik... ja, ik denk dat je gelijk hebt... ik denk dat het aan de pillen ligt...'

Ze herinnerde zich dat haar moeder in haar laatste maanden had gezegd: 'Ik zou niet weten wat ik zonder jou had moeten beginnen.' Dat had ze waarschijnlijk ook tegen Joe gezegd. Maar in dit leven had ze hen geen van beiden.

Toen kwam Priya binnen. Grijnzend, met haar telefoon en een soort klembord in haar hand.

'Het is tijd,' zei ze.

De boom van ons leven

Vijf minuten later was Nora opnieuw in de enorme conferentiezaal van het hotel. Minstens duizend mensen zaten te kijken naar de eerste spreker die haar presentatie aan het afronden was. De schrijver van *Van flop naar top*. Het boek dat Dan in een ander leven naast zijn bed had liggen. Maar Nora, in haar gereserveerde stoel op de voorste rij, luisterde niet echt. Ze was te ontdaan over haar moeder, te zenuwachtig voor haar praatje, dus ze hoorde alleen wat toevallige woorden en zinsneden die als croutons in minestrone in haar hoofd dobberden. 'Weinig bekend feit', 'ambitie', 'wat u wellicht verbaast te horen', 'als ik het kan', 'harde klappen'.

Veel lucht kreeg ze niet in deze zaal. Het rook naar een muskusachtig parfum en nieuwe vloerbedekking.

Ze probeerde rustig te blijven.

Ze boog naar haar broer en fluisterde: 'Volgens mij gaat me dit niet lukken.'

'Wat zeg je?'

'Volgens mij heb ik een paniekaanval.'

Hij keek haar glimlachend maar met iets onverzettelijks aan, een blik die ze zich herinnerde uit een ander leven, toen ze vlak voor een van de eerste gigs van The Labyrinths in een pub in Bedford een paniekaanval had gekregen. 'Het komt wel goed, hoor.'

'Volgens mij gaat het niet lukken. Ik ben helemaal leeg.'

'Je denkt te veel na.'

‘Ik ben in paniek. Ik kan helemaal nergens over nadenken.’

‘Kom op. Laat ons niet in de steek.’

Laat ons niet in de steek.

‘Maar –’

Ze probeerde aan muziek te denken.

Van muziek werd ze altijd rustig.

Er kwam een melodietje boven. Ze schaamde zich een beetje, ook voor zichzelf, toen ze besefte dat ze ‘Beautiful Sky’ in haar hoofd had. Een vrolijk, optimistisch liedje dat ze al heel lang niet gezongen had. ‘The sky grows dark / The black over blue / Yet the stars still dare / To shine for –.’

Maar toen boog de vrouw naast Nora – een goedgekleed zakelijk type van in de vijftig en de bron van de muskusachtige geur – zich naar haar toe en fluisterde: ‘Ik vind het zo erg wat u in Portugal is overkomen. U weet wel, die toestand in Portugal…’

‘Welke toestand?’

Het antwoord van de vrouw werd overstemd door het applaus van het publiek.

‘Welke toestand?’ vroeg ze nog een keer.

Maar het was te laat. Nora werd naar het podium geroepen en haar broer gaf haar een por met zijn elleboog.

De bijna bulderende stem van haar broer: ‘Ze hebben er zin in. Ga maar.’

Ze liep aarzelend naar het spreekgestoelte op het podium, naar haar enorme, op het scherm geprojecteerde, triomfantelijk lachende gezicht, een gouden medaille om haar nek.

Bekeken worden had ze altijd verschrikkelijk gevonden.

‘Hallo,’ zei ze zenuwachtig in de microfoon. ‘Heel fijn om hier vandaag te zijn…’

Duizend gezichten staarden haar afwachtend aan.

Ze had nog nooit voor zoveel mensen tegelijk gestaan. Zelfs met The Labyrinths hadden ze nooit voor meer dan honderd man opgetreden en had ze tussen de nummers door alleen het hoogstnoodzakelijke gezegd. En toen ze bij String Theory werkte deed ze op personeelsbijeenkomsten, waar nooit meer dan vijf mensen waren, maar zelden haar mond open, hoewel ze het geen enkel probleem vond om met klanten te praten. Op de universiteit maakte Nora zich altijd weken van tevoren al zenuwachtig voor een presentatie, terwijl Izzy die zo uit haar mouw schudde.

Joe en Rory keken bezorgd.

De Nora van de TED-talk die ze had gezien leek in niets op deze Nora en ze betwijfelde of ze die ooit zou kunnen worden. Niet zonder alles wat ze had gedaan.

'Hallo. Ik ben Nora Seed.'

Ze had het niet grappig bedoeld, maar de hele zaal moest lachen. Het was duidelijk niet nodig geweest om zich voor te stellen.

'Leven is vreemd,' begon ze. 'Dat we alles in één keer leven. In een rechte lijn. Maar dat is niet het hele plaatje. Want het leven bestaat niet alleen uit de dingen die we doen, maar ook uit de dingen die we niet doen. En elk moment in ons leven is een soort... afslag.'

Nog steeds niets.

'Denk daar maar eens over na. We beginnen... als dat onveranderlijke ding. Als het zaadje van een boom dat in de aarde is geplant. En dan groeien we... groeien we... groeien we en worden we eerst een boomstam...'

Helemaal niets.

'Maar dan ontwikkelt de boom – de boom van ons leven – takken. En denk eens aan al die takken die op verschillende hoogtes uit de stam komen. En denk eens aan al die takken die daar weer van aftakken, vaak in tegenovergestelde richtingen. Denk aan die takken die weer andere takken en twijgen worden, allemaal op een andere plek, allemaal vanuit dezelfde tak begonnen. Zo gaat het ook met het leven, maar dan in het groot.

Elke seconde van elke dag worden er nieuwe takken gevormd. En vanuit ons perspectief – vanuit ieders perspectief – voelt het als een… als een continuüm. Elk twijgje heeft één enkele reis gemaakt. Maar er zijn ook andere twijgen. En er zijn ook andere vandagen. Andere levens die anders zouden verlopen als je eerder in je leven een andere afslag had genomen. Zo ontstaat een levensboom. Veel godsdiensten en mythes kennen de levensboom. Het boeddhisme, de joodse leer en het christendom. Ook veel filosofen en schrijvers gebruiken boommetaforen. Voor Sylvia Plath stond een vijgenboom voor elk mogelijk leven dat ze kon leiden – de gelukkig getrouwde, de succesvolle dichter – en elke zoete, sappige vijg stond voor een leven, maar ze kreeg de kans niet om de zoete, sappige vijgen te proeven en dus rotten ze voor haar neus weg. Je kunt er gek van worden, van het denken aan al die levens die we niet leiden.

In de meeste van mijn levens sta ik bijvoorbeeld niet op dit podium om het met u over succes te hebben… In de meeste levens heb ik geen Olympisch goud gewonnen.' Ze herinnerde zich iets wat mevrouw Elm haar in de Middernachtbibliotheek had verteld. 'Eén ding anders doen heeft vaak hetzelfde effect als álles anders doen. Gedane zaken nemen geen keer in het leven, hoe hard we ook proberen…'

Het publiek luisterde nu. Ze hadden duidelijk een mevrouw Elm nodig in hun leven.

'Leven is de enige manier om iets te leren.'

En zo ging ze nog eens twintig minuten door, ze probeerde zich zoveel mogelijk te herinneren van wat mevrouw Elm haar had verteld, totdat ze naar haar handen keek, die wit oplichtten door het schijnsel van de katheder.

Toen ze de smalle roze streep wild vlees zag begreep ze dat ze het litteken zelf had veroorzaakt, en daardoor raakte ze de draad van haar verhaal kwijt. Of liever, ze vond een nieuwe draad.

'En… en het punt is… het punt is… wat we onze succesvolste

route vinden hoeft dat helemaal niet te zijn. Want te vaak is onze opvatting over succes gebaseerd op een ons opgelegd onzinnig idee – een Olympische medaille, de ideale echtgenoot, een hoog salaris. En proberen we aan al die maatstaven te voldoen. Terwijl echt succes niet te meten valt en het leven geen wedstrijd is die je kunt winnen. Eigenlijk is het allemaal… gelul…'

Het publiek zat er inmiddels ongemakkelijk bij. Dit was duidelijk niet het praatje dat ze hadden verwacht. Ze keek de zaal in en zag maar één iemand glimlachen. Omdat hij er stijlvol uitzag in een blauw katoenen overhemd en hij veel korter haar had dan in zijn Bedford-leven, duurde het even voor ze besefte dat het Ravi was. Deze Ravi keek vriendelijk uit zijn ogen, maar haar kennis over die andere Ravi, de Ravi die chagrijnig de tijdschriftenwinkel was ontvlucht omdat hij niet genoeg geld had om een tijdschrift te kopen en haar de schuld daarvan gaf, kon ze niet van zich afschudden.

'Ik weet dat u verwachtte dat mijn TED-talk over de weg naar succes zou gaan. Maar succes is een waanidee. Het zijn allemaal waanideeën. Ik bedoel, ja, er zijn dingen die we kunnen overwinnen. Ik heb bijvoorbeeld podiumangst en toch sta ik hier, op een podium. Moet je mij zien… op een podium! Maar laatst vertelde iemand me, vertelden ze me dat ik eigenlijk geen last heb van podiumangst. Maar van *levensangst*. En weet u? Ze hebben nog fucking gelijk ook. Want het leven is beangstigend, en het is niet voor niks beangstigend, de reden is dat het niet uitmaakt welke tak van het leven we leven, want we blijven altijd dezelfde verrotte boom. Ik heb veel dingen in mijn leven gewild. Allerlei soorten dingen. Maar als je een rotleven hebt blijft het rot, wat je ook doet. Dat zinloze ding rot weg van ellende…'

Joe maakte met zijn hand een wanhopige afkapbeweging onder zijn kin, een stopgebaar.

'Hoe dan ook, wees gewoon aardig… Gewoon aardig. Volgens mij moet ik onderhand stoppen, maar ik wil alleen nog zeggen dat ik van mijn broer Joe hou. Ik hou van je, broer, en ik hou van iedereen in deze zaal en het was heel fijn om hier te zijn.'

En het moment dat ze zei dat het fijn was om hier te zijn, was ook het moment dat ze daar helemaal niet meer was.

Systeemfout

Ze was weer terug in de Middernachtbibliotheek.

Maar dit keer wat verder weg van de boekenplanken. Dit was het 'kantoor' dat ze eerder in een van de bredere gangen had gezien. Het bureau stond vol postbakjes met overal stapels papier, dozen en de computer.

De computer zag er echt ouderwets uit, een crèmekleurig hoekig geval op het bureau naast de papieren. Het soort dat mevrouw Elm ooit in haar schoolbibliotheek had gehad. Met haar blik op het scherm zat ze driftig op het toetsenbord te typen terwijl Nora achter haar stond.

Het licht – dezelfde kale peertjes die aan draden naar beneden hingen – flikkerde onrustig.

'Door mij was mijn vader nog in leven. Maar hij had ook een affaire gehad, en mijn moeder was eerder overleden en ik kon goed opschieten met mijn broer omdat ik hem nooit in de steek had gelaten, maar hij was nog dezelfde broer, echt waar, en in dat leven kon hij alleen met me overweg omdat hij aan me kon verdienen en... en... het was niet de Olympische droom die ik me had voorgesteld. Het was dezelfde ik. En er was iets in Portugal gebeurd. Waarschijnlijk heb ik een zelfmoordpoging gedaan of zoiets... Zijn er eigenlijk nog andere levens of verandert alleen het decor?'

Maar mevrouw Elm luisterde niet. Nora zag iets op het bureau liggen. Een oude oranje plastic vulpen. Precies zo een als Nora vroeger op school had.

'Hallo? Mevrouw Elm, hoort u mij?'

Er was iets mis.

De bibliothecaris keek bezorgd. Ze las van het scherm, zei bij zichzelf: 'Systeemfout.'

'Mevrouw Elm? Hallo? Joehoe! Ziet u mij?'

Ze tikte op haar schouder. Dat leek te werken.

Mevrouw Elm keek ontzettend opgelucht toen ze zich van de computer afkeerde. 'O, Nora, je bent er!'

'Had u dat dan niet verwacht? Had u gedacht dat ik dat leven zou kiezen?'

Ze schudde haar hoofd zonder het echt te bewegen. Als dat tenminste kon. 'Nee, dat is het niet. Het zag er gewoon wankel uit.'

'Wat zag er wankel uit?'

'De overgang.'

'De overgang?'

'Van het boek naar hier. Van het *door jou gekozen leven* naar hier. Er lijkt een probleem te zijn. Een probleem met het hele systeem. Iets wat boven mijn macht gaat. Iets van buiten.'

'U bedoelt in mijn eigenlijke leven?'

Ze keek weer naar het scherm. 'Ja. Kijk, de Middernachtbibliotheek bestaat bij de gratie van jouw bestaan. In je stamleven.'

'Dus ik ga dood?'

Mevrouw Elm keek getergd. 'Mogelijk. Tenminste, de mogelijkheid bestaat dat we het eind van het mogelijke bereiken.'

Nora dacht aan hoe lekker en gezond het had gevoeld, zwemmen in het zwembad. Springlevend. En toen gebeurde er iets vanbinnen. Een vreemd gevoel. Een stomp in haar maag. Een lichamelijke verschuiving. Een verandering in haar. Het idee om dood te gaan kwam haar plots niet meer zo aantrekkelijk voor. Op hetzelfde moment stopte het licht met flikkeren en scheen het weer fel.

Mevrouw Elm klapte in haar handen toen ze op haar scherm nieuwe informatie zag verschijnen.

'O, het is terug. Dat is mooi. De storing is voorbij. Alles doet het weer. Dankzij jóú, geloof ik.'

'Hè?'

'Volgens de computer is de onderliggende oorzaak in de host tijdelijk verholpen. En jij bent de onderliggende oorzaak. Jij bent de host.' Ze glimlachte. Nora knipperde even en toen ze haar ogen weer opendeed stond ze met mevrouw Elm in een ander deel van de bibliotheek. Opnieuw tussen de boekenrekken. Stijfjes en ongemakkelijk stonden ze tegenover elkaar.

'Oké. En nu ontspannen,' zei mevrouw Elm voordat ze diep en betekenisvol uitademde. Ze had het duidelijk tegen zichzelf.

'Mijn moeder is in verschillende levens op verschillende momenten overleden. Ik zou een leven willen waarin ze er nog is. Bestaat zo'n leven?'

Mevrouw Elm richtte haar aandacht op Nora.

'Misschien.'

'Geweldig.'

'Maar daar kun je niet naartoe.'

'Waarom niet?'

'Omdat deze bibliotheek over jóúw beslissingen gaat. Je hebt nooit een keus kunnen maken waardoor ze na gisteren nog in leven zou zijn. Het spijt me.'

Er flikkerde een peertje boven Nora's hoofd. Maar de rest van de bibliotheek bleef bij het oude.

'Er is iets anders waar je over moet nadenken, Nora. Wat beviel je aan het laatste leven?'

Nora knikte. 'Zwemmen. Dat vond ik fijn. Maar volgens mij was ik in dat leven niet gelukkig. Ik weet niet of er wel een leven bestaat waarin ik echt gelukkig ben.'

'Ben je uit op geluk?'

'Ik weet niet. Ik wil een betekenisvol leven, iets goeds doen.'

'Ooit wilde je gletsjeronderzoeker worden,' leek mevrouw Elm zich te herinneren.

'Klopt.'

'Daar had je het toen over. Je was geïnteresseerd in de Noordpool dus daarom heb ik dat destijds geopperd.'

'Dat weet ik nog. Ik vond het meteen te gek. Maar mijn vader en moeder vonden het maar niks.'

'Waarom niet?'

'Geen idee. Zwemmen hebben ze altijd gestimuleerd. Althans, papa. Alles wat met wetenschap te maken had vonden ze maar gek.'

Diep vanbinnen werd Nora heel verdrietig. Vanaf het moment dat ze op de wereld kwam hadden haar ouders haar anders bekeken dan haar broer.

'Joe was degene van wie ze de nodige verwachtingen hadden, behalve als het om zwemmen ging,' vertelde ze mevrouw Elm. 'Mijn moeder ontmoedigde alles waardoor ik daar weg zou kunnen komen. Zelfs zwemmen stimuleerde ze niet, zoals papa. Maar er moet toch een leven zijn waarin ik mijn oren niet naar mijn moeder liet hangen en waarin ik poolonderzoeker ben geworden? Ver weg van alles. Met een doel. De planeet redden. De effecten van klimaatverandering onderzoeken. Aan het front.'

'Dus je wilt dat ik dat leven voor je opzoek?'

Nora zuchtte. Ze had nog steeds geen idee wat ze wilde. Maar de poolcirkel zou in elk geval weer eens iets anders zijn.

'Mij best. Ja.'

Svalbard

Ze werd wakker in een smal bed in een kleine hut op een schip. Ze wist dat het een schip was omdat het deinde en van de deining, hoe zachtjes ook, was ze inderdaad wakker geworden. De hut was krap en eenvoudig. Ze had een dikke fleecetrui aan en een lange onderbroek. Toen ze de deken van zich afgooide merkte ze dat ze hoofdpijn had. Ze had zo'n droge mond dat haar wangen naar binnen werden gezogen. Ze hoestte diep vanuit haar longen en voelde zich ontelbare zwembadlengtes verwijderd van het lichaam van een Olympisch kampioen. Haar vingers roken naar tabak. Ze kwam overeind en zag een lichtblonde, stevige vrouw met een verweerd gezicht zitten die naar haar keek.

'*God morgen*, Nora.'

Ze glimlachte. En hoopte maar dat welke Scandinavische taal deze vrouw ook bezigde, zíj die taal in dit leven niet vloeiend sprak.

'Goedemorgen.'

Er lag een halflege fles wodka en een kroes op de vloer naast het bed van de vrouw. Op een koffer tussen de bedden stond een hondenkalender (april: springerspaniël) en de drie boeken die er ook lagen waren allemaal in het Engels. Het boek het dichtst bij de vrouw heette *Beginselen van de gletsjermechanica*. De titels van de twee aan Nora's kant: *Natuurgids voor de Noordpool* en *De sage van de Völsungs: Het Noordse heldendicht over Sigurd de drakendoder,* de klassieke Penguin-uitgave. Er viel nog iets anders op. Het was koud. Heel erg koud. Kou die bijna brandt, die zeer doet aan je vingers en tenen en waarvan je wangen stijf worden.

Zelfs binnen. Met lagen thermisch ondergoed aan. Met een trui. Met de feloranje gloeidraden van twee elektrische straalkacheltjes. Elke uitademing werd een wolkje.

'Waarom ben je hier, Nora?' vroeg de vrouw in het Engels met een zwaar accent.

Een lastige vraag als je niet weet waar 'hier' is.

'Beetje vroeg hè, om te filosoferen?' Nora lachte nerveus.

Door de patrijspoort zag ze een muur van ijs uit zee oprijzen. Ze was of heel ver noordelijk of heel ver zuidelijk. Hoe dan ook ergens heel ver weg.

De vrouw keek nog steeds naar haar. Nora had geen idee of ze bevriend waren. De vrouw zag er stoer uit, direct, aards, waarschijnlijk was ze interessant gezelschap.

'Ik bedoel het niet filosofisch. Ik bedoel ook niet waarom je in het gletsjeronderzoek verzeild bent geraakt. Hoewel dat op hetzelfde kan neerkomen. Ik bedoel: waarom zoek je het zo ver van de beschaafde wereld? Dat heb je me nooit verteld.'

'Ik weet niet. Ik hou van kou,' zei ze.

'Niemand houdt van déze kou. Tenzij je een sadomasochist bent.'

Ze had gelijk. Nora pakte haar trui van het eind van haar bed en trok hem aan over de trui die ze al droeg. Toen ze dat deed zag ze naast de wodkafles een geplastificeerd naamplaatje op de vloer liggen.

Ingrid Skirbekk
Professor of Geoscience
International Polar Research Institute

'Ik weet het niet, Ingrid. Ik hou gewoon van gletsjers, ik wil ze begrijpen. Waarom ze… smelten.'

Naar Ingrids opgetrokken wenkbrauwen te oordelen klonk ze niet echt als een gletsjerdeskundige.

'En jij?' vroeg ze hoopvol.

Ingrid zuchtte. Wreef met haar duim over haar handpalm. 'Na het overlijden van Per hield ik het in Oslo niet meer uit. Al die mensen die níét Per waren... En dat cafeetje waar we altijd naartoe gingen, op de universiteit. Dan zaten we daar gewoon samen te zitten, samen te zwijgen. Zwijgend gelukkig. De krant lezen, koffie drinken. Het was moeilijk om al die plekken te mijden. We wandelden altijd de hele stad rond. Zijn gekwelde ziel hing op elke straathoek... Ik bleef tegen mijn herinneringen zeggen dat ze moesten opkrassen, maar dat hielp niet. Rouw is klote. Als ik langer was gebleven was ik de mensheid gaan haten. Dus toen er een baan als onderzoeker op Svalbard vrijkwam had ik zoiets van dat is mijn redding... Ik wilde ergens naartoe waar hij nooit was geweest. Ergens waar ik zijn geest niet hoefde te voelen. Maar eerlijk gezegd werkt dat maar half. Plaatsen zijn plaatsen, herinneringen zijn herinneringen en leven is godverdegodver leven.'

Nora hoorde het allemaal aan. Ingrid vertelde dit duidelijk aan iemand die ze dacht redelijk goed te kennen, maar toch was Nora een buitenstaander. Dat voelde vreemd. Verkeerd. Dit moest het moeilijkste zijn als je spion was, dacht ze. De emoties die mensen in je investeren, als een slechte belegging. Het voelt alsof je mensen ergens van berooft.

Ingrid glimlachte, onderbrak haar gedachtegang. 'Hoe dan ook, dank je wel voor gisteravond... Het was fijn om zo te praten. Er lopen hier nogal wat lullo's rond en daar hoor jij niet bij.'

'O, dank je. Jij ook niet trouwens.'

En op dat moment zag Nora het geweer, een groot geweer met een forse bruine greep dat tegen de muur aan de andere kant van de hut stond, onder de kledinghaken.

Op een of andere manier werd ze vrolijk van die aanblik. Haar elfjarige zelf zou trots op haar zijn geweest. Het zag ernaar uit dat ze *een avontuur beleefde*.

Hugo Lefèvre

Met hoofdpijn en een overduidelijke kater liep Nora door een kale houten gang naar een kleine eetzaal waar het naar ingelegde haring rook en waar een paar wetenschappers aan het ontbijt zaten.

Ze pakte een kop zwarte koffie en wat oudbakken, droog roggebrood en ging ook zitten.

Door de ramen om haar heen had ze het mooiste mysterieuze uitzicht dat ze ooit had gezien. Uit de mist doemden eilanden van ijs op, als witte, kristalheldere rotsen. Er waren zeventien andere mensen in de eetzaal telde Nora. Elf mannen, zes vrouwen. Nora zat in haar eentje, maar binnen vijf minuten schoof er een man aan met kort haar en stoppels die twee dagen van een volle baard waren verwijderd. Zoals de meesten hier had hij een parka aan, maar die leek niet bij hem te passen, alsof hij zich meer thuis zou voelen in een chique korte broek en een roze polo aan de Rivièra. Hij glimlachte naar Nora. Ze probeerde zijn glimlach te vertalen, te begrijpen wat voor soort relatie ze hadden. Hij keek haar nog even aan en zette toen zijn stoel tegenover haar. Ze keek of hij een naamplaatje had, maar nee. Ze vroeg zich af of ze moest weten hoe hij heette.

'Ik ben Hugo,' zei hij tot haar opluchting. 'Hugo Lefèvre. Jij bent toch Nora?'

'Klopt.'

'Ik heb je al eerder in het onderzoekscentrum op Svalbard gezien, maar we hebben nog niet kennisgemaakt. Hoe dan ook, ik wilde alleen maar zeggen dat ik je artikel over pulserende gletsjers heb gelezen en dat ik het geweldig vond.'

'Echt?'

'Zeker. Het heeft me altijd al gefascineerd waarom dat alleen hier gebeurt. Het is zo'n vreemd verschijnsel.'

'Het leven zit vol vreemde verschijnselen.'

Een gesprek was verleidelijk maar ook gevaarlijk. Nora glimlachte beleefd en keek naar buiten. De ijseilanden werden echte eilanden. Kleine besneeuwde spitse heuvels als bergtoppen, of rotsige, vlakke landplaten. En daarachter de gletsjer die Nora door de patrijspoort had gezien. Ze kreeg er nu een beter beeld van, hoewel het bovenste gedeelte achter een vizier van wolken schuilging. Boven andere delen hing juist helemaal geen mist. Het was een verbluffend gezicht.

Op tv of in een tijdschrift kom je weleens een gletsjer tegen en dan zie je een gladde witte massa. Maar deze had evenveel reliëf als een berg. Zwartbruin en wit. En er waren oneindig veel variaties wit, een visueel smörgåsbord aan variatie – witwit, blauwwit, turquoisewit, goudwit, zilverwit, doorschijnend wit – oogverblindend levendig en indrukwekkend. Indrukwekkender dan het ontbijt.

'Deprimerend, vind je niet?' vroeg Hugo.

'Wat?'

'Dat de dag nooit eindigt.'

Nora voelde zich ongemakkelijk bij deze observatie. 'In welke zin?'

Het duurde even voor hij reageerde.

'Het oneindige licht,' zei hij voordat hij een hap droge cracker nam. 'Vanaf april. Het is net één eindeloze dag... ik vind het verschrikkelijk.'

'Ga verder.'

'Je zou verwachten dat ze gordijnen voor de patrijspoorten hangen. Ik heb nauwelijks geslapen sinds ik aan boord ben.'

Nora knikte. 'Hoelang is dat ook alweer?'

Hij lachte. Een keurige lach. Met gesloten mond. Beschaafd. Nauwelijks een lach eigenlijk.

'Ik heb gisteravond doorgedronken met Ingrid. De wodka heeft mijn geheugen verdonkeremaand.'

'Weet je zeker dat het de wodka is?'

'Wat zou het anders zijn?'

Hij keek haar onderzoekend aan en Nora voelde zich automatisch schuldig.

Ze zag Ingrid met koffie achter haar laptop, aan het typen. Ze wou dat ze bij haar zat.

'Nou, dit was onze derde nacht. We zwerven sinds zondag in de archipel rond. Ja, zondag. Toen zijn we uit Longyearbyen vertrokken,' zei Hugo.

Nora trok een gezicht alsof ze dat allemaal wel wist. 'Zondag lijkt alweer zo lang geleden.'

Het leek of het schip omdraaide. Nora moest zich een beetje schrap zetten.

'Twintig jaar geleden was er in april nauwelijks open water rond Svalbard. En moet je nu zien. Alsof we op de Middellandse Zee varen.'

Nora probeerde ontspannen te glimlachen. 'Niet helemaal.'

'Trouwens, ik hoorde dat jij vandaag de pineut bent?'

Nora deed haar best neutraal te kijken, wat haar makkelijk afging. 'Echt?'

'Jij zit vandaag toch op de uitkijk?'

Ze had geen idee waar hij het over had, maar kreeg het benauwd van de twinkeling in zijn ogen.

'Ja,' zei ze. 'Ja. Ik sta vandaag op de uitkijk.'

Hugo zette grote ogen op van schrik. Of van schijnschrik. Het verschil was moeilijk te zien.

'Op de uitkijk?'

'Nou en?'

Nora wilde vreselijk graag weten wat op de uitkijk staan inhield, maar kon het niet vragen.

'Nou, *bonne chance* dan maar,' zei Hugo pesterig.

'Merci,' zei Nora en keek naar het heldere poollicht en een landschap dat ze alleen uit tijdschriften kende. 'Kom maar op.'

Rondjes lopen

Een uur later stond Nora op een met sneeuw bedekte rots. Meer een klip dan een eiland. Zo klein en onbewoonbaar dat het geen naam had, maar aan de andere kant van het ijskoude water zag je een groter eiland – onheilspellend Bereneiland genoemd. Ze stond naast een boot. Niet de Lance, het grote schip waarop ze had ontbeten – dat lag veilig voor anker op zee – maar het motorbootje dat door een boom van een man bijna in zijn eentje uit het water was getrokken. Rune heette hij en ondanks zijn Scandinavische naam had hij de lome tongval van een Amerikaan van de westkust.

Aan haar voeten lag een fluorescerend gele rugzak. En op de grond lag de winchester die tegen de muur van de hut had gestaan. Dit was háár geweer. In dit leven had ze een vuurwapen. Naast het geweer lag een steelpan met een lepel. In haar hand had ze een ander, minder dodelijk, wapen – een alarmpistool met een lichtkogel, klaar om af te vuren.

Ze was erachter gekomen waarvoor ze 'op de uitkijk' stond. Terwijl negen wetenschappers op dit eilandje klimaatonderzoek deden, stond zij op de uitkijk voor ijsberen. Kennelijk was dat gevaar niet denkbeeldig. Als ze er eentje zag moest ze meteen een lichtkogel afvuren. Om twee redenen: a) de beer te verjagen en b) de anderen te waarschuwen.

Afdoende was het niet. Mensen waren een smakelijke bron van eiwitten en beren stonden niet bekend om hun angst, en vooral de afgelopen jaren waarin hun natuurlijke leefomgeving en voedselbronnen waren afgenomen, waren ze kwetsbaarder en daarmee roekelozer geworden.

'Zodra je de lichtkogel hebt afgevuurd,' zei de oudste en leider van de groep, een baardloze man met scherpe trekken die Peter heette en altijd fortissimo sprak, 'begin je als een idioot te schreeuwen en met de lepel op de pan te slaan. Ze hebben hele goede oren. Net katten. Negen van de tien keer laten ze zich door het lawaai afschrikken.'

'En die tiende keer?'

Hij knikte naar het geweer. 'Dan dood je hem. Voordat hij jou doodt.'

Nora was niet de enige met een geweer. Ze hadden allemaal een geweer. Ze waren gewapende wetenschappers. Hoe dan ook, Peter lachte en Ingrid gaf haar een schouderklopje.

'Ik hoop echt dat je niet wordt opgegeten,' zei Ingrid met een schorre lach. 'Ik zou je missen. Als je niet ongesteld bent zou je het moeten redden.'

'Jezus. Wat zeg je?'

'Ze ruiken bloed van meer dan een kilometer afstand.'

Iemand anders – iemand die zo was ingepakt dat ze onmogelijk kon zeggen wie het was, zelfs als ze hem had gekend – wenste haar met een gesmoorde verre stem 'veel succes'.

'Over vijf uur zijn we terug...' zei Peter. Hij lachte weer en Nora hoopte maar dat het een grapje was. 'Loop rondjes om je warm te houden.'

En toen lieten ze haar achter, ze liepen weg over de rotsachtige grond en verdwenen in de mist.

Het eerste uur gebeurde er niets. Nora liep rondjes. Ze hopte van haar linkervoet op haar rechtervoet. De mist werd een beetje dunner en ze keek naar het landschap. Ze vroeg zich af waarom ze niet in de bibliotheek was. Per slot van rekening was dit een behoorlijke shitsituatie. Er waren vast levens waarin ze nu naast een zwembad in de zon zat. Levens waarin ze muziek maakte, in een warm, naar lavendel geurend bad lag, geweldige derde-dateseks had, op een Mexicaans strand lag te lezen, in een sterrenrestaurant dineerde, door de straten van Parijs slenterde, in Rome verdwaalde, in alle rust naar een tempel in de buurt van Kyoto staarde, of de warme cocon van een gelukkige relatie om zich heen voelde.

In de meeste levens zou ze het in elk geval lichámelijk behaaglijk hebben. En toch voelde ze hier iets nieuws. Of iets ouds dat ze lang had verdrongen. Door het gletsjerlandschap herinnerde ze zich dat ze bovenal een mens was die op een planeet leefde. Ze besefte dat bijna alles wat ze in haar leven had gedaan – bijna alles waar ze voor had gewerkt, wat ze had gekocht en had geconsumeerd – haar verder had afgedreven van het besef dat mensen uiteindelijk maar een van de negen miljoen soorten waren.

'Als je zelfverzekerd je dromen najaagt en het leven durft te leiden dat je je voorstelt, ligt er succes in het verschiet dat je nooit had verwacht,' had Thoreau in *Walden* geschreven. Hij had ook opgemerkt dat een deel van zijn succes aan alleen-zijn was te danken. 'Ik heb nooit een gezelliger kameraad gevonden dan de eenzaamheid.'

En Nora voelde zich net zo. Hoewel ze op dat moment pas een uur alleen was, was ze nooit eerder zó alleen geweest in zo'n onbewoond deel van de natuur.

In nachtelijke, suïcidale uren dacht ze dat eenzaamheid haar probleem was. Maar dat kwam omdat ze niet echt eenzaam was geweest. De eenzame ziel in de drukke stad hunkert naar verbinding omdat hij denkt dat verbinding van mens tot mens het allerbelangrijkst is. Maar te midden van de ongerepte natuur (of 'het tonicum van de wildernis' zoals Thoreau het noemde) veranderde eenzaamheid van karakter, het werd zelf een soort verbinding. Verbinding tussen haar en de wereld. En tussen haar en haarzelf.

Ze herinnerde zich een gesprek met Ash. Lang, een beetje

onhandig, grappig en altijd op zoek naar een nieuw songbook voor zijn gitaar.

Geen gesprek in de winkel maar in het ziekenhuis, toen haar moeder ziek was. Kort nadat ze de diagnose eierstokkanker had gekregen moest ze worden geopereerd. Nora was met haar moeder meegegaan naar elke afspraak in het ziekenhuis van Bedford en in die paar weken had ze haar moeders hand vaker vastgehouden dan in de rest van haar leven.

Tijdens de operatie van haar moeder had ze in de ziekenhuiskantine zitten wachten. En Ash, in operatiekleding, die haar herkende als degene met wie hij in String Theory vaak een praatje had gemaakt, had gezien dat ze ongerust was en was binnengelopen om even dag te zeggen.

Hij was chirurg en ze had hem allerlei vragen over zijn werk gesteld (hij had die dag een blindedarm en een galkanaal verwijderd). Ze had ook naar de gebruikelijke hersteltijd na de operatie gevraagd en naar hoeveel tijd de ingreep in beslag nam, en hij was heel geruststellend. Uiteindelijk hadden ze heel lang over van alles en nog wat zitten praten, alsof hij begreep dat ze daar behoefte aan had. Hij had iets gezegd over het googelen naar symptomen. En toen kregen ze het over social media – hij dacht dat hoe meer mensen via social media met elkaar waren verbonden, hoe eenzamer de samenleving werd.

'Daarom vindt iedereen elkaar tegenwoordig verschrikkelijk,' zei hij. 'Want ze stikken van de nepvrienden. Ooit van het getal van Dunbar gehoord?'

En hij had haar verteld over Roger Dunbar van Oxford University, die ontdekt had dat mensen maar met honderdvijftig anderen een relatie kunnen hebben, de gemiddelde omvang van een jager-verzamelaarsgemeenschap.

'En uit het middeleeuwse register van landgoederen is gebleken dat in die tijd de gemiddelde omvang van een Engelse gemeenschap ook honderdvijftig mensen was. Behalve in Kent.

Daar bleef het bij honderd. Ik kom uit Kent. Wij hebben asociaal DNA,' vervolgde Ash in het meedogenloze licht van de ziekenhuiskantine.

'Ik ben weleens in Kent geweest, en dat viel me inderdaad op,' was de reactie van Nora. 'Maar ik kan me in die theorie wel vinden. Op insta kom ik binnen een uur zoveel mensen tegen.'

'Precies. Ziek gewoon! Dat kunnen onze hersenen niet aan. En daarom smachten we meer dan ooit naar persoonlijk contact. En daarom zou ik een Simon & Garfunkel-songbook nooit online kopen!'

Ze glimlachte bij de herinnering en werd door een luide plons naar de realiteit van het poollandschap teruggebracht.

Een paar meter verderop, tussen het rotsige eiland waarop ze stond en Bereneiland, stak een andere kleine rots of verzameling rotsen boven het water uit. Er dook iets op uit het zeeschuim. Iets zwaars dat groot en nat tegen het steen aansloeg. Ze trilde over haar hele lichaam, had haar alarmpistool in de aanslag, maar het was geen ijsbeer. Het was een walrus. Het dikke, rimpelige, bruine beest schoof over het ijs maar hield stil om naar haar te staren. Zij (of hij) zag er oud uit, zelfs voor een walrus. De walrus had geen last van schaamte en bleef haar eindeloos aanstaren. Nora was bang. Ze wist maar twee dingen over walrussen: dat ze gevaarlijk konden zijn en dat ze nooit heel lang in hun eentje waren.

Er stonden waarschijnlijk meer walrussen op het punt zich uit het water te hijsen.

Ze vroeg zich af of ze de lichtkogel moest afvuren.

De walrus bleef waar ze was, als een geest van zichzelf in het korrelige licht, maar verdween langzaam in een mistsluier. Minuten gingen voorbij. Nora had zeven lagen kleding aan, maar haar oogleden waren aan het verstijven en konden dichtvriezen als ze ze te lang dichtdeed. Af en toe hoorde ze flarden van de stemmen van de anderen en eventjes kwamen haar collega's zo dicht in de buurt dat ze er een paar kon zien. Schimmen in de mist, voorovergebogen over de grond, ijsmonsters lezend met apparatuur waar ze niets mee zou hebben gekund. Maar ze verdwenen weer. Ze at een van de proteïnerepen in haar rugzak. Die was koud en zo hard als toffee. Ze checkte haar telefoon, maar ze had geen ontvangst.

Het was doodstil.

De stilte deed haar beseffen hoeveel lawaai de wereld elders maakte. Hier betekende lawaai iets. Je hoorde iets en dan moest je opletten.

Tussen het kauwen door hoorde ze weer een plons, maar nu uit een andere richting. De combinatie van nevel en weinig licht maakte het moeilijk om iets te zien. Maar het was geen walrus. Dat werd duidelijk toen ze zich realiseerde dat het een grote schim was die op haar afkwam. Groter dan een walrus en veel groter dan welk mens ook.

Extreme crisis in een godvergeten gat

'*Fuck*,' fluisterde Nora in de kou.

Waar is die bibliotheek als je hem echt nodig hebt?

De mist trok op en onthulde een enorme, rechtopstaande, witte beer. Hij liet zich op zijn voorpoten vallen en kwam verrassend snel dreigend en angstaanjagend gracieus op haar af. Nora deed niets, was verlamd van schrik. Ze was even stijfbevroren als de permafrost onder zich.

Fuck.

Fuck fuck.

Fuck fuck fucking fuck.

Fuck fuck fuck fuck fuck.

Uiteindelijk nam haar overlevingsinstinct het over: Nora stak het pistool omhoog, vuurde, en de lichtkogel schoot als een kleine komeet de lucht in en verdween in het water, en met de dovende gloed vervloog ook haar hoop. Het beest kwam nog steeds op haar af. Ze viel op haar knieën en begon met de lepel tegen de steelpan te slaan en uit alle macht te schreeuwen.

'BEER! BEER! BEER!'

De beer hield in, eventjes.

'BEER! BEER! BEER!'

Hij zette zich weer in beweging.

Het lawaai had geen effect. De beer was al dichtbij. Ze vroeg zich af of ze bij haar geweer kon dat net buiten haar bereik op het ijs lag. Ze zag zijn enorme met klauwen bewapende poten, die zich in de sneeuw op de rotsen drukten. Hij hield zijn kop laag en zijn zwarte ogen keken haar aan.

'BIBLIOTHEEK!' schreeuwde Nora. 'MEVROUW ELM! ALSTUBLIEFT, HAAL ME TERUG! DIT IS HET VERKEERDE LEVEN! ECHT, ECHT, ÉCHT VERKEERD! HAAL ME TERUG! IK HOU HELEMAAL NIET VAN AVONTUUR! WAAR IS DE BIBLIOTHEEK?! IK WIL NAAR DE BIBLIOTHEEK!'

De ijsbeer keek haar zonder haat aan. Nora was gewoon eten. Vlees. En dat was een vernederend soort angst. Haar hart ging tekeer als een drummer die een roffel slaat. Het eind van het liedje. En op dat moment werd het haar eindelijk verbluffend duidelijk:

Ze wilde niet dood.

En laat dat nou net het probleem zijn. Met de dood voor ogen leek leven aantrekkelijker, maar als leven aantrekkelijker was, hoe kwam ze dan terug bij de Middernachtbibliotheek? Bang zijn telde niet. Om het nog eens met een ander boek te proberen moest ze teleurgesteld zijn in dit leven.

De dood. Een gewelddadige, onverwachte dood in beervorm staarde haar met zwarte ogen aan. En toen wist ze, beter dan wat ook, dat ze er nog niet aan toe was om dood te gaan. Terwijl ze oog in oog stond met de hongerige, wanhopig voor zijn leven vechtende ijsbeer en met de lepel tegen de steelpan sloeg, werd die wetenschap belangrijker dan de angst. Harder. Een snel, staccato beng, beng, beng, beng.

Ik. Ben. Niet. Bang.

Ik. Ben. Niet. Bang.

Ik. Ben. Niet. Bang.

Ik. Ben. Niet. Bang.

Ik. Ben. Niet. Bang.

Ik. Ben. Niet. Bang.

De beer ging rechtop staan en staarde haar aan zoals de walrus had gedaan. Ze wierp een blik op het geweer. Echt te ver weg. Zodra ze het geweer zou pakken en wist hoe ze hem moest afvuren, was het al te laat. Ze betwijfelde of ze wel in staat was om een ijsbeer te doden. Dus ze bleef met de lepel tegen de pan slaan.

Nora deed haar ogen dicht en verlangde naar de bibliotheek terwijl ze lawaai bleef maken. Toen ze haar ogen weer opendeed zag ze hem voorover het water induiken. Zelfs toen het beest was verdwenen, bleef ze op de steelpan slaan. Een minuut later hoorde ze in de mist haar naam roepen.

Eiland

Ze was in shock. Door iets anders dan de anderen in het bootje dachten. Niet omdat ze op een haar na dood was geweest. Maar omdat ze besefte dat ze eigenlijk wilde leven.

Ze kwamen voorbij een klein eiland dat stikte van de natuur. Groen korstmos op de rotsen. Vogels – groepjes kleine alken en papegaaiduikers – zaten ineengedoken, weerden zich tegen de poolwind. Tegen de verwachting in overleefde hier het leven.

Nora nam een slokje van de koffie die Hugo haar uit zijn thermosfles gaf. Hoewel ze drie paar handschoenen droeg omklemde ze haar koffie met koude handen.

Deel uitmaken van de natuur gaat samen met het verlangen om te leven.

Als je te lang op één plek blijft vergeet je hoe uitgestrekt de wereld is. Je hebt geen idee van de omvang van lengtegraden en breedtegraden. Of van de onmetelijkheid van iemands binnenwereld.

Maar zodra het besef van die onmetelijkheid op de een of andere manier tot je doordringt, krijg je, of je wilt of niet, hoop en die klampt zich net zo hardnekkig aan je vast als korstmos aan rotsen.

Permafrost

Op Svalbard steeg de oppervlaktetemperatuur twee keer zo snel als in de rest van de wereld. De klimaatverandering voltrok zich hier sneller dan bijna overal op aarde.

Een vrouw met een paarse wollen muts die ze tot vlak boven haar ogen naar beneden had getrokken, had het over een van de ijsbergen die een salto maakte – kennelijk het gevolg van het opwarmende water dat het ijs van binnenuit deed smelten waardoor de berg topzwaar werd.

Een ander probleem was de dooi van de permafrost waardoor de grond zacht werd en de houten huizen in Longyearbyen, de grootste plaats op Svalbard, door aardverschuivingen en lawines werden bedreigd. Ook bestond het gevaar dat er op het plaatselijke kerkhof lijken aan de oppervlakte zouden komen.

Het was inspirerend om met wetenschappers te werken die erachter wilden komen wat er nu precies met de planeet, gletsjers en het klimaat gebeurde en ons daarvan wilden doordringen om zo het leven op aarde te beschermen.

Terug op het schip ging Nora rustig in de eetzaal zitten, maar iedereen kwam naar haar toe omdat ze met haar te doen hadden. Ze kon niet zeggen dat ze juist blij was met haar avontuur met de beer. Ze glimlachte maar beleefd en deed haar best om een gesprek te vermijden.

Dit was een intens, compromisloos leven. Het was zeventien graden onder nul, ze was bijna opgegeten door een ijsbeer, en toch kwamen de problemen in haar stamleven misschien deels uit leegte voort.

Ze was gaan geloven dat middelmatigheid en teleurstelling haar lot waren.

Nora had inderdaad altijd het gevoel gehad dat ze uit een lange traditie van spijt en vervlogen hoop stamde, die in elke generatie door leken te klinken.

Haar grootvader van moeders kant bijvoorbeeld, Lorenzo Conte. Hij was in de jaren zestig uit Apulië vertrokken – de mooie hak van de Italiaanse laars – om naar het swingende Londen te gaan.

Net als andere mannen uit de troosteloze havenstad Brindisi was hij geëmigreerd naar Groot-Brittannië en had hij zijn leven aan de Adriatische Zee verruild voor een baan bij de London Brick Company. Naïef als hij was had hij zich een geweldig leven voorgesteld – de hele dag bakstenen maken en dan 's avonds met The Beatles rondhangen en gearmd met Jean Shrimpton of Marianne Faithfull door Carnaby Street lopen. Het enige probleem was dat de London Brick Company, ondanks de naam, niet in Londen was gevestigd, maar bijna honderd kilometer ten noorden daarvan. En in weerwil van de bescheiden charme van Bedford was dat toch niet zo swingend als Lorenzo had gehoopt. Maar hij sloot een compromis met zijn dromen en ging er wonen. Het werk mocht dan niet veel glamour hebben, maar het verdiende wel.

Lorenzo trouwde met een Engels meisje uit Bedford, Patricia Brown, dat ook gewend was geraakt aan teleurstellingen in het leven: haar droom om actrice te worden had ze ingeruild voor het banale, dagelijkse theater van een huisvrouw in een buitenwijk, en haar culinaire vaardigheden hadden voorgoed te lijden onder de spookverschijning van haar dode, Apuliaanse schoonmoeder met haar legendarische spaghetti, die in Lorenzo's ogen nooit overtroffen kon worden.

Binnen een jaar na de bruiloft kregen ze een dochter – Nora's moeder – die ze Donna noemden.

Donna groeide op met ouders die bijna altijd ruzie hadden en ze trok daaruit de conclusie dat een huwelijk niet alleen onvermijdelijk was, maar ook onvermijdelijk ongelukkig. Ze werd secretaresse op een advocatenkantoor en daarna communicatiemedewerker bij de gemeente Bedford, maar toen gebeurde er iets waarover ze het nooit echt hadden gehad, niet met Nora tenminste. Ze kreeg een soort zenuwinzinking, de eerste van een reeks, waardoor ze thuisbleef, en hoewel ze weer beter werd is ze nooit meer aan het werk gegaan.

Haar moeder had een onzichtbaar estafettestokje met mislukkingen doorgegeven en Nora had hem lang in haar handen gehad. Misschien had ze het er daarom bij laten zitten. In haar DNA stond geschreven dat ze toch zou mislukken.

Daar moest Nora aan denken toen het schip door de arctische wateren tufte en er zeemeeuwen – volgens Ingrid drieteenmeeuwen met zwarte poten – overvlogen.

Aan beide kanten van haar familie heerste het onuitgesproken idee dat het de bedoeling van het leven was om genaaid te worden. Geoff, Nora's vader, had zeker een doelloos leven geleid.

Hij was alleen met zijn moeder opgegroeid nadat op zijn tweede zijn vader aan een hartaanval was gestorven. Sindsdien had hij zich harteloos ergens achter zijn vroegste herinneringen verscholen. Nora's grootmoeder van vaderskant was geboren op het Ierse platteland maar was naar Engeland geëmigreerd om scholen schoon te maken en had de grootst mogelijke moeite gehad om genoeg geld voor eten bij elkaar te krijgen, laat staan om iets leuks te doen.

Geoff was van jongs af aan gepest, maar werd zo groot en breed dat hij zijn pestkoppen makkelijk aankon. Hij werkte hard en bleek goed in voetbal, kogelstoten en vooral in rugby. Hij zat in het jeugdteam van de Bedford Blues, werd hun sterspeler en probeerde de top te bereiken, totdat hij door een blessure aan zijn kruisbanden plotseling moest stoppen. Toen werd hij gymleraar en bleef hij in stilte mokken over het universum. Hij bleef ook dromen over reizen maar deed daar niets mee, behalve een abonnement nemen op de *National Geographic* en af en toe op vakantie gaan naar de Cycladen – Nora herinnerde zich dat hij op Naxos een foto van de Apollotempel bij zonsondergang had genomen.

Misschien waren alle levens wel zo. Misschien voelden zelfs de op het oog meest volmaakte of waardevolle levens uiteindelijk hetzelfde. Een zwik teleurstellingen, eentonigheid, kwetsuren en geruzie, maar met flitsen van verwondering en schoonheid. Misschien was dat het enige wat telde. Zelf de wereld zijn, die getuige is van zichzelf. Misschien was het niet het uitblijven van succes waardoor haar ouders zo ongelukkig waren geworden, misschien was het vooral dat ze succes hadden verwacht. Ze had er eigenlijk geen idee van. Maar op dat schip realiseerde ze zich iets. Ze had meer van haar ouders gehouden dan ze ooit had gedacht, en op dat moment vergaf ze hen alles.

Een avond in Longyearbyen

Het kostte twee uur om terug te gaan naar de kleine haven van Longyearbyen. Dat was de meest noordelijke plaats van Noorwegen – en van de wereld – met een bevolking van zo'n tweeduizend zielen.

Nora had deze basiskennis uit haar stamleven. Ze had immers sinds haar elfde een fascinatie voor dit deel van de wereld gehad, maar haar kennis reikte niet veel verder dan de tijdschriftartikelen die ze had gelezen en ze hield dus liever haar mond.

Maar de terugtocht was goed gegaan omdat haar onvermogen om mee te praten over alle monsters die ze van de rotsen, het ijs en de planten hadden genomen, of om uitdrukkingen te begrijpen als 'de striatie van basaltgesteente' en 'postglaciale isotopen', werd toegeschreven aan haar avontuur met de ijsbeer.

En ze was ook verschrikkelijk geschrokken, dat klopte. Maar dus niet van wat haar collega's dachten. En ook niet van het feit dat ze op het punt stond dood te gaan. Ze stond al op het punt om dood te gaan sinds de eerste keer dat ze de Middernachtbibliotheek binnenkwam. Nee, ze was geschrokken van het gevoel dat ze op het punt stond te léven. Althans, dat ze zich kon voorstellen dat ze weer wilde leven. En ze wilde iets goeds doen met dat leven.

Volgens de Schotse filosoof David Hume was het leven van een mens voor het universum niet van groter belang dan dat van een oester.

Maar als het voor David Hume belangrijk genoeg was om die

gedachte op te schrijven, dan was de intentie iets goeds te willen doen misschien ook wel belangrijk genoeg. Zoals bijdragen aan het behoud van het leven in al zijn vormen.

Zoals Nora het begreep had het werk van deze andere Nora en haar collega-wetenschappers iets te maken met het meten van de snelheid waarmee het ijs en de gletsjers in het gebied waren gesmolten, om zo de versnelling van de klimaatverandering te kunnen bepalen. Er zat meer aan vast, maar voor zover Nora kon overzien kwam het daarop neer.

Dus in dit leven droeg ze haar steentje bij aan het redden van de planeet. In elk geval aan het volgen van de gestage vernietiging van de planeet om mensen voor de ecologische crisis te waarschuwen. Dat werk was dan misschien deprimerend, maar ook goed en uiteindelijk bevredigend, bedacht ze. Het had zin. Het had betekenis.

Ze waren ook onder de indruk. De anderen. Van het ijsberenverhaal. Nora was een soort held – niet in de zin van een Olympisch zwemkampioen, maar op een andere, even bevredigende manier.

Ingrid sloeg haar arm om haar heen. 'Zo, steelpannetjesstrijder. Volgens mij moeten we je onverschrokkenheid en onze in potentie baanbrekende resultaten vieren met een etentje. Een lekker etentje. Met wodka erbij natuurlijk. Wat vind jij, Peter?'

'Lekker eten? In Longyearbyen? Hebben ze dat hier dan?'

Dat hadden ze.

Terug op het droge gingen ze naar Gruvelageret, een mooie houten hut aan een verlaten weg in een grimmige, met knispersneeuw bedekte vallei. Ze dronk noordpoolbier en verraste haar collega's door te kiezen voor de enige veganistische optie op het menu waarop verder vooral rendierbiefstukken en elandburgers stonden. Nora moet er moe hebben uitgezien, want nogal wat collega's zeiden dat, maar misschien kwam het omdat er niet veel gesprekken over tafel gingen waar ze zich met gemak in kon mengen. Het voelde of ze haar eerste rijles had en op een druk kruispunt nerveus stond te wachten tot ze veilig kon oversteken.

Hugo was er ook. Hij zag er nog steeds uit alsof hij liever in Antibes of Saint-Tropez zou willen zijn. Ze voelde zich een beetje ongemakkelijk door zijn blik, een beetje te bekeken.

Op de haastige wandeling naar hun verblijf op het vaste land, dat Nora deed denken aan een studentenhuis maar dan kleiner, Scandinavischer, van hout en erg basic, haalde Hugo haar in en kwam hij naast haar lopen.

'Interessant,' zei hij.

'Wat is interessant?'

'Dat je vanmorgen aan het ontbijt niet wist wie ik was.'

'Hoezo? Je wist toch ook niet wie ik was?'

'Natuurlijk wel. We hebben gisteren twee uur lang gekletst.'

Nora kreeg het gevoel dat ze in de val liep. 'Echt waar?'

'Voordat ik bij het ontbijt bij je kwam zitten heb ik je bestudeerd en je zag er anders uit vandaag.'

'Dat is creepy, Hugo, vrouwen aan het ontbijt bestuderen.'

'En er is meer.'

Nora deed haar das voor haar gezicht. 'Het is veel te koud. Kunnen we het daar morgen over hebben?'

'Ik zag je improviseren. Je hield alles vaag vandaag.'

'Niet waar. Ik ben gewoon van slag door die beer.'

'*Non. Ce n'est pas ça*. Ik heb het over vóór de beer. En na de beer. Over de hele dag.'

'Ik heb geen idee waar je het –'

'Je blik. Die ken ik van anderen. Ik zou hem overal herkennen.'

'Ik heb geen idee waar je het over hebt.'

'Waarom pulseren gletsjers?'

'Hè?'

'Dat is jouw vakgebied. Daarom ben je hier toch?'

'Daar is de wetenschap nog niet helemaal uit.'

'Oké. *Bien.* Noem een van de gletsjers om ons heen. Gletsjers hebben namen. Eéntje... Kongsbreen? Nathorstbreen? Gaat er een belletje rinkelen?'

'Ik heb geen zin om het erover te hebben.'

'Omdat je niet dezelfde persoon bent als gisteren, toch?'

'Niemand niet,' zei Nora kortaf. 'Onze hersenen veranderen. Dat wordt neuroplasticiteit genoemd. Stop alsjeblieft met het mansplainen van gletsjers aan een glacioloog, Hugo.'

Hij leek het op te geven en Nora voelde zich een tikkeltje schuldig. Het bleef even stil. Alleen het geknerp van hun voeten in de sneeuw. Ze waren er bijna, de anderen liepen niet ver achter hen.

Maar toen zei hij het.

'Ik ben net als jij, Nora. Ik verblijf in levens die niet van mij zijn. Ik ben nu vijf dagen in dit leven. Maar ik ben al in heel veel andere geweest. Ik kreeg de kans – de zeldzame kans – om dit te ervaren. Ik ga al heel lang van het ene leven naar het andere.'

Ingrid pakte Nora bij haar arm.

'Ik heb nog wodka,' zei ze toen ze bij de deur waren. Ze hield haar keycard vast met haar handschoen en tikte ermee tegen de scanner. De deur ging open.

'Luister,' smiespelde Hugo samenzweerderig. 'Kom over vijf minuten naar de gemeenschappelijke keuken als je meer wilt weten.'

Nora voelde haar hart tekeergaan, maar dit keer had ze geen lepel en geen steelpan om mee te slaan. Ze was niet echt gecharmeerd van deze Hugo, maar was veel te nieuwsgierig om niet te willen weten wat hij te vertellen had. En ze wilde ook weten of ze hem kon vertrouwen.

'Oké, tot zo,' zei ze.

Verwachting

Nora had het altijd moeilijk gevonden om zichzelf te accepteren zoals ze was. Zolang ze zich kon herinneren had ze het gevoel dat ze niet goed genoeg was. Haar ouders, die allebei ook onzeker waren, hadden die gedachte alleen maar versterkt.

Ze stelde zich voor hoe het zou zijn om zichzelf wél helemaal te accepteren. Elke fout die ze ooit had gemaakt. Elk litteken op haar lichaam. Elke droom die ze niet had waargemaakt en al het verdriet dat ze had gehad. Alle lusten en verlangens die ze had onderdrukt.

Ze stelde zich voor dat ze die allemaal accepteerde. Zoals ze ook de natuur accepteerde. Zoals ze een gletsjer, een papegaaiduiker en een uit het water opduikende walvis accepteerde.

Ze stelde zichzelf voor als een schitterende speling van de natuur. Gewoon een ander gevoelig dier dat haar best deed.

En zo stelde ze zich voor hoe het was om vrij te zijn.

Leven en dood en de golffunctie van kwantumdeeltjes

Bij Hugo was het geen bibliotheek.

'Een videotheek,' zei hij, leunend tegen de goedkoop uitziende kast waarin de koffie werd bewaard. 'Het lijkt precies op de videotheek in de buitenwijk van Lyon waar ik ben opgegroeid, en waar ik vroeger vaak kwam, Vidéo Lumière. De gebroeders Lumière zijn helden in Lyon en er is van alles naar ze vernoemd. Ze hebben er de bioscoop uitgevonden. Maar goed, daar gaat het niet om: het gaat erom dat elk leven dat ik kies een oude videoband is die ik in de winkel afspeel, en het moment waarop ik op start druk – het moment waarop de film begint – is het moment waarop ik verdwijn.'

Nora onderdrukte een lachje.

'Wat is er zo grappig?' vroeg Hugo een beetje gepikeerd.

'Niets, helemaal niets. Ik vond het gewoon geinig. Een videotheek.'

'O? En vind je een bibliotheek dan wel volkomen logisch?'

'Logischer, ja. Boeken kun je tenminste nog gebruiken. Wie kijkt er tegenwoordig nog video's?'

'Interessant. Ik had geen idee dat er zoiets bestond als tussenleven-snobisme. Zo leer ik nog eens wat.'

'Sorry. Oké, een logische vraag dan. Is er nog iemand anders daar? Iemand die je helpt bij het kiezen van een leven?'

Hij knikte. 'Mijn oom Philippe. Hij is al jaren dood. En hij heeft zelfs nooit in een videotheek gewerkt. Het is zo onlogisch.'

Nora vertelde over mevrouw Elm.

'Je schoolbibliothecaris?' zei Hugo spottend. 'Dat is ook behoorlijk grappig.'

Nora negeerde zijn opmerking. 'Denk je dat het geesten zijn? Spirituele leiders? Beschermengelen? Wat zijn het?'

Het was belachelijk om in dit soort termen te spreken in een gebouw waar wetenschap werd bedreven.

'Ze zijn…' gebaarde Hugo alsof hij de juiste term uit de lucht plukte, 'een interpretatie.'

'Een interpretatie?'

'Ik heb anderen van onze soort ontmoet,' zei Hugo. 'Ik ben al heel lang in het tussenrijk. Ik heb een paar andere swingers ontmoet. Zo noem ik ze. Ons. Wij zijn swingers. We hebben een stamleven waarin we ergens liggen, buiten bewustzijn, tussen leven en dood, en dan komen we op een plek. Altijd iets anders. Een bibliotheek, een videotheek, een kunstgalerie, een casino, een restaurant… Wat maak je daaruit op?'

Nora haalde haar schouders op. Dacht na. Hoorde het ruisen van de centrale verwarming. 'Dat het allemaal flauwekul is? Dat er niets van waar is?'

'Nee, want het patroon is steeds hetzelfde. Er is bijvoorbeeld altijd iemand anders bij – een gids. Altijd één iemand. Altijd iemand die je tijdens een belangrijke periode in je leven heeft bijgestaan. Het speelt zich altijd af op een plek met een emotionele betekenis. En meestal is er sprake van stamlevens of -takken.'

Nora moest aan mevrouw Elm denken, die haar had getroost toen haar vader was overleden. Bij haar was gebleven, haar had gerustgesteld. Er was waarschijnlijk nooit iemand zo aardig voor haar geweest.

'En er is altijd een oneindige hoeveelheid keuzes,' ging Hugo verder. 'Een oneindig aantal videobanden, boeken, schilderijen, maaltijden… Nu ben ik wetenschapper. En ik heb veel levens als wetenschapper geleid. In mijn oorspronkelijke stamleven ben ik afgestudeerd bioloog. In een ander leven ben ik scheikundige geweest, winnaar van de Nobelprijs. Ik ben marinebioloog geweest en heb geprobeerd het Great Barrier Reef te beschermen. Maar natuurkunde is altijd mijn zwakke kant geweest. In het begin had ik geen idee hoe ik erachter kon komen wat er met me gebeurde. Totdat ik in een van mijn levens een vrouw tegenkwam die beleefde wat wij beleven en in haar stamleven kwantumfysicus was. Professor Dominique Bisset van de universiteit van Montpellier. Zij heeft het me allemaal uitgelegd. De veel-werelden-interpretatie van de kwantummechanica. Dat houdt in dat –'

Een man met een vriendelijk gezicht, een roze huid en een kastanjebruine baard van wie Nora de naam niet wist, kwam de keuken binnen om een koffiemok om te spoelen en glimlachte.

'Tot morgen,' zei hij met een licht Amerikaans (of Canadees) accent voordat hij op zijn pantoffels wegslofte.

'Zeker weten,' antwoordde Nora.

'Tot morgen,' zei Hugo voordat hij – zachter nu – de draad van zijn verhaal weer oppakte. 'De universele golffunctie bestaat echt, Nora. Dat heeft professor Bisset gezegd.'

'Wat?'

Hugo stak zijn vinger in de lucht. Een beetje irritant vingertje om haar te laten zwijgen. Nora moest zich inhouden om hem niet vast te pakken en om te knakken. 'Erwin Schrödinger...'

'Die van de kat.'

'Ja. De kattenman. Volgens hem vindt in de kwantummechanica elke alternatieve mogelijkheid *op hetzelfde moment* plaats. Allemaal tegelijk. Op dezelfde plek. Superpositie in de kwantumwereld. De kat in de kist is zowel dood als levend. Je kunt de kist openmaken en zien of hij dood of levend is, zo gaat dat, maar in zekere zin is de kat nog steeds zowel dood als levend, zelfs nadat de kist is geopend. Elk universum bestaat boven elk ander universum. Als een miljoen afbeeldingen op overtrekpapier, allemaal met kleine variaties binnen dezelfde lijst.

De veel-werelden-interpretatie in de kwantummechanica beweert dat er een oneindig aantal verschillende parallelle universa bestaat. Elk moment in je leven kun je een ander universum binnengaan. Met elke beslissing die je neemt. En van oudsher werd gedacht dat er geen sprake kon zijn van communicatie of overdracht tussen die werelden, ook al vinden ze in dezelfde ruimte plaats, ook al vinden ze letterlijk maar millimeters van ons vandaan plaats.'

'Maar hoe zit het dan met ons? Wij doen dat.'

'Precies. Ik ben hier, maar ik weet ook dat ik hier niet ben. Ik lig ook met een aneurysma in een ziekenhuis in Parijs. Ik maak een parachutesprong in Arizona. En ik reis door Zuid-India. Proef wijn in Lyon en zit op een jacht aan de Côte d'Azur.'

'Ik wist het!'

'*Vraiment*?'

Hij was echt wel knap.

'De pantoffelparade langs de Croisette in Cannes lijkt meer aan je besteed dan een avontuur op de Noordpool.'

Hij spreidde zijn rechterhand als een zeester. 'Vijf dagen! Ik ben hier nu al vijf dagen. Dat is mijn record. Misschien is dit wel hét leven voor me...'

'Interessant. Je gaat een heel koud leven tegemoet.'

'En wie weet? Misschien jij ook... ik bedoel, als de beer je al niet terug naar de bibliotheek bracht, wat dan wel?' Hij begon de waterkoker te vullen. 'Volgens de wetenschap is het "grijze gebied" tussen leven en dood een mysterieuze plek. Er is één enkel punt waarop we noch het een, noch het ander zijn. Of beter gezegd, allebei zijn. Levend en dood. En op het moment tussen die tweedeling veranderen we soms, heel soms, in Schrödingers kat die niet alleen dood of levend is, maar in elke kwantummogelijkheid die in de universele golffunctie bestaat, inclusief de mogelijkheid dat we om één uur 's nachts in een gemeenschappelijke keuken in Longyearbyen zitten te kletsen...'

Nora hoorde het allemaal aan. Ze dacht aan Volts, stil en levenloos onder het bed en langs de kant van de weg.

'Maar soms is een kat gewoon dood en dood.'

'Sorry?'

'Niks. Mijn kat... is doodgegaan. En ik heb een ander leven geprobeerd en in dat leven was hij nog steeds dood.'

'Rot voor je. Ik heb ook zoiets meegemaakt, met een labrador. Maar het punt is dat er meer van ons zijn. Ik heb zoveel levens geleefd en ik ben er een paar tegengekomen. Soms hoef je alleen maar hardop eerlijk te zijn om anderen te vinden.'

'Het is maf om te bedenken dat er ook anderen zijn die... hoe noemde je ons?'

'Swingers?'

'Die ja.'

'Dat is natuurlijk mogelijk, maar ik denk dat we zeldzaam zijn. Eén ding is me opgevallen: dat de anderen die ik ben tegengekomen – een stuk of tien – allemaal van onze leeftijd zijn. Allemaal dertigers, veertigers, vijftigers. Eéntje was *en fait* negenentwintig. Ze koesterden allemaal de diepe wens om dingen anders te hebben gedaan. Ze hadden spijt. Sommigen dachten dat ze dood beter af waren, maar wilden ook graag een andere versie van zichzelf leven.'

'Schrödingers leven. In je eigen geest zowel dood als levend.'

'*Exactement*! En wat die spijtbetuigingen ook met je hersenen hebben gedaan, welke – hoe noem jij dat ook alweer? – neurochemische verandering zich ook heeft voorgedaan, dat verwarrende verlangen naar dood-en-leven was op een of andere manier net genoeg om ons in dit *tussenrijk* te doen belanden.'

De waterkoker werd lawaaiiger en het water begon net zo hard te borrelen als Nora's gedachten.

'Waarom zien we altijd maar één iemand? Op die plek. De bibliotheek. Waar dan ook.'

Hugo haalde zijn schouders op. 'Als ik gelovig zou zijn, zou ik zeggen: God. En omdat God waarschijnlijk iemand is die we niet kunnen zien of begrijpen, wordt Hij of Zij – of welk voornaamwoord God ook moge hebben – een verbeelding van iemand die goed voor ons is geweest in ons leven. En als ik niet gelovig zou zijn – wat ik dus niet ben – zou ik denken dat het menselijk brein niet kan omgaan met de complexiteit van een open kwantumgolffunctie en deze complexiteit dus ordent of vertaalt in iets wat het wel begrijpt. Een bibliothecaris in een bibliotheek. Een aardige oom in een videotheek. Enzovoort.'

Nora had gelezen over multiversa en wist iets van gestaltpsychologie. Over hoe het menselijk brein complexe informatie over de wereld opneemt en die vereenvoudigt. Zodat een mens die naar een boom kijkt de fijnmazige, ingewikkelde bladeren en takken vertaalt in het ding dat 'boom' wordt genoemd. Menszijn vereist dat je de wereld domweg terugbrengt tot een begrijpelijk verhaal dat het leven simpel houdt.

Ze wist dat álles wat een mens ziet een vereenvoudiging is. Een mens ziet de wereld in drie dimensies. Dat is een vereenvoudiging. Eigenlijk zijn mensen maar beperkte, generaliserende wezens die op de automatische piloot leven en alle bochtige wegen in hun hoofd rechttrekken, wat verklaart waarom ze altijd verdwalen.

'Net als waarom mensen de secondewijzer van een klok nooit een halve seconde zien wegtikken,' zei Nora.

'Hè?'

Ze zag dat Hugo een analoog horloge had. 'Probeer maar. Dat lukt je gewoon niet. Het verstand ziet alleen maar wat hij aankan.'

Hugo knikte terwijl hij zijn horloge observeerde.

'Wat het ook is wat er tussen de universa bestaat is dus waarschijnlijk geen bibliotheek, maar dat is de makkelijkste manier voor mij om het te snappen. Dat zou mijn hypothese zijn. Ik zie een vereenvoudigde versie van de werkelijkheid. De bibliothecaris is gewoon een soort mentale metafoor. Zoals alles eigenlijk.'

'Fascinerend, toch?' zei Hugo.

Nora zuchtte. 'In mijn laatste leven heb ik met mijn dode vader gesproken.'

Hugo maakte een blik koffie open en deed een paar schepjes in twee mokken.

'En ik dronk geen koffie, maar muntthee.'

'Dat klinkt verschrikkelijk.'

'Het was te doen.'

'Jij en ik kunnen tijdens dit gesprek zomaar verdwijnen, dat is ook raar,' zei Hugo.

'Heb je dat ooit meegemaakt?' Ze nam de mok aan van Hugo.

'Ja, een paar keer. Heel bizar. Maar niemand anders merkte het. Hun herinneringen aan die laatste dag zijn wat vager, maar je zou versteld staan. Als je op dit moment naar de bibliotheek zou teruggaan en ik zat hier in de keuken nog steeds met je te praten, zou je iets zeggen als: "Ik ben het even kwijt – waar hadden we het over?" en dan zou ik me realiseren wat er was gebeurd en zou ik zeggen dat we het over gletsjers hadden en zou je me bestoken met allerlei feiten over gletsjers. En je brein zou het gat vullen en een verhaal verzinnen over wat er net was gebeurd.'

'Maar die ijsbeer dan? En het eten vanavond? Zou ik – die andere ik – me herinneren wat ik heb gegeten?'

'Niet per se. Maar ik heb het wel zien gebeuren. Het is echt verbazingwekkend wat het brein allemaal kan invullen. En hoe goed het is in vergeten.'

'Hoe deed ik dan? Gisteren, bedoel ik.'

Hij deed zijn ogen dicht. Het waren mooie ogen. Nora voelde zich eventjes in zijn orbit getrokken als een satelliet naar de aarde.

'Schitterend, charmant, intelligent, mooi. Net als nu.'

Ze deed het af met een grapje. 'Doe niet zo Frans.'

Ongemakkelijke stilte.

'Hoeveel levens heb je gehad?' vroeg ze uiteindelijk. 'Hoeveel heb je er meegemaakt?'

'Te veel. Tegen de driehonderd.'

'Driehonderd?'

'Ik heb zoveel gedaan. Op elk continent van de wereld. Maar toch heb ik hét leven nog niet gevonden. Ik heb me er maar bij neergelegd dat dat zo blijft. Er zal nooit een leven zijn dat ik echt voor altijd wil leven. Ik ben te nieuwsgierig. Ik vind het te leuk om weer een ander leven te proberen. En je hoeft niet zo'n gezicht te trekken. Dat is niet zielig. Ik ben blij met het ongewisse.'

'Maar als op een dag de videotheek weg is?' Nora dacht aan de paniek van mevrouw Elm achter de computer en de flikkerende lichten in de bibliotheek. 'Stel dat je op een dag voorgoed verdwijnt? Voordat je een leven hebt gevonden waarin je je wilt settelen?'

Hij haalde zijn schouders op. 'Dan ga ik dood. Ik zou toch zijn doodgegaan. In het leven dat ik hiervoor leidde. Swinger zijn bevalt me wel. Ik hou van onvolmaaktheid. Ik vind het wel prettig om de dood als optie open te houden. Ik vind het wel prettig om me niet te hoeven settelen.'

'Mijn situatie is anders. Voor mij ligt de dood meer op de loer. Als ik niet snel een leven vind dat me aanstaat, is het einde oefening.'

Ze vertelde over het probleem van de vorige keer, dat ze moeite had met terugkomen.

'O. Tja, het kan slecht aflopen. Maar het hoeft niet. Je beseft toch wel dat er een oneindig aantal mogelijkheden bestaat? Het multiversum gaat niet over een paar universa. Niet over een handvol universa. Niet eens over veel universa. Niet over een miljoen of miljard universa. Het gaat over een onéindig aantal universa. Ook met jou erin. Je zou in elke versie van de wereld kunnen leven, hoe onwaarschijnlijk die wereld ook zou zijn. Je enige beperking is je voorstellingsvermogen. Je kunt heel creatief zijn met de dingen die je ongedaan wilt maken. Ik heb ooit iets ongedaan gemaakt omdat ik spijt had dat ik als tiener iets niet had gedaan – ruimtevaarttechniek studeren en astronaut worden – en dus werd ik astronaut. Ik ben de ruimte niet in geweest. Maar ik ben wel iemand geworden die daar een tijdje is geweest. Wat je moet onthouden is dat dit een uitzonderlijke kans is en dat we elke fout ongedaan kunnen maken, elk leven kunnen leiden dat we maar willen. Elk leven. Droom groot... Je kunt alles worden wat je maar wilt. Want er bestaat een leven waarin je dat bent.'

Ze nam een slokje koffie. 'Ik snap het.'

'Maar als je op zoek bent naar de zin van het leven zul je nooit leven,' zei hij wijs.

'Dat is een citaat van Camus.'

'Betrapt.'

Hij keek haar aan. Nora vond het niet meer vervelend dat hij zo intens naar haar keek, maar ze maakte zich wel een beetje ongerust over hoe zij even intens terugkeek. 'Ik heb filosofie gestudeerd,' zei ze zo laconiek als ze kon, zijn blik vermijdend.

Hij stond nu dichtbij. Hij was even irritant als aantrekkelijk en straalde een arrogante immoraliteit uit waardoor je hem wilde slaan of kussen, afhankelijk van de situatie.

'In een van de levens kennen we elkaar al jaren en zijn we getrouwd...' zei hij.

'In de meeste levens ken ik je helemaal niet,' reageerde ze, hem recht in de ogen kijkend.

'Wat jammer.'

'Valt wel mee.'

'Echt?'

'Echt.' Ze glimlachte.

'Wij zijn speciaal, Nora. We zijn uitverkoren. Niemand begrijpt ons.'

'Niemand begrijpt iemand. We zijn niet uitverkoren.'

'Jij bent de enige reden dat ik nog in dit leven ben...'

Ze boog naar voren en kuste hem.

Als er iets met me gebeurt, wil ik erbij zijn

Het voelde heerlijk. Zowel de kus als de wetenschap dat ze zo voortvarend durfde te zijn. Het besef dat alles wat haar mogelijk kon overkomen haar ook in een of ander leven overkwam, verloste haar van het nemen van beslissingen. Dat was gewoon hoe de universele golffunctie werkte. Wat haar ook overkwam, zo redeneerde ze, kon je toeschrijven aan de kwantumfysica.

'Ik heb een kamer voor mezelf,' zei hij.

Ze keek hem onverschrokken aan, alsof het overbluffen van een ijsbeer haar een bepaalde mate van overwicht had gegeven waar ze zich niet bewust van was geweest. 'Nou, misschien kun je die gewoonte voor een keertje laten varen.'

Maar de seks was teleurstellend. Tijdens het vrijen kwam er een citaat van Camus bij haar boven.

Ik wist misschien niet wat me echt interesseerde, maar ik wist heel goed wat me niet interesseerde.

Het was waarschijnlijk veelzeggend dat ze tijdens hun nachtelijke ontmoeting aan existentiële filosofie moest denken of dat juist dít citaat in haar opborrelde. Maar had Camus ook niet gezegd: 'Als er iets met me gebeurt, wil ik erbij zijn'?

Ze kwam tot de conclusie dat Hugo een vreemde snuiter was. Voor iemand die zo'n intiem, diepgaand gesprek kon voeren, was hij erg afwezig. Als je zoveel levens had geleefd als hij, was jijzelf misschien de enige met wie je echt intiem kon zijn. Het voelde alsof ze er net zo goed niet had kunnen zijn.

En na een paar seconden was ze er ook niet meer.

God en andere bibliothecarissen

'Wie bent u?'

'Je weet hoe ik heet. Ik ben mevrouw Elm. Louise Isabel Elm.'

'Bent u soms God?'

'Ik ben wie ik ben,' zei ze lachend.

'En wie is dat dan?'

'De bibliothecaris.'

'Maar u bent niet echt iemand. U bent alleen maar een... mechanisme.'

'Zijn we dat niet allemaal?'

'Niet op zo'n manier. U bent het product van een vreemde wisselwerking tussen mijn geest en het multiversum, een vereenvoudiging van de kwantumgolffunctie of zoiets.'

Mevrouw Elm leek in verwarring. 'Wat is er aan de hand?'

Nora dacht aan de ijsbeer toen ze naar de geelbruine stenen vloer keek. 'Ik was bijna dood.'

'Weet je nog? Als je doodgaat in een leven is er geen weg terug.'

'Dat is niet eerlijk.'

'De bibliotheek hanteert strenge regels. Boeken zijn kostbaar. Je moet er voorzichtig mee omgaan.'

'Maar dit zijn andere levens. Andere versies van mezelf. Niet mijn echte zelf.'

'Ja, maar aangezien jíj die levens leeft, ben jíj degene die voor de gevolgen opdraait.'

'Die redenering rammelt, als ik eerlijk ben.'

De glimlach van de bibliothecaris krulde aan de randen als een gevallen blad. 'Dat is interessant.'

'Wat is interessant?'

'Dat je helemaal overstag bent gegaan.'

'Hoezo?'

'Je wilde dood maar nu niet meer.'

Het daagde Nora dat mevrouw Elm misschien weleens een punt zou kunnen hebben, al was het nog niet het hele punt. 'Nou, ik vind nog steeds dat mijn huidige leven het niet waard is om geleefd te worden. Deze ervaring is daar alleen maar het bewijs van.'

Ze schudde haar hoofd. 'Ik denk niet dat je dat denkt.'

'Dat denk ik wel. Daarom zei ik het.'

'Nee. *Het Boek vol Spijt* wordt lichter. Er zitten veel lege bladzijden in... Het lijkt erop dat je je hele leven al van alles zegt wat je niet echt denkt. Dat is een van je beperkingen.'

'Beperkingen?'

'Ja, daar heb je er nogal wat van. Daardoor zie je de waarheid niet.'

'Welke waarheid?'

'Over jezelf. En je moet het nu toch echt gaan proberen: de waarheid zien. Dat is belangrijk.'

'Ik dacht dat ik uit een ontelbaar aantal levens kon kiezen.'

'Je moet het leven uitzoeken waarin je het gelukkigst bent. Anders heb je binnenkort helemaal geen keus meer.'

'Ik ben iemand tegengekomen die dit al heel lang doet en nog steeds geen leven heeft gevonden waarmee hij tevreden is...'

'Hugo heeft voorrechten die jij misschien niet hebt.'

'Hugo? Hoe weet u –'

Maar toen schoot haar te binnen dat mevrouw Elm veel meer wist dan ze zou kunnen weten.

'Je moet heel goed kiezen,' ging de bibliothecaris verder. 'Op een dag kan de bibliotheek wel in rook zijn opgegaan en dan ben je voorgoed weg.'

'Hoeveel levens heb ik?'

'Dit is geen wonderlamp en ik ben geen djinn. De hoeveelheid staat niet vast. Het kan er één zijn, maar ook honderd. Maar je hebt alleen een oneindig aantal levens om uit te kiezen zolang het *middernacht* is in de Middernachtbibliotheek. Want zolang het middernacht is bevindt je leven – je stamleven – zich ergens tussen leven en dood. Als de tijd hier gaat lopen betekent het dat er iets heel...' Ze zocht naar een tactvol woord. '... *definitiefs* is gebeurd. Iets wat de Middernachtbibliotheek met de grond gelijkmaakt, met ons erbij. Daarom zou ik het zekere voor het onzekere nemen. Ik zou heel goed nadenken over waar je zou willen zijn. Geloof me, je hebt echt vooruitgang geboekt. Je lijkt te beseffen dat het leven de moeite waard is om te leven, als je maar het juiste leven zou vinden. Maar je wilt toch niet dat die poort dichtgaat voordat je kans hebt gekregen naar binnen te gaan?'

Ze zwegen heel lang terwijl Nora alle boeken om zich heen bekeek. Al die mogelijkheden. Ze liep op haar dooie gemak langs de kasten, zich afvragend wat er achter het omslag van elk boek schuilging, en ze wou dat de groene ruggen haar iets als een houvast zouden bieden.

'En? In welk boek heb je zin?' hoorde ze mevrouw Elm achter zich.

Nora moest aan Hugo's woorden in de keuken denken.

Droom groot.

De bibliothecaris keek haar indringend aan. 'Wie ís Nora Seed? En wat wil ze?'

Toen Nora dacht aan wat voor haar het dichtst in de buurt van geluk kwam, was het muziek. Ze speelde inderdaad nog weleens piano en keyboard, maar echt iets componeren, nee. Zingen had ze opgegeven. Ze dacht aan die eerste gelukzalige puboptredens waarbij ze 'Beautiful Sky' zong. Ze dacht aan haar broer die met haar, Ravi en Ella keet trapte op het podium.

Nu wist ze precies om welk boek ze moest vragen.

Beroemd

Ze was nat van het zweet. Dat was het eerste wat haar opviel. De adrenaline gierde door haar lijf en haar kleren plakten aan haar vast. Er stonden mensen in haar buurt, een paar met een gitaar. Ze hoorde lawaai. Oorverdovend, hels lawaai – menselijk gebrul dat langzaam een ritme en vorm aannam. En overging in scanderen.

Een vrouw veegde haar gezicht droog.

'Dank je wel,' zei Nora met een glimlach.

De vrouw schrok zich rot, alsof ze door een god was aangesproken.

Ze herkende een man die drumstokken vasthad. Ravi. Zijn haar was witblond geverfd en hij had een scherp gesneden indigoblauw pak aan over zijn blote bast, waar zijn overhemd had moeten zitten. Hij zag er volstrekt anders uit dan degene die gisteren nog bij de muziekbladen in de tijdschriftenwinkel in Bedford had gestaan, of dan de zakenman in het blauwe overhemd die bij haar rampzalige praatje in het InterContinental Hotel was geweest.

'Ravi, wat zie je er geweldig uit!' zei ze.

'Hè?'

Hij had haar door het lawaai niet verstaan, maar ze had nog een vraag.

'Waar is Joe?' vroeg ze bijna schreeuwend.

Ravi keek even verward of bang en Nora zette zich al schrap voor een verschrikkelijke waarheid. Maar die kwam niet.

'Zoals altijd, denk ik. De buitenlandse pers aan het paaien.'

Nora had geen idee wat er aan de hand was. Hij leek nog steeds in de band te zitten, maar hij trad niet met ze op. En als hij níét in de band zat, dan had wat er ook was gebeurd waardoor hij niet langer in de band zat, er niet toe geleid dat hij helemaal van het toneel was verdwenen. Uit wat en hoe Ravi dat zei, bleek dat Joe er nog steeds helemaal bij hoorde. Maar Ella was er niet: de bassist was een grote gespierde man met een kaalgeschoren hoofd en tattoos. Ze wilde meer van hem weten, maar daar was het duidelijk niet het moment voor.

Ravi zwaaide met zijn hand, gebaarde naar een heel groot podium dat Nora nu ook zag.

Dat overdonderde haar. Ze wist niet wat ze ervan moest vinden.

'Tijd voor een toegift,' zei Ravi.

Nora probeerde te denken. Het was lang geleden dat ze had opgetreden. En zelfs toen bestond de menigte uit niet meer dan twaalf onverschillige gasten in de kelder van een pub.

Ravi boog zich voorover. 'Gaat het wel, Nora?'

Het klonk een beetje kribbig. De manier waarop hij haar naam zei leek even wrokkig als toen ze hem gisteren tegen het lijf was gelopen, in dat heel andere leven.

'Ja, natuurlijk. Het is gewoon... Ik heb geen idee welke toegift we zullen spelen,' schreeuwde ze luidkeels.

Ravi haalde zijn schouders op. 'Gewoon, zoals altijd.'

'Hmm. Oké.' Nora probeerde na te denken. Ze keek naar het podium, zag een gigantisch draaiend videoscherm voor de mensenmenigte met de aan en uit flitsende woorden THE LABYRINTHS. Wauw, dacht ze. We hebben het gemaakt. Op stadionniveau. Ze zag een keyboard staan en de kruk waarop ze had gezeten. De bandleden, van wie ze niet wist hoe ze heetten, stonden klaar om het podium op te gaan.

'Waar zijn we ook alweer?' vroeg ze boven het lawaai van de menigte uit. 'Ik ben het even kwijt.'

De grote kaalgeschoren man op bas antwoordde: 'São Paulo.'

'Brazilië?'

Ze keken haar aan of ze gek was.

'Waar heb jij de laatste vier dagen gezeten?'

'"Beautiful Sky",' zei Nora in het besef dat ze waarschijnlijk de meeste woorden nog wel zou weten. 'Laten we die doen.'

'Nóg een keer?' zei Ravi lachend, zijn gezicht glom van het zweet. 'Die hebben we tien minuten geleden nog gedaan.'

'Luister,' zei Nora, schreeuwend over het publiek dat een toegift eiste. 'Laten we er iets anders mee doen. Mixen met een ander nummer. Kunnen we er niet een nummer van maken dat anders is dan anders?'

'We moeten "Howl" doen,' zei het andere bandlid. Ze had een turquoise leadgitaar om haar nek. 'We doen altijd "Howl".'

Nora had nog nooit van haar leven van 'Howl' gehoord.

'Weet ik,' blufte ze, 'maar laten we het mixen. Laten we iets doen wat ze niet verwachten. Laten we ze verrassen.'

'Doe niet zo moeilijk, Nora,' zei Ravi.

'Dat is het enige wat ik kan.'

Ravi haalde zijn schouders op. 'Nou, wat gaan we doen?'

Nora deed haar best. Ze dacht aan Ash met zijn Simon & Garfunkel-songbook. 'Laten we "Bridge over Troubled Water" spelen.'

Ravi keek ongelovig. 'Wat?'

'Volgens mij moeten we dat doen. Daarmee verrassen we het publiek.'

'Prachtig nummer,' zei het vrouwelijke bandlid. 'En ik ken het.'

'Iedereen kent het, Imani,' zei Ravi smalend.

'Precies,' zei Nora en ze deed haar best om als een rockster te klinken. 'Kom op.'

De Melkweg

Nora liep het podium op.

Eerst kon ze geen gezichten onderscheiden omdat de lampen op haar stonden gericht en achter die schittering alles donker leek. Behalve een betoverende melkweg van cameraflitsen en telefoonlampjes.

Maar ze hoorde ze wel.

Als er genoeg mensen in een ruimte iets gelijktijdig doen worden ze iets anders. Het gezamenlijk gebrul deed haar aan een heel ander soort dier denken. In het begin voelde dat een beetje intimiderend, alsof ze Hercules was die tegenover de veelkoppige Hydra stond die hem een kopje kleiner wilde maken, maar dit waren enthousiaste fans en hun energie gaf haar een soort kracht.

Op dat moment realiseerde ze zich dat ze tot veel meer in staat was dan ze ooit had geweten.

Wild and free

Ze ging op de kruk achter het keyboard zitten en trok de microfoon wat dichter naar zich toe.

'Dank jullie wel, São Paulo, we love you,' zei ze.

En Brazilië brulde terug.

Dit was macht, leek het. De macht van de roem. Net als die popiconen die ze op social media had gezien, die maar één woord hoeven te zeggen en meteen tig likes en shares krijgen. Wereldfaam was als je het punt bereikte waarop je nauwelijks iets hoefde te doen om een held, genie of god te lijken. Maar de keerzijde was dat het een hachelijke situatie opleverde. Je kon net zo makkelijk onderuitgaan en op een duivel, schurk of gewoon een klootzak lijken.

Haar hart ging tekeer alsof ze een koorddanser was die klaar stond om haar voet op de kabel te zetten.

Inmiddels kon ze een aantal gezichten in het duizendkoppige publiek onderscheiden, ze kwamen uit het donker tevoorschijn. Klein en vreemd, hun lijven en kleren nauwelijks zichtbaar. Ze keek naar twintigduizend losse hoofden.

Ze had een droge mond, praten was al moeilijk, ze vroeg zich af hoe ze moest zingen. Ze moest aan Dan denken, zijn zogenaamd van pijn vertrokken gezicht toen ze voor hem zong.

Het lawaai van het publiek luwde.

Het was zover.

'Oké,' zei ze. 'Een song die jullie misschien al eens eerder hebben gehoord.'

Dat was een stomme opmerking, besefte ze. Waarschijnlijk hadden ze allemaal juist een kaartje gekocht omdat ze de meeste nummers al eerder hadden gehoord.

'Het is een nummer dat veel voor mij en mijn broer betekent.'

Het publiek ging al uit zijn plaat. Ze gilden, brulden, klapten en scandeerden. De reactie van de zaal was uitzinnig. Eventjes voelde ze zich Cleopatra. Een doodsbange Cleopatra.

Toen ze het Es-majeurakkoord wilde inzetten werd ze afgeleid door een tattoo op haar eigenaardig genoeg onbehaarde onderarm. In prachtige, hoekige gekalligrafeerde letters stond er een citaat van Henry Thoreau. *All good things are wild and free.* Ze deed haar ogen dicht en bezwoer zichzelf dat ze ze pas na het nummer weer zou opendoen.

Ze begreep waarom Chopin zo graag in het donker speelde. Dat was veel makkelijker.

Wild, dacht ze bij zichzelf. *Free.*

Tijdens het zingen voelde ze zich springlevend. Nog levendiger dan toen ze in haar Olympische lijf zwom.

Ze vroeg zich af waarom ze zingen voor een groot publiek zo eng had gevonden. Het was juist geweldig.

Aan het eind van het nummer kwam Ravi naar haar toe op het podium. 'Dat was fucking speciaal,' schreeuwde hij in haar oor.

'Mooi,' antwoordde ze.

'Laten we er een eind aan maken met "Howl".'

Ze schudde haar hoofd en pakte snel de microfoon voordat iemand anders dat kon doen. 'Fijn dat jullie er allemaal waren! Ik hoop dat jullie een mooie avond hebben gehad. Voorzichtig rijden!'

'Voorzichtig rijden?' zei Ravi in de bus naar het hotel. Ze herinnerde zich niet dat hij zo'n lul was. Hij leek ongelukkig.

'Wat was daar mis mee?' vroeg ze zich hardop af.

'Zo ken ik je niet.'

'Echt niet?'

'Nou, wel heel anders dan in Chicago.'

'Hoezo? Wat deed ik dan in Chicago?'

Ravi lachte. 'Heb je een lobotomie gehad of zo?'

Ze keek op haar telefoon. In dit leven had ze het nieuwste model.

Een berichtje van Izzy.

Hetzelfde berichtje dat ze in haar publeven met Dan had gehad. Niet echt een bericht maar een foto van een walvis. Misschien een net iets andere foto van een walvis. Interessant. Waarom was ze in dit leven nog steeds met Izzy bevriend en in haar stamleven niet? Ze was er immers vrij zeker van dat ze in dit leven niet met Dan was getrouwd. Ze keek naar haar hand en was opgelucht toen ze haar volledig naakte ringvinger zag.

Nora nam aan dat ze met The Labyrinths al superberoemd was geweest vóórdat Izzy besloot naar Australië te vertrekken, dat maakte Nora's beslissing om niet mee te gaan misschien begrijpelijker. Of misschien vond Izzy een beroemde vriendin gewoon een leuk idee.

Izzy had iets onder de foto van de walvis gezet.

All good things are wild and free.

Ze moet van haar tattoo hebben geweten.

Er kwam nog een berichtje van haar binnen.

'Hoop dat Brazilië een klapper was. Weet zeker dat je te gek was! En woest bedankt voor die tickets voor Brisbane, hè. Ben helemaal in de wolken. Zoals wij Gold Coasters zeggen.'

Met een paar emoji's van walvissen, hartjes, gevouwen handen, een microfoon en wat muzieknoten.

Nora checkte haar Instagram. In dit leven had ze 11,3 miljoen volgers.

En hállo, ze zag er geweldig uit. In haar van nature zwarte haar zat een soort witte streep. Vampier-make-up. En een lippiercing. Ze zag er moe uit, maar ze nam maar aan dat het kwam van het tourleven. Het was een glamoureus soort vermoeidheid. Als de tante van Billie Eilish.

Ze nam een selfie en vond dat ze er cooler uitzag dan ze ooit had kunnen dromen, al leek ze dan niet precies op de buitensporig gestylede en gefilterde tijdschriftenfoto's op haar feed. Net als in haar Australische leven had ze gedichten online gezet. Het verschil was alleen dat elk gedicht zo'n half miljoen likes had. De titel van een van de gedichten was zelfs 'Vuur', maar de tekst was anders.

Er brandde een vuur in haar.
Ze vroeg zich af of het vuur haar verwarmde of verwoestte.
Maar besefte.
Vuur had geen bedoeling.
Zij wel.
Dat was haar kracht.

Er zat een vrouw naast haar. De vrouw was geen bandlid, maar had een zekere uitstraling. Ze was rond de vijftig. Misschien was ze wel de manager. Misschien werkte ze voor de platenmaatschappij. Ze had iets van een strenge moeder. Maar ze begon met een glimlach.

'Geniale vondst, dat nummer van Simon & Garfunkel. In Zuid-Amerika ben je trending.'

'Cool.'

'Heb het op je accounts gepost.'

Ze zei het alsof het volstrekt normaal was. 'O, oké. Prima.'

'Vanavond zijn er in het hotel nog een paar last-minute persdingetjes. En dan morgen vroeg op... We vliegen naar Rio en dan acht uur pers. Allemaal in het hotel.'

'Rio?'

'Je hebt het tourschema van deze week toch wel in je hoofd?'

'Zo ongeveer. Help me even?'

De vrouw zuchtte opgewekt, kennelijk was het typisch iets voor Nora om het tourschema niet paraat te hebben. 'Natuurlijk. Morgen Rio. Twee avonden. Dan de laatste avond in Brazilië – Porto Alegre – en vervolgens naar Santiago in Chili, Buenos Aires en Lima. Dat was Zuid-Amerika. Volgende week is Azië aan de beurt: Japan, Hong Kong, de Filippijnen, Taiwan.'

'Peru? Zijn we beroemd in Peru?'

'We zijn eerder in Peru geweest, weet je nog? Vorig jaar. Ze gingen helemaal uit hun dak. Alle vijftienduizend. Op dezelfde plek, de renbaan.'

'De renbaan. Natuurlijk, ik weet het weer. Was een goed optreden. Echt... goed.'

Zo voelde dit leven kennelijk, besefte ze. Eén grote renbaan. Maar ze had geen idee of ze in die analogie het paard was of de jockey.

Ravi tikte de vrouw op de schouder: 'Hoe laat is die podcast morgen, Joanna?'

'Shit. Die is vanavond al. Kwestie van planning. Sorry, vergeten te zeggen. Maar ze hebben alleen Nora nodig, dus jij mag vroeg naar bed.'

Ravi haalde chagrijnig zijn schouders op. 'Tuurlijk, ja.'

Joanna zuchtte. 'Ik kan er niks aan doen, hoor. Al denk je dat wel altijd.'

Nora vroeg zich opnieuw af waar haar broer uithing, maar gezien de spanning tussen Joanna en Ravi leek het niet het juiste moment om iets te vragen wat ze overduidelijk moest weten. Dus ze keek maar naar buiten toen de bus over de vierbaansweg reed. De felle achterlichten van de auto's, vrachtwagens en motoren als rode ogen in het donker. In de verte wolkenkrabbers met een paar kleine vierkantjes licht tegen het regenachtige decor van donkere lucht en donkere wolken. Een schimmig leger van bomen stond langs de kant en in de middenberm van de snelweg, verdeelde het verkeer in twee richtingen.

Als ze morgenavond nog steeds dit leven leefde werd er van haar verwacht dat ze een heel concert zou spelen, waarvan ze de meeste nummers eigenlijk niet kende. Ze vroeg zich af hoe snel ze zich de setlist kon eigen maken.

Haar telefoon ging. Een videogesprek. 'Ryan'.

Joanna zag zijn naam en grijnsde. 'Die zou ik maar opnemen.'

Dus dat deed ze, al had ze geen idee wie die Ryan was – het beeld was te onscherp om hem te herkennen.

Maar daar was hij. Een gezicht dat ze heel vaak had gezien, in films en in fantasieën.

'Hé, schatje. Even horen hoe het gaat met m'n vriendinnetje. We zijn toch nog wel vrienden?'

Zijn stem kende ze ook.

Amerikaan, woest aantrekkelijk, charmant. Beroemd.

'Ze heeft Ryan Bailey aan de lijn,' hoorde ze Joanna tegen iemand in de bus fluisteren.

Ryan Bailey

Ryan Bailey.

Als in dé Ryan Bailey. Als in de Ryan Bailey van haar fantasie waarin ze in de stoomnevel van zijn hottub in West-Hollywood over Plato en Heidegger discussiëren.

'Nora? Ben je daar? Je kijkt angstig.'

'Eh, ja. Ik ben… ja… ik heb net… ik zit hier… in een bus… een grote… ja… hoi.'

'Raad eens waar ik ben?'

Ze had geen idee wat ze moest zeggen. 'In een hottub' leek een bijzonder ongepast antwoord. 'Ik weet het echt niet.'

Hij bewoog zijn telefoon door een grote, weelderige villa, compleet met glanzende meubels, terracotta tegels en een tweepersoons hemelbed met een witte klamboe.

'Nayarit, Mexico.' Hij sprak Mexico uit als een parodie op het Spaans, met de x als een h. Hij zag er een beetje anders uit dan in zijn films en klonk ook anders. Een beetje pafferig. Brabbelend. Misschien wel zatter. 'Op locatie. Om *Saloon 2* te draaien.'

'*Last Chance Saloon 2*? Ik wil de eerste zo graag zien.'

Hij lachte alsof ze hem een geweldige mop had verteld.

'Droog als altijd, Nono.'

Nono?

'Ik ben in het Casa de Míta,' ging hij verder. 'Weet je nog? Het weekend dat we daar waren? Ze hebben me weer precies dezelfde villa gegeven. Weet je nog? Ter ere van jou drink ik een margarita met mescal. Waar ben je?'

'In Brazilië. We hebben net een optreden in São Paulo gehad.'

'Wauw. Zelfde continent. Dat is cool. Dat is, eh, ja, cool.'

'Het was echt een goed optreden,' zei ze.

'Je klinkt zo afstandelijk.'

Nora was zich ervan bewust dat de halve bus meeluisterde. Ravi keek naar haar terwijl hij een biertje dronk.

'Ik ben gewoon... in de bus... Er zitten allemaal mensen om me heen.'

'Mensen,' zuchtte hij, alsof het een scheldwoord was. 'Altijd en overal mensen. Dat is het fucking probleem. Maar hé, ik heb veel nagedacht de laatste tijd. Wat je bij Jimmy Fallon zei...'

Nora deed alsof elke zin die uit zijn mond kwam geen overstekend wild was.

'Wat heb ik dan gezegd?'

'Je weet wel, over hoe het allemaal is gelopen. Met jou en mij. Dat alles vergeten en vergeven is. Ik wil je alleen maar bedanken voor dat je dat hebt gezegd. Want ik weet dat ik fucking moeilijk ben. Dat weet ik. Maar daar werk ik aan. Ik heb een fucking goeie therapeut.'

'Geweldig.'

'Ik mis je, Nora. We hebben het geweldig gehad. Maar er is meer in het leven dan fantastische seks.'

'Gelijk heb je,' zei Nora en ze probeerde haar verbeelding de kop in te drukken. 'Zeker weten.'

'We hebben het geweldig in het kwadraat gehad. Maar ik snap dat je er een punt achter hebt gezet. In de kosmische orde van de dingen heb je het goede gedaan. Afwijzing bestaat niet, alleen doorverwijzing. Ik heb veel nagedacht. Over de kosmos. Daar heb ik op ingetuned. En de kosmos heeft me laten weten dat ik orde op zaken moet stellen. Het gaat allemaal om evenwicht. Wat wij hadden was te intens en ook onze levens zijn te intens, het is net de derde bewegingswet van Darwin. Actie is reactie.

Er moest iets gebeuren. En jij hebt dat gezien en nu zijn we gewoon zwevende deeltjes in het universum die elkaar op een dag in Château Marmont weer kunnen tegenkomen...'

Ze had geen idee wat ze moest zeggen. 'Volgens mij was het Newton.'

'Wat?'

'Van die derde bewegingswet.'

Hij hield zijn hoofd scheef als een hond die in de war is. 'Hè?'

'Laat maar, maakt niet uit.'

Hij zuchtte.

'Hoe dan ook, ik ga mijn margarita opdrinken. Ik heb morgenochtend vroeg een training. Mescal hè, geen tequila, ik moet het puur houden. Ik heb een nieuwe trainer. Die MMA-kerel. Hij is heel intens.'

'Oké.'

'En Nono...'

'Ja?'

'Wil je me nog een keer bij mijn koosnaampje noemen?'

'Hm –'

'Je weet wel.'

'Natuurlijk, ja.' Ze probeerde te bedenken wat dat kon zijn. *Ry-ry? Rayta? Plato?*

'Ik kan het niet.'

'Mensen?'

Ze keek demonstratief uitgebreid om zich heen. 'Precies. Mensen. En nu we allebei ons eigen leven weer hebben opgepakt, is het ook een beetje ongepast.'

Hij glimlachte melancholisch. 'Luister. Ik kom naar LA voor jullie laatste optreden. Op de voorste rij van het Staples Center. En denk maar niet dat je me kunt tegenhouden!'

'Wat lief!'

'Vrienden voor altijd?'

'Vrienden voor altijd.'

Nora voelde dat het gesprek ten einde liep, maar ineens wilde ze toch nog iets vragen.

'Was je nou echt met filosofie bezig?'

Hij liet een boer. Met een schok besefte ze dat Ryan Bailey een menselijk wezen was in een menselijk lichaam dat gas produceerde.

'Wat zeg je?'

'Filosofie. Jaren geleden, toen je Plato speelde in *The Athenians*, heb je een interview gegeven waarin je zei dat je veel boeken over filosofie las.'

'Ik lees het léven. En leven is een filosofie.'

Nora had geen idee wat hij bedoelde, maar diep vanbinnen was ze trots op haar versie die zo'n beroemde filmster had gedumpt.

'In die tijd zei je dat je Martin Heidegger las.'

'Wie is Martin Hot Dog? Dat was waarschijnlijk gewoon persgeklets. Je weet hoe dat gaat, je kletst maar wat.'

'Ja, natuurlijk.'

'Adios, amiga.'

'Adios, Ryan.'

En toen hing hij op en glimlachte Joanna naar haar zonder iets te zeggen.

Joanna had iets frikkerigs en geruststellends. Ze nam aan dat deze versie van haar Joanna graag mocht. Maar toen herinnerde ze zich dat ze een podcast moest doen voor een band met muzikanten van wie ze van vijftig procent de naam niet eens wist. Of de titel van hun laatste album. Of van wélk album dan ook.

De bus stopte bij een prachtig hotel buiten de stad. Dure auto's met geblindeerde ramen. Palmbomen met feestverlichting om de stam. Architectuur van een andere planeet.

'Een voormalig paleis,' zei Joanna. 'Ontworpen door een Braziliaanse toparchitect. Ik weet niet meer hoe hij heet.' Ze zocht het op. 'Oscar Niemeyer,' zei ze even later. 'Modernist. Maar dit is weelderiger dan zijn gewone werk. Het beste hotel van Brazilië...'

En toen zag Nora een kleine schare fans, die, zoals bedelaars hun geldbakje ophouden, hun telefoon met uitgestrekte armen in de lucht hielden om haar aankomst te filmen.

Je kunt alles hebben en niets voelen.
@NoraLabyrinth, 74,8K Retweets, 438,3K Likes

Een zilveren dienblad met honingcakejes

Het was raar om te bedenken dat dit leven kon samengaan met alle andere levens in het multiversum, alsof het gewoon een andere noot van een akkoord was.

Nora vond het bijna onvoorstelbaar dat ze in het ene leven met moeite de huur bij elkaar kreeg en in een ander leven voor mensen uit de hele wereld zó'n sensatie was.

Het handjevol fans dat de aankomst van de bus bij het hotel had gefilmd stond nu op een handtekening te wachten. Om de andere bandleden leken ze zich niet druk te maken, maar ze wilden uit alle macht met Nora in contact komen.

Toen ze over het knerpende grind op hen afliep, zag ze een meisje met tattoos in de outfit van een vrijgevochten meisje uit de jaren twintig dat op een of andere manier in een cyberpunkversie van een postapocalyptische oorlog was terechtgekomen. Haar haar zat precies zoals dat van Nora, inclusief de bijbehorende witte streep.

'Nora! Noraaaah! Hoi! We love you, queen! Episch, jij in Brazilië! Je bent zo chill!' En toen begonnen ze te scanderen: 'Nora! Nora! Nora!'

Terwijl ze onleesbare krabbels uitdeelde, deed een man van begin twintig zijn T-shirt uit en vroeg haar of ze haar handtekening op zijn schouder wilde zetten.

'Voor een tattoo,' zei hij.

'Echt waar?' vroeg ze en ze schreef met een stift haar naam op zijn lichaam.

'Dit is het hoogtepunt van mijn leven,' zei hij dweperig. 'Ik heet Francisco.'

Nora vroeg zich af hoe haar handtekening op zijn huid het hoogtepunt van zijn bestaan kon zijn.

'Je hebt mijn leven gered. "Beautiful Sky" heeft mijn leven gered. Dat nummer heeft zo'n kracht.'

'O. O, wauw. "Beautiful Sky"? Je kent "Beautiful Sky"?'

De fan werd hysterisch. 'Je bent zo grappig! Daarom vind ik je nou zo cool! Je bent echt mega! Of ik "Beautiful Sky" ken?! Briljant!'

Nora wist niet wat ze moest zeggen. Dat liedje, dat ze op haar negentiende had geschreven toen ze aan de universiteit van Bristol studeerde, had het leven van iemand in Brazilië veranderd. Ze vond het onvoorstelbaar.

Dit was duidelijk het leven waarvoor ze bestemd was. Ze betwijfelde of ze ooit nog terug naar de Middernachtbibliotheek zou gaan. Bewondering kon ze aan. Het was beter dan in Bedford wonen en achter het raam van bus 77 droevige deuntjes neuriën.

Ze poseerde voor selfies.

Een jonge vrouw leek bijna in huilen uit te barsten. Ze had een grote foto bij zich van Nora die Ryan Bailey kust.

'Ik vond het zo erg dat je het uitmaakte!'

'Ja, dat was ook verdrietig. Maar ja, die dingen gebeuren. Het is een... leerproces.'

Joanna nam Nora bij haar arm en leidde haar rustig naar het hotel.

Toen ze de elegante, naar jasmijn geurende lobby binnenkwam (marmer, kroonluchters, bloemstukken) zag ze dat de rest van de band al in de bar zat. Maar waar was haar broer? Misschien was hij ergens anders de pers aan het paaien.

Ze liep naar de bar en merkte dat iedereen – de portier, receptionisten, gasten – naar haar keek.

Nora stond op het punt eindelijk te vragen waar haar broer uithing toen Joanna een man wenkte in een T-shirt waarop in retro scifi-letters THE LABYRINTHS stond. Het was een man van in de veertig met een grijzende baard en dunner wordend haar, maar hij leek geïntimideerd door Nora. Hij maakte een kleine buiging toen hij haar hand schudde.

'Ik ben Marcelo,' zei hij. 'Fijn dat ik je mag interviewen.'

Nora zag achter Marcelo een andere man – jonger en voorzien van piercings, tattoos en een brede glimlach – met opname-apparatuur.

'We hebben een rustig plekje in de bar gereserveerd,' zei Joanna. 'Maar daar zitten... mensen. We kunnen beter naar Nora's suite gaan.'

'Prima,' zei Marcelo. 'Prima de luxe.'

Toen ze naar de lift liepen, keek Nora even over haar schouder naar de bar en zag de andere bandleden zitten. 'Misschien willen jullie de anderen ook spreken?' vroeg ze aan Marcelo. 'Zij weten veel wat ik alweer ben vergeten. Heel veel.'

Marcelo glimlachte, schudde zijn hoofd en zei voorzichtig: 'Ik denk dat het zo beter werkt...'

'O, oké dan,' zei ze.

Terwijl ze op de lift stonden te wachten waren alle blikken op hen gericht. Joanna boog zich naar Nora.

'Voel je je wel goed?'

'Natuurlijk. Hoezo?'

'Ik weet niet. Je lijkt vanavond gewoon anders.'

'Hoe anders?'

'Gewoon... anders.'

In de lift vroeg Joanna aan een vrouw, die Nora herkende van de bus, om in de bar wat drankjes te halen – twee bier voor de podcastmakers, een spa rood voor Nora en een caipirinha voor haarzelf.

'En breng ze maar naar de suite, Maya.'

Misschien ben ik in dit leven wel geheelonthouder, dacht Nora toen ze over het zalmroze pluchen tapijt van de lift naar haar suite liep.

Ze probeerde te doen alsof het allemaal volstrekt normaal was. De gigantische kamer die naar een andere gigantische kamer leidde die weer naar een gigantische badkamer leidde. Er stond een groot boeket bloemen met een kaartje van de hotelmanager.

Ze beet op het puntje van haar tong om geen *wauw* te zeggen toen ze het overdadige meubilair zag, de kamerhoge gordijnen, het smetteloos witte, levensgrote bed, het tv-scherm van bijna bioscoopformaat, de champagnefles op ijs, het zilveren dienblad met wat volgens de beschrijving 'Braziliaanse honingcakejes' waren.

'Ik neem aan dat dit niet in je nieuwe voedingsschema past,' zei Joanna en nam een van de zoetigheden van het blad. 'Harley vroeg of ik je in de gaten wilde houden.'

Nora zag Joanna in een van de cakejes bijten en vroeg zich af hoe goed een voedingsschema kon zijn als je niet eens zoiets lekkers als een Braziliaans honingcakeje mocht eten. Ze had geen idee wie Harley was, maar ze wist wel dat ze niet dol op hem was.

'En... zodat je het weet, de branden in LA woeden nog steeds en ze zijn nu de helft van Calabasas aan het evacueren, maar hopelijk ligt jouw huis hoog genoeg...'

Nora wist niet of ze blij moest zijn dat ze kennelijk een huis in LA had of dat ze zich zorgen moest maken dat het in vlammen zou opgaan.

De twee Braziliaanse podcastmakers namen even de tijd om hun apparatuur te installeren. Nora zonk weg in de enorme bank in het woongedeelte terwijl Joanna – die met een zorgvuldig gemanicuurde vinger een paar kruimeltjes om haar mond wegveegde – uitlegde dat hun muziekpodcast *O Som* de populairste van heel Brazilië was.

'Als je die statistieken ziet,' zei Joanna enthousiast. 'Die aantallen zijn *skyhigh*. Het is echt de moeite waard.'

Ze bleef erbij toen de opname begon, Nora werd als een haviksjong in de gaten gehouden.

Podcast de Openbaring

'Het was wel een krankzinnig jaar, hè,' begon Marcelo in uitstekend Engels.

'Zeker weten. Het was nogal heftig,' zei Nora en deed haar best als een rockster te klinken.

'Als ik iets mag vragen over jullie album... *Pottersville.* Alle teksten zijn toch van jou?'

'De meeste wel, ja,' gokte Nora terwijl ze naar het vertrouwde moedervlekje op haar hand keek.

'Ze heeft ze allemaal geschreven, hoor,' kwam Joanna tussenbeide.

Marcelo knikte terwijl de andere man nog steeds zijn tanden bloot lachte en op zijn laptop met de geluidsniveaus zat te pielen.

'"Feathers" is mijn favoriete nummer,' zei Marcelo toen de drankjes kwamen.

'Goed om te horen.'

Nora probeerde iets te bedenken om van dit interview af te komen. Hoofdpijn? Buikloop?

'Maar ik wil het graag hebben over het eerste nummer dat je hebt uitgebracht: "Stay Out of My Life". Dat lijkt een persoonlijk statement.'

Nora forceerde een glimlach. 'De tekst zegt het al, hè.'

'Er wordt over gespeculeerd dat het nummer slaat op het... hoe zeg je dat in het Engels?'

'Contactverbod?' hielp Joanna.

'Ja, dat is het! Het contactverbod.'

'Eh,' begon Nora, van haar stuk gebracht. 'Tja. Ik heb er niet voor niets een nummer over gemaakt. Ik vind het lastig om erover te praten.'

'Dat begrijp ik. Maar in je recente interview in de *Rolling Stone* heb je het over Dan Lord, je voormalige geliefde die je stalkte, over hoe moeilijk het was om een contactverbod te krijgen… Heeft hij niet geprobeerd bij je in te breken? En verslaggevers verteld dat hij "Beautiful Sky" had geschreven?'

'Jezus.'

Ze wist niet of ze moest lachen of huilen en op een of andere manier lukte het haar om allebei níét te doen.

'Ik heb het geschreven toen we nog wat met elkaar hadden. Maar hij vond het niks. Hij wilde niet dat ik in deze band zat. Hij vond het verschrikkelijk, vond mijn broer verschrikkelijk, vond Ravi verschrikkelijk, vond Ella, een van de oorspronkelijke bandleden, verschrikkelijk. Dan was in elk geval erg jaloers.'

Dit was echt surrealistisch. In het ene leven, het door hem zo gewenste leven, verveelde Dan zich zo stierlijk met Nora dat hij een affaire was begonnen, terwijl hij in dít leven bij haar had ingebroken omdat hij haar het succes misgunde.

'Het is een lul,' zei Nora. 'Ik weet niet wat het Portugese scheldwoord voor een vreselijke man is.'

'Cuzão. Dat betekent dat iemand een lul is.'

'Of een klootzak,' voegde de jongere man daar met een stalen gezicht aan toe.

'Nou, goed, een cuzão dus. Hij bleek heel anders te zijn. Als je leven verandert gaan mensen kennelijk ook anders doen, dat is gek. Het zal de prijs van de roem wel zijn.'

'Je hebt ook het nummer "Henry David Thoreau" geschreven. Dat zie je niet vaak, dat er een nummer naar een filosoof wordt genoemd…'

'Weet ik. Tijdens mijn studie filosofie was hij mijn lievelingsfilosoof. Vandaar mijn tattoo. En het leverde een net wat betere titel op dan "Immanuel Kant".'

Ze kwam echt op gang. Het was niet zó moeilijk om een leven te spelen waarvoor je bestemd was.

'En "Howl" natuurlijk. Dat is zo'n sterk nummer. In tweeëntwintig landen op één. Een Grammy-winnende videoclip met de grootste filmsterren uit Hollywood. Ik neem aan dat jullie hierover zijn uitgepraat?'

'Dat denk ik wel, ja.'

Joanna stond op om een tweede honingcakeje te pakken.

Marcelo glimlachte vriendelijk en voerde de druk nog wat op. 'Het leek me zo puur. Het nummer, bedoel ik. Alsof je alles eruit gooide. Daarna kwam ik erachter dat je het hebt geschreven op de avond dat je je manager hebt ontslagen. Vóór Joanna. Toen je had ontdekt dat hij je had opgelicht...'

'Ja. Dat was niet fijn,' improviseerde ze. 'Ik voelde me zo verraden.'

'Voor "Howl" was ik al een enorme fan van The Labyrinths. Maar dat nummer was het helemaal. En "Lighthouse Girl". Door "Howl" had ik zoiets van... *Nora Seed is geniaal.* De tekst is behoorlijk abstract, maar de manier waarop je woede eruit kwam zo zacht, gevoelig en krachtig tegelijkertijd. Het doet denken aan een samensmelting van de vroege Cure met Frank Ocean via The Carpenters en Tame Impala.'

Nora probeerde het, maar het lukte haar niet zich voor te stellen hoe dat in godsnaam moest klinken.

Tot ieders verrassing begon hij te zingen: 'Silence the music to improve the tune / Stop the fake smiles and howl at the moon.'

Nora glimlachte en knikte alsof ze de tekst kende. 'Ja, ik was gewoon aan het janken.'

Marcelo trok een ernstig gezicht. Hij leek echt bezorgd. 'Je hebt de afgelopen jaren zoveel shit over je heen gekregen. Stalkers, slechte managers, fakeruzies, de rechtszaak, dat gedoe met je copyright, je chaotische breuk met Ryan Bailey, de ontvangst van je laatste album, afkicken, dat incident in Toronto... die keer in Parijs dat je van uitputting bezweek, een persoonlijk verlies, drama drama drama. En dan al die media-aandacht. Waarom heeft de pers zo'n hekel aan je?'

Nora voelde zich een beetje onpasselijk worden. Hoorde dit bij beroemd zijn? Een non-stop bitterzoete cocktail van aanbidden en aanvallen? Geen wonder dat zoveel beroemde mensen de weg kwijtraken als de weg steeds een andere kant opgaat. Alsof je op hetzelfde moment wordt geslagen en gekust.

'Ik... ik weet het niet... het is nogal raar...'

'Vraag je je weleens af hoe je leven eruit zou hebben gezien als je een andere weg was ingeslagen?'

Nora hoorde de vraag terwijl ze naar de opstijgende bubbeltjes in haar mineraalwater keek.

'Je kunt je makkelijk voorstellen dat er makkelijkere wegen zijn,' zei ze en ze realiseerde zich plots iets. 'Maar misschien zijn er helemaal geen makkelijke wegen, zijn er alleen maar wegen. In het ene leven ben ik misschien wel getrouwd. In een ander leven werk ik misschien in een winkel. Zou ik misschien ja hebben gezegd tegen die leuke man die me voor een kop koffie uitnodigde. In weer een ander leven zou ik misschien gletsjers op de Noordpool onderzoeken. Of zou ik Olympisch zwemkampioene zijn geworden. Weet jij veel. Elke seconde van elke dag ligt er een nieuw universum voor je open. Je verspilt je tijd als je blijft verlangen naar een ander leven, als je jezelf met anderen en met andere versies van jezelf blijft vergelijken, terwijl de meeste levens zowel goede als slechte kanten hebben.'

Marcelo, Joanna en de Braziliaanse geluidsman keken haar met grote ogen aan, maar ze was nu echt op dreef, het ging vanzelf.

'Het leven kent patronen... ritmes. Als je in een leven bent vastgelopen is het makkelijk om te denken dat verdriet, drama's, mislukkingen of angst het gevolg zijn van dat ene leven. Dat het eerder een bijproduct is van een bepaalde manier van leven dan gewoon het leven zelf. Het zou veel makkelijker zijn als we begrepen dat er geen leven bestaat waarin je immuun bent voor verdriet. Dat verdriet onlosmakelijk deel uitmaakt van geluk. Het een gaat niet zonder het ander. Natuurlijk krijg je ze in verschillende gradaties en hoeveelheden op je bord. Maar er is geen enkel leven waarin je in een eeuwigdurende gelukzalige staat verkeert. Als je denkt van wel, word je alleen maar ongelukkiger.'

'Wat een geweldig antwoord,' zei Marcelo toen hij zeker wist dat ze was uitgepraat. 'Maar ik zou toch zeggen dat je bij het concert vanavond gelukkig was. Dat je niet "Howl" speelde maar "Bridge Over Troubled Water" was zo krachtig. *Ik ben sterk*, zei je daarmee. Alsof je je fans liet weten dat het goed met je gaat. Hoe verloopt de tournee trouwens?'

'Geweldig. En die boodschap wilde ik inderdaad meegeven: dat ik hier mijn beste leven leef. Maar na een tijdje mis ik mijn huis wel.'

'Welk huis?' vroeg Marcelo met een brutaal lachje. 'Ik bedoel, waar voel je je het meeste thuis? In Londen, LA, of aan de Amalfikust?'

Dit leek wel haar leven met de grootste CO2-voetafdruk.

'Ik weet niet. Londen toch, denk ik.'

Marcelo haalde diep adem, alsof hij voor zijn volgende vraag kopje onder moest. Hij krabde aan zijn baard. 'Oké, maar ik kan me voorstellen dat het lastig voor je is dat je met je broer in dat appartement hebt gewoond.'

'Waarom zou dat lastig zijn?'

Van boven haar cocktail wierp Joanna een nieuwsgierige blik op Nora.

Marcelo keek haar zijig aan. Zijn ogen leken glazig. Na een slokje bier ging hij verder: 'Ik bedoel, je broer had zo'n grote rol in je leven, zo'n grote rol in de band...'

Had.

Zoiets verschrikkelijks in zo'n klein woord. Alsof er een steen in het water viel.

Ze herinnerde zich dat ze voor de toegift Ravi naar haar broer had gevraagd. Ze herinnerde zich de reactie van het publiek toen ze haar broer had genoemd.

'Hij is er nog steeds. Hij was er vanavond.'

'Ze bedoelt dat ze hem voelt,' zei Joanna. 'Ze voelen hem allemaal. Hij was ook altijd zo aanwezig. Moeilijk maar sterk... Het is treurig dat drank, drugs en het hele leven hem uiteindelijk de das hebben omgedaan...'

'Waar hebben jullie het over?' vroeg Nora. Ze speelde niet langer in een leven. Ze móést het weten.

Marcelo keek haar verdrietig aan. 'Hij is ook pas twee jaar dood... na die overdosis...'

Nora hapte naar lucht.

Omdat het nog niet helemaal wilde doordringen ging ze niet meteen terug naar de bibliotheek. Verdoofd stond ze op en onvast liep ze de kamer uit.

'Nora?' lachte Joanna nerveus. 'Nora?'

Ze nam de lift en ging naar de bar. Naar Ravi.

'Je zei dat Joe de pers aan het paaien was.'

'Wat zeg je?'

'Dat zei je. Ik vroeg wat Joe aan het doen was en jij zei dat hij "de pers aan het paaien" was.'

Hij zette zijn biertje neer en keek haar aan alsof ze een raadsel was. 'En ik had gelijk. Ze was de pers ook aan het paaien.'

'Ze?'

Hij wees naar Joanna die ontdaan de lobby in kwam lopen.

'Ja, Jo. Zij was met de pers bezig.'

Het verdriet kwam binnen als een vuistslag.

'O nee. O Joe... o Joe... o...'

En de bar van het grand hôtel verdween. De tafel, de drankjes,

Joanna, Marcelo, de geluidsman, de hotelgasten, Ravi, de anderen, de marmeren vloer, de barman, de obers, de kroonluchters, de bloemen, er bleef helemaal niets van over.

'Howl'

To the winter forest
And nowhere to go
This girl runs
From all she knows

The pressure rises to the top
The pressure rises (it won't stop)

They want your body
They want your soul
They want fake smiles
That's rock and roll
The wolves surround you
A fever dream
The wolves surround you
So start the scream

Howl, into the night,
Howl, until the light,
Howl, your turn to fight,
Howl, just make it right
Howl howl howl howl

(Motherfucker)

You can't fight for ever
You have to comply
If your life isn't working
You have to ask why

(Gesproken)
Remember
When we were young enough
Not to fear tomorrow
Or mourn yesterday
And we were just
Us
And time was just
Now
And we were in
Life
Not rising through
Like arms in a sleeve
Because we had time
We had time to breathe

The bad times are here
The bad times have come
But life can't be over
When it hasn't begun
The lake shines and the water's cold
All that glitters can turn to gold
Silence the music to improve the tune
Stop the fake smiles and howl at the moon

Howl, into the night,
Howl, until the light,
Howl, your turn to fight,
Howl, just make it right

Howl howl howl howl

(Herhalen tot een fade-out)

Liefde en verdriet

'Ik vind dit verschrikkelijk… dit proces,' zei Nora met stemverheffing. 'Ik ben er helemaal KLAAR mee!'

'Stilte, alsjeblieft,' zei mevrouw Elm, die zich met een wit paard in haar hand concentreerde op haar zet. 'Dit is een bibliotheek.'

'Er is verder niemand!'

'Daar gaat het niet om. Het is een bibliotheek. In een kathedraal ben je stil omdat je in een kathedraal bent, niet omdat er andere mensen zijn. Dat geldt ook voor een bibliotheek.'

'Oké,' zei Nora wat zachter. 'Ik vind het niet leuk meer. Ik ben er helemaal klaar mee. Ik wil mijn abonnement opzeggen. Ik wil mijn bibliotheekpas inleveren.'

'Je bént de bibliotheekpas.'

Nora kwam terug op haar punt. 'Ik ben er helemaal klaar mee.'

'Dat meen je niet.'

'Jawel.'

'Waarom ben je hier dan nog?'

'Omdat ik geen keus heb.'

'Geloof me maar, Nora. Als je hier echt niet wilde zijn, zou je hier niet zijn. Dat heb ik meteen al gezegd.'

'Ik vind het niks.'

'Want?'

'Ik vind het te verdrietig.'

'Waarom is het verdrietig?'

'Omdat het echt is. In een van mijn levens is mijn broer dood.'

De bibliothecaris trok een streng gezicht. 'En in een ander leven – een van zijn levens – ben jij dood. Zal hij dan verdrietig zijn?'

'Ik betwijfel het. Hij wil al een hele tijd niets meer met me te maken hebben. Hij heeft zijn eigen leven en geeft mij er de schuld van dat het onvervuld is gebleven.'

'Dit gaat dus over je broer?'

'Nee, over alles. Een leven zonder iemand pijn te doen lijkt onmogelijk.'

'Dat klopt.'

'Maar waarom zou je dan nog willen leven?'

'Doodgaan doet mensen ook verdriet, eerlijk gezegd. Voor welk leven kies je nu?'

'Voor geen een.'

'Wat zeg je?'

'Ik wil geen ander boek. Ik wil geen ander leven.'

Mevrouw Elm werd bleek, net zoals jaren geleden toen ze het telefoontje kreeg over Nora's vader.

Nora voelde een trilling onder haar voeten. Een kleine aardbeving. Mevrouw Elm en zij hielden zich vast aan de planken terwijl er boeken op de vloer vielen. Het licht begon te flikkeren en ging toen uit. Het tafeltje met het schaakspel kieperde om.

'O nee,' zei mevrouw Elm. 'Niet weer.'

'Wat is er aan de hand?'

'Je weet wat er aan de hand is. Dit hier bestaat bij de gratie van jou. Jij bent de krachtbron. Bij een ernstige storing loopt de bibliotheek gevaar. Dat komt door jou. Op het slechtst denkbare moment geef jij het op. Je mag niet opgeven, Nora. Je hebt meer te bieden. Je hebt meer mogelijkheden. Er zijn zoveel versies van jou. Weet je nog hoe je je voelde na de ijsbeer? Weet je nog hoe graag je toen wilde leven?'

De ijsbeer.

De ijsbeer.

'Zelfs dat soort nare ervaringen zijn nuttig, snap je?'

Ze snapte het. De spijt waar ze het grootste deel van haar leven last van had gehad, was voor niets geweest.

'Ja.'

De aarde hield op met beven.

Maar de vloer lag bezaaid met boeken.

Het licht brandde weer, maar flikkerde nog.

'Het spijt me,' zei Nora. Ze begon de boeken op te rapen en terug te zetten.

'Nee!' beet mevrouw Elm haar toe. 'Niet aanraken. Leg neer.'

'Sorry.'

'En hou op met dat ge-sorry. Je kunt me hiermee helpen. Dat is beter.'

Ze hielp mevrouw Elm met het oprapen van de schaakstukken en rechtop zetten van het tafeltje.

'Wat moeten we met al die boeken op de vloer? Zo laten liggen?'

'Waarom maak je je daar druk om? Ik dacht dat je juist van ze af wilde?'

Mevrouw Elm mag dan gewoon een mechaniek zijn geweest dat de ingewikkelde complexiteit van het kwantumheelal vereenvoudigde, maar op dat moment – tussen de halflege boekenplanken en haar schaakbord dat klaarstond voor een nieuw spel – zat ze er treurig, wijs en ongelooflijk menselijk bij.

'Ik bedoelde het niet zo bot,' kreeg ze uiteindelijk uit haar mond.

'Oké.'

'Ik weet nog dat toen we in de schoolbibliotheek met schaken begonnen, je meteen je beste stukken verloor,' zei ze. 'Je deed zetten met de koningin of de torens en dan waren die van het toneel verdwenen. En dan deed je of het spel verloren was omdat je alleen nog maar een stel pionnen en paarden had.'

'Waarom begint u daar nu over?'

Mevrouw Elm zag een los draadje aan haar vest en stopte dat in haar mouw, bedacht zich en liet het weer hangen.

'Als je ooit met schaken wilt winnen, moet je jezelf iets inprenten,' zei ze alsof Nora niets belangrijkers had om over na te denken. 'En wat je je moet inprenten is dit: het spel is pas uit als het uit is. Het is niet uit zolang er nog een pion op het bord staat. Als de ene speler alleen een pion en een koning heeft, en de ander nog alle stukken, is er nog steeds een spel. En zelfs als je een pion bent – misschien zijn we dat wel allemaal – dan moet je onthouden dat de pion het meest magische stuk van allemaal is. Hij mag dan klein en gewoontjes lijken, maar dat is hij niet. Want een pion is nooit alleen maar een pion. Een pion is een koningin in spe. Je hoeft alleen maar een manier te vinden om naar voren te gaan. Veld voor veld. Tot je aan de overkant bent en je haar macht kunt inzetten.'

Nora bekeek de boeken om zich heen. 'Zegt u nu dat ik alleen pionnen heb om mee te spelen?'

'De overwinning kan komen van iets wat er heel gewoontjes uitziet, dát zeg ik. Je moet volhouden. Net als die dag in de rivier. Weet je nog?'

Natuurlijk wist ze dat nog.

Hoe oud was ze geweest? Zeventien waarschijnlijk, want ze zwom geen wedstrijden meer. Het was een moeilijke tijd: haar vader was altijd boos op haar en haar moeder had een van haar zwijgzame, depressieve periodes. Haar broer zat op de kunstacademie en had zijn vriend Ravi voor het weekend mee naar huis genomen om hem langs de bezienswaardigheden van het roemrijke Bedford te slepen. Joe had bij de rivier een spontaan feestje georganiseerd, met muziek, bier, scheepsladingen wiet en meisjes die gefrustreerd waren omdat Joe totaal niet in ze geïnteresseerd was. Nora was ook uitgenodigd, dronk te veel en kreeg het op een of andere manier met Ravi over zwemmen.

'Jij kunt dus de rivier overzwemmen?' had hij haar gevraagd.

'Natuurlijk.'

'Dat geloof ik niet,' had iemand anders gezegd.

Zo kwam het dat ze in een vlaag van verstandsverbijstering had besloten hun ongelijk te bewijzen. Toen haar apestonede en ladderzatte oudere broer besefte wat ze deed, was het te laat. Was ze al een eind op streek.

Terugdenkend aan die dag veranderde de vloer aan het eind van de bibliotheekgang van steen in stromend water. En terwijl de boekenkasten om haar heen bleven staan, groeide er gras uit de tegels onder haar voeten en werd het plafond de hemel. Maar anders dan wanneer ze in een andere versie van het heden verdween, bleven mevrouw Elm en de boeken gewoon aanwezig. Voor de helft was ze in de bibliotheek en voor de andere helft in haar herinnering.

Ze keek naar iemand in het water van de gangrivier. Het was haar jongere ik op het moment dat het laatste zomerlicht in het donker opging.

Equidistant

Het water was koud en er stond een sterke stroming.

Terwijl ze naar zichzelf keek herinnerde ze zich de pijn in haar armen en schouders. De stijve zwaarte ervan, alsof ze een harnas droeg. Ze herinnerde zich nog dat ze niet begreep dat ze zich zó hard inspande, maar dat het silhouet van de platanen hardnekkig steeds even groot, en de oever steeds even ver weg bleef. Ze herinnerde zich dat ze een paar slokken van het vieze water had binnengekregen. En dat ze naar de andere oever had omgekeken, de oever vanwaar ze was vertrokken en de plek waar ze nu, naast die jongere versie van haar broer en zijn vrienden, stond te kijken, terwijl ze zich niet bewust was van haar huidige zelf en van de boekenplanken aan weerszijden van hen.

Ze herinnerde zich nog hoe ze in haar delirium aan het woord 'equidistant' had gedacht. Een woord dat in de steriele omgeving van een klaslokaal thuishoorde. Equidistant. Zo'n neutraal, wiskundig woord, een woord dat een soort mantra werd, zich als een manische meditatie bleef herhalen terwijl ze haar laatste krachten gebruikte om te blijven waar ze was. Equidistant. Equidistant. Equidistant. Niet verbonden met de ene of de andere oever.

Zo had ze zich het grootste deel van haar leven gevoeld.

Blijven steken in het midden. Worstelend en wild om je heen slaand proberen te overleven maar niet weten welke kant je op moet. Welke weg te kiezen zonder spijt te krijgen.

Ze keek naar de oever aan de overkant – dit keer met boekenplanken, maar ook nog steeds met het grote silhouet van een plataan die als een bezorgde ouder over het water hing, de sussende wind door zijn bladeren.

'Maar je hebt wel gekozen,' zei mevrouw Elm, die kennelijk haar gedachten had gelezen. 'En je hebt het overleefd.'

Andermans droom

'Leven is een werkwoord,' zei mevrouw Elm toen ze stonden toe te kijken hoe haar broer door zijn vrienden bij het water werd weggetrokken. En hij toekeek hoe een meisje, van wie ze de naam allang was vergeten, het alarmnummer belde. 'Jij handelde toen het ertoe deed. Je bent naar de oever gezwommen. Je bent met veel moeite op de kant geklommen. Je hebt de longen uit je lijf gehoest en je was onderkoeld, maar tegen alle denkbare verwachtingen in ben je die rivier overgestoken. Je hebt iets in jezelf ontdekt.'

'Ja, bacteriën. Ik ben wekenlang ziek geweest. Ik had zoveel van dat gore water binnengekregen.'

'Maar je leefde nog. Je had hoop.'

'Ja, maar elke dag minder.'

Ze keek naar beneden, zag dat het gras zich in de stenen tegels terugtrok en keek achterom om een laatste blik op het water te werpen voordat het in de schemering verdween en de plataan met haar broer, zijn vrienden en haar jonge ik in de lucht oploste.

De bibliotheek leek weer gewoon op de bibliotheek. Met de boeken terug op de planken en licht dat niet langer flikkerde.

'Het was zó stom van me om te gaan zwemmen alleen om indruk te maken. Ik dacht altijd dat Joe beter was dan ik. Ik wilde dat hij me aardig vond.'

'Waarom vond je dat hij beter was dan jij? Omdat je ouders dat vonden?'

Nora ergerde zich aan de directheid van mevrouw Elm. Maar misschien had ze wel gelijk. 'Om indruk op ze te maken moest ik altijd doen wat zij wilden. Het was duidelijk dat Joe problemen had. Problemen die ik niet begreep totdat ik wist dat hij op mannen viel, maar het schijnt dat rivaliteit tussen broers en zussen niet over broers en zussen gaat maar over hun ouders, en ik heb altijd het gevoel gehad dat mijn ouders zijn dromen net wat belangrijker vonden.'

'Zoals muziek?'

'Ja. Toen hij en Ravi besloten hadden om rockster te worden, kochten mijn vader en moeder een gitaar voor Joe en daarna ook nog een elektrische piano.'

'En wat leverde dat op?'

'Met die gitaar ging het best goed. Binnen een week speelde hij "Smoke on the Water", maar met de piano had hij niet veel en hij vond zijn kamer te vol.'

'En toen kreeg jij hem.' Dat was eerder een constatering dan een vraag. Mevrouw Elm wíst het. Natuurlijk wist ze het.

'Ja.'

'De piano verhuisde naar jouw kamer, je verwelkomde hem als een vriend en je begon vastberaden te oefenen. Je zakgeld besteedde je aan pianoboeken, *Mozart voor beginners* en *The Beatles voor piano*. Omdat je het leuk vond. Maar ook omdat je indruk wilde maken op je oudere broer.'

'Dat heb ik u nooit verteld.'

Een spottend lachje. 'Maak je geen zorgen. Ik heb het boek gelezen.'

'Oké, natuurlijk. Ik snap het al.'

'Misschien moet je eens ophouden met je druk te maken over wat andere mensen van je vinden, Nora,' fluisterde mevrouw Elm vertrouwelijk om haar boodschap kracht bij te zetten. 'Je hebt geen briefje van de conrector meer nodig om je –'

'Ik snap het al!'

En ze snapte het inderdaad.

Elk leven dat ze tot dusver had geprobeerd was eigenlijk andermans droom geweest. Trouwen en samen een pub beginnen was Dans droom geweest. De reis naar Australië was Izzy's droom en dat het haar speet dat ze niet was meegegaan was eerder een schuldgevoel tegenover haar beste vriendin, dan dat ze het zelf nou zo jammer vond. De droom zwemkampioen te worden was van haar vader. En oké, het was waar dat ze toen ze nog op school zat de Noordpool heel interessant vond en gletsjeronderzoeker wilde worden, maar daarin was ze behoorlijk gestuurd door mevrouw Elm tijdens hun gesprekken in de schoolbibliotheek. En The Labyrinths, tja, dat was altijd de droom van haar broer geweest.

Misschien was er voor haar dan wel geen ideaal leven, maar er moest toch wel ergens een leven zijn dat de moeite waard was geleefd te worden. Als ze een leven wilde vinden dat echt de moeite waard was, moest ze een groter net uitgooien.

Mevrouw Elm had gelijk. Het spel was nog niet uit. Zolang er nog stukken op het bord staan zou geen speler mogen opgeven.

Ze rechtte haar rug en maakte zich groot.

'Je moet meer levens van de onderste of bovenste planken kiezen. De dingen waar je het meeste spijt van hebt, heb je inmiddels ongedaan gemaakt. De boeken op de hogere en lagere planken zijn de levens van wat verder weg. Levens die je nog steeds in een of ander universum leeft, maar geen levens die je je ooit hebt voorgesteld, waar je spijt van hebt of waar je over hebt nagedacht. Het zijn levens die je kunt leven maar waarvan je nooit hebt gedroomd.'

'Ongelukkige levens dus?'

'Sommige wel, sommige niet. Het zijn alleen niet de meest voor de hand liggende levens. Je hebt er een beetje verbeelding voor nodig. Maar dat lijkt me niet het probleem...'

'Kunt u me niet wegwijs maken?'

Mevrouw Elm glimlachte. 'Ik kan je een gedicht voorlezen. Bibliothecarissen houden van gedichten.' En toen citeerde ze Robert Frost. 'Een splitsing in een bos, en ik – / ik nam het pad dat nog niet was platgetreden, / en dat maakte het verschil...'

'En als er in het bos nou meerdere wegen splitsen? Als er meer wegen dan bomen zijn? Als er geen eind komt aan de keuzes die je kunt maken? Wat zou Robert Frost dan doen?'

Ze herinnerde zich dat ze als eerstejaars filosofie Aristoteles had bestudeerd. En dat ze een beetje gedeprimeerd werd van zijn idee dat uitmuntendheid nooit een toevallige eigenschap was. Dat uitmuntende resultaten het gevolg waren van 'de wijze keus uit vele alternatieven'. En hier stond ze dan, in de bevoorrechte positie om die vele alternatieven te kunnen uitproberen. Het was de kortste weg naar wijsheid en misschien ook wel de kortste weg naar geluk. Ze zag het inmiddels niet meer als een last, maar als een geschenk dat gekoesterd moest worden.

'Kijk eens naar dat schaakspel dat we weer overeind hebben gezet,' zei mevrouw Elm zacht. 'Kijk eens hoe overzichtelijk, rustig en vredig het er nu nog uitziet. Mooi. Maar saai. Doods. Het moment waarop je een zet doet verandert er meteen van alles. Wordt het chaotischer. En hoe meer zetten er worden gedaan, hoe groter de chaos wordt.'

Ze ging tegenover mevrouw Elm aan het schaaktafeltje zitten. Ze keek naar het bord en schoof een pion twee velden vooruit.

Aan haar kant van het bord deed mevrouw Elm precies hetzelfde maar dan in spiegelbeeld.

'Het is een makkelijk spel,' zei ze. 'Maar moeilijk om onder de knie te krijgen. Elke zet die je doet schept duizend-en-een nieuwe mogelijkheden.'

Nora deed een zet met een van haar paarden. Zo speelden ze een tijdje verder.

Mevrouw Elm leverde het commentaar. 'Bij het begin van een spel zijn er geen variaties. Er is maar één manier om een schaakbord op te zetten. Na de eerste zes zetten zijn er negen miljoen variaties. En na acht zetten zijn er tweehonderdachtentachtig miljard verschillende posities. En die mogelijkheden blijven toenemen. Er zijn meer manieren om een potje schaak te spelen dan er atomen in het waarneembare universum zijn. Dus het wordt erg rommelig. En dé manier om te spelen bestaat niet, er zijn vele manieren. Net als in het leven gaat het bij schaken om de mogelijkheden, die zijn de basis van alles. Elk verlangen, elke droom, elk zelfverwijt, elk moment in je leven.'

Uiteindelijk won Nora. Stiekem verdacht ze mevrouw Elm ervan dat ze haar had laten winnen, maar toch voelde ze zich wat beter.

'Okidoki,' zei mevrouw Elm. 'Tijd voor een boek, denk ik zomaar. Wat zeg je ervan?'

Nora keek langs de rijen met boeken. Hadden ze maar titels die meer houvast boden. Was er maar een met de titel *Hier en nu: het ideale leven.*

Ze was eerst geneigd mevrouw Elms vraag te negeren. Maar boeken vroegen er altijd om te worden opengeslagen. En ze besefte dat het met levens ook zo was.

Mevrouw Elm herhaalde iets wat ze al eerder had gezegd.

'Onderschat nooit het grote belang van kleine dingen.'

Dat was nuttig, zo bleek.

'Ik wil een gemoedelijk leven,' zei ze. 'Het leven waarin ik met dieren werk. Waarin ik voor de baan bij het asiel heb gekozen – waar ik mijn praktijkstage voor school heb gedaan – in plaats van voor String Theory. Ja, die graag.'

Een gemoedelijk leven

Invoegen in deze manier van leven bleek een makkie.

Ze sliep goed in dit leven, ze werd pas wakker toen om kwart voor acht de wekker ging. In een oude, aftandse Hyundai die naar honden en koekjes stonk en onder de kruimels zat, reed ze langs het ziekenhuis en het sportcentrum en parkeerde op het kleine terrein bij het moderne, gelijkvloerse asiel dat uit grijze steen was opgetrokken.

Die ochtend gaf ze de honden te eten en liet ze uit. Dat ze zo makkelijk opging in dit leven kwam ook omdat ze werd begroet door een vriendelijke, nuchtere vrouw met bruin krullend haar en een Yorkshire-accent, Pauline. Ze zei dat ze bij de honden moest beginnen, niet bij de katten, dus Nora had een geloofwaardig excuus om verward te kijken en te vragen wat ze moest doen. Dat ze niet wist hoe iedereen heette was geen probleem omdat alle medewerkers een naamkaartje droegen.

Nora had een pas binnengekomen bullmastiff op het veld achter het asiel uitgelaten. Pauline had haar verteld dat de hond door de vorige eigenaar was mishandeld. Ze wees een paar kleine ronde littekens aan.

'Brandwonden van sigaretten.'

Nora wilde een wereld zonder wreedheid, maar de werelden waar ze het mee te doen had waren altijd werelden met mensen. De bullmastiff heette Sally. Ze was overal bang voor. Voor haar schaduw. Struiken. Andere honden. Nora's benen. Gras. Lucht. Ze had wel duidelijk een zwak voor Nora, die mocht haar zelfs (heel even) over haar buik aaien.

Later die ochtend hielp Nora met het schoonmaken van een paar kleine hondenhutten. Ze nam aan dat ze zo werden genoemd omdat het beter klonk dan kooien, maar dat was toch een passender benaming geweest. Er was een Duitse herder met drie poten die Diesel heette en er al langer leek te zijn. Toen ze een bal naar hem gooide merkte ze dat hij goede reflexen had: bijna elke keer ving hij hem op in zijn bek. Ze vond dit een prettig leven – beter gezegd, in dit leven vond ze de versie van zichzelf prettig. Uit hoe de anderen tegen haar deden kon ze opmaken wat voor iemand ze was. Het voelde fijn – troostend, bevestigend – om een goed mens te zijn.

Ze voelde zich hier anders. Ze dacht veel in dit leven, maar het waren gemoedelijke gedachten.

'Compassie is de basis van de moraal,' had de filosoof Arthur Schopenhauer in een van zijn mildere momenten geschreven. Misschien was compassie ook wel de basis van het leven.

Er werkte een man, Dylan, die op een heel natuurlijke manier met honden omging. Hij was ongeveer van haar leeftijd, misschien wat jonger. Hij keek vriendelijk, gemoedelijk en verdrietig uit zijn ogen. Zijn lange surfershaar had de kleur van een golden retriever. Bij de lunch kwam hij naast Nora op een bank aan de rand van het veld zitten.

'Wat zit er bij jou op?' vroeg hij lief, naar Nora's broodtrommel knikkend.

Ze wist het echt niet – het trommeltje stond al klaar toen ze die ochtend haar onder magneten en kalenders bedolven ijskast had opengedaan. Ze haalde de deksel eraf en trof een dubbele boterham met kaas en marmite aan, en een zakje salt & vinegarchips. De lucht betrok en de wind stak op.

'Shit, het gaat regenen,' zei Nora.

'Zou kunnen, maar de honden zitten nog allemaal in hun kooi.'

'Wat bedoel je?'

'Honden ruiken het wanneer het gaat regenen en gaan dan vaak alvast naar binnen. Cool hè. Dat ze met hun néús de toekomst kunnen voorspellen.'

'Ontzettend cool.'

Nora nam een hap van haar boterham met kaas. En toen legde Dylan zijn arm om haar heen.

Nora sprong op.

'Wat doe jij nou?'

Dylan keek heel schuldbewust. En een beetje geschrokken van zichzelf. 'Het spijt me. Heb ik je pijn gedaan?'

'Nee... ik... nee. Nee. Niks aan de hand.'

Ze begreep dat Dylan haar vriendje was en op dezelfde middelbare school had gezeten, de Hazeldene scholengemeenschap. En dat hij twee jaar jonger was.

Nora herinnerde zich dat op de dag waarop haar vader was overleden er een blonde jongen van een paar klassen onder haar langs het druipnatte raam van de schoolbibliotheek was gerend. *Het was jagen of opgejaagd worden.* Dat was Dylan geweest. Van een afstandje had ze hem vagelijk gemogen, maar zonder hem echt te kennen of verder aandacht aan hem te schenken.

'Gaat ie, Norster?' vroeg hij.

Norster?

'Ja, hoor. Ik was gewoon... het gaat goed.'

Nora ging weer zitten maar nu een klein stukje van hem af. Er was niets overduidelijk mis met hem. Hij was lief. En ze wist zeker dat ze in dit leven echt op hem was gesteld. Misschien zelfs wel van hem hield. Maar een nieuw leven beginnen was nog iets anders dan iets nieuws voelen.

'Heb je nog een tafeltje bij Gino gereserveerd?'

Gino. De Italiaan. Daar kwam Nora toen ze een tiener was. Het verbaasde haar dat het restaurant nog steeds bestond.

'Wat zeg je?'

'Gino? De pizzeria? Voor vanavond? Jij zei dat je de eigenaar een beetje kende.'

'Mijn vader, ja.'

'Heb je gebeld?'

'Ja, maar het zit helemaal vol,' loog ze.

'Op een doordeweekse avond? Wat raar. Dat is jammer. Ik ben gek op pizza. En op pasta. En op lasagne. En op –'

'Oké,' zei Nora. 'Ik snap het. Ik snap het helemaal. Ik vond het ook al vreemd. Maar ze kregen een paar grote groepen.'

Enthousiast haalde Dylan meteen zijn telefoon tevoorschijn. 'Ik zal La Cantina proberen. Je weet wel, die Mexicaan. Hebben ze heel veel veganistische dingen op het menu. Ik ben gek op Mexicaans, jij toch ook?'

Nora kon zo gauw geen reden bedenken waarom ze dat niet zou zijn, afgezien dan van Dylans weinig meeslepende gespreksstof, en vergeleken met de boterham in haar hand en de staat van haar ijskast klonk Mexicaans eten veelbelovend.

Dylan reserveerde dus een tafeltje. En ze bleven zitten praten terwijl de honden in het gebouw achter hen blaften. Tijdens het gesprek bleek dat ze erover dachten om te gaan samenwonen.

'Dan kunnen we *Last Chance Saloon* kijken,' zei hij.

Ze luisterde niet echt. 'Wat is dat voor iets?'

Hij was verlegen, besefte ze. Slecht in het maken van oogcontact. Nogal vertederend. 'Die film met Ryan Bailey die je wilde zien. We hebben de trailer gezien. Je zei dat hij grappig was bedoeld en ik heb even gekeken en zag dat hij op Rotten Tomatoes 86 procent kreeg en hij staat op Netflix dus...'

Ze vroeg zich af of Dylan zou geloven dat ze in een leven leadzangeres van een internationaal succesvolle pop-rockband was en een wereldwijd icoon die een relatie met Ryan Bailey had gehad maar het uit eigen vrije wil had úítgemaakt.

'Klinkt goed,' zei ze en ze staarde naar een leeg chipszakje dat over het kale grasveld dwaalde.

Dylan haastte zich om het zakje te pakken en deed het in de vuilnisbak naast de bank.

Glimlachend plofte hij weer naast haar neer. Nora begreep wat die andere Nora in hem zag. Hij had iets puurs. Iets van een hond.

Waarom zou je een ander universum willen als ze hier honden hebben?

Het restaurant was om de hoek bij String Theory aan Castle Road en ze moesten langs de winkel om er te komen. De vertrouwdheid voelde vreemd. Toen ze bij de winkel waren zag ze dat er iets niet klopte. Er stonden geen gitaren in de etalage. De hele etalage was leeg, op een verbleekt A4'tje aan de binnenkant van het raam na.

Ze herkende Neils handschrift.

Helaas, String Theory kan dit pand niet langer aanhouden. Door een huurverhoging kunnen we het ons simpelweg niet meer veroorloven door te gaan. Dank aan al onze trouwe klanten. Don't think twice, it's all right. You can go your own way. God only knows what we'll be without you.

Dylan moest lachen. 'Grappig wat ze hebben gedaan.' En even later: 'Ik ben naar Bob Dylan vernoemd. Had ik dat al verteld?'

'Weet ik niet.'

'Je weet wel, die muzikant.'

'Ja, Bob Dylan ken ik, Dylan.'

'Mijn oudere zusje heet Suzanne. Naar dat liedje van Leonard Cohen.'

Nora glimlachte. 'Mijn ouders waren dol op Leonard Cohen.'

'Ben je er weleens geweest?' vroeg Dylan. 'Het lijkt me een geweldige winkel.'

'Een paar keer.'

'Logisch voor iemand die muzikaal is. Je speelde vroeger toch piano?'

Vroeger.

'Ja, keyboard. Een beetje.'

Het briefje hing er al een hele tijd. Ze wist nog wat Neil had gezegd. *Ik betaal je niet om mijn klanten af te schrikken met je oorwurmgezicht.*

Nou Neil, misschien was het uiteindelijk toch niet mijn gezicht.

Ze liepen verder.

'Geloof je in parallelle universa, Dylan?'

Hij haalde zijn schouders op. 'Denk het wel.'

'Wat zou je in een ander leven doen? Vind je dit een goed universum? Of zou je liever in een universum zijn waar je Bedford achter je had gelaten?'

'Niet echt. Ik ben hier tevreden. Waarom zou je een ander universum willen als ze hier honden hebben? Honden hier zijn hetzelfde als in Londen. Ik was toegelaten voor diergeneeskunde aan de universiteit van Glasgow. Dat heb ik een week volgehouden, maar toen miste ik mijn honden te veel. En toen raakte mijn vader zijn baan kwijt en kon hij mijn studie eigenlijk niet meer betalen. Dus ben ik nooit dierenarts geworden. Terwijl ik dat echt graag wilde. Maar ik heb er geen spijt van. Ik heb een goed leven. Ik heb een paar goede vrienden. Ik heb mijn honden.'

Nora glimlachte. Ze vond hem aardig, ook al betwijfelde ze of ze hem net zo aantrekkelijk kon vinden als die andere Nora. Hij was een goed mens en zoveel goede mensen waren er niet.

Vlak bij het restaurant zagen ze een lange donkerharige man in sportkleding hardlopen. Het duurde een verwarrend moment voordat Nora besefte dat het Ash was – de Ash die chirurg was, de Ash die klant was bij String Theory en haar voor een kop koffie had uitgenodigd, de Ash die haar had getroost in het ziekenhuis en die gisteravond, in een andere wereld, bij haar had aangebeld om te vertellen dat Voltaire dood was. Die herinnering voelde nog zo vers en toch was het alleen haar herinnering. Hij was duidelijk aan het trainen voor de halve marathon op zondag. Er was geen enkele reden om te geloven dat de Ash in dit leven anders was dan die in haar stamleven, behalve dan dat hij gisteravond waarschijnlijk geen dode Voltaire had gevonden. Of misschien wel, maar dan zou Voltaire niet Voltaire hebben geheten.

'Hoi,' zei ze, ze was even kwijt op welke tijdlijn ze zat.

En Ash glimlachte naar haar, maar het was een verbaasde glimlach. Verbaasd maar vriendelijk, wat Nora op een of andere manier zo mogelijk nog ongemakkelijker vond. Want in dit leven had hij natuurlijk niet aangebeld, had hij haar nooit gevraagd voor een kop koffie of om een songbook van Simon & Garfunkel.

'Wie was dat?' vroeg Dylan.

'O, iemand die ik nog ken uit een ander leven.'

Dylan snapte het niet, maar liet het als regen van zich afglijden.

En toen waren ze er.

Uit eten met Dylan

La Cantina was nauwelijks veranderd.

Nora kreeg een flashback van jaren geleden, de avond waarop ze Dan had meegenomen toen hij voor het eerst in Bedford was. Ze hadden aan een tafeltje in een hoek gezeten, hadden te veel margarita's gedronken en het over hun toekomst gehad. Dan had het voor de eerste keer over zijn droom van een pub op het platteland gehad. Ze hadden op het punt gestaan om te gaan samenwonen, net als Nora en Dylan in dit leven kennelijk. Nu wist ze het weer: Dan was nogal lomp tegen de ober geweest en Nora had dat met overdreven glimlachjes proberen te compenseren. Dat was een van de spelregels in het leven – *Vertrouw nooit iemand die willens en wetens lomp doet tegen laagbetaald bedienend personeel* – en Dan had zich niet aan die regel gehouden, aan veel andere trouwens ook niet. Al moest Nora toegeven dat La Cantina niet het eerste restaurant was waar ze nog eens zou gaan eten.

'Ik vind het hier zo leuk,' zei Dylan en hij keek naar de drukke, kakelbonte rood en gele inrichting. Nora vroeg zich in stilte af of er een plek bestond die Dylan níét leuk vond of zou vinden. Hij leek in staat zich in een veld bij Tsjernobyl te zitten verbazen over het prachtige landschap.

Bij de taco's met zwarte bonen hadden ze het over honden en school. Dylan had twee jaar onder haar gezeten en herinnerde zich haar vooral als 'het meisje dat goed was in zwemmen'. Hij herinnerde zich zelfs de bijeenkomst op school – die Nora lang had weten te verdringen – waar ze op het podium was geroepen om een oorkonde in ontvangst te nemen omdat ze een buitengewone vertegenwoordiger was van de Hazeldene scholengemeenschap. Nu ze erbij stilstond was dat misschien wel het moment dat ze met zwemmen besloot te stoppen. Het moment waarop ze het moeilijker vond om met vrienden om te gaan, het moment waarop ze stilletjes de randen van het schoolleven had opgezocht.

'Vroeger zag ik je in de pauze altijd in de bibliotheek zitten,' zei hij, glimlachend bij de herinnering. 'Dan zat je te schaken met de bibliothecaris die we toen hadden... hoe heette ze ook alweer?'

'Mevrouw Elm,' antwoordde Nora.

'Precies, mevrouw Elm!' En toen zei hij iets wat nog onthutsender was: 'Ik zag haar laatst nog.'

'Echt?'

'Ja, op Shakespeare Road. Ze was met iemand in uniform. Een soort verpleegsterstenue. Volgens mij hadden ze gewandeld en waren ze op weg naar het verzorgingshuis. Ze zag er heel broos uit. Heel oud.'

Om de een of andere reden was Nora ervan uitgegaan dat mevrouw Elm al jaren geleden was overleden en de versie van mevrouw Elm in de bibliotheek had dat alleen maar aannemelijker gemaakt, want die versie leek in Nora's herinnering precies op haar schoolversie, als een mug in een klompje barnsteen.

'O, nee. Arme mevrouw Elm. Ik was dol op haar.'

Last Chance Saloon

Na het eten ging Nora met Dylan mee naar huis om de film met Ryan Bailey te kijken. Ze hadden nog een halfvolle fles wijn die ze uit het restaurant hadden mogen meenemen. Dat ze met Dylan mee naar huis ging verantwoordde ze voor zichzelf met het feit dat hij lief was en open, en dat hij van alles over hun leven samen zou onthullen zonder dat ze al te veel vragen hoefde te stellen.

Hij woonde aan Huxley Avenue in een klein rijtjeshuis dat hij van zijn moeder had geërfd. Het huis leek nog kleiner dan het was door de hoeveelheid honden die hij had. Voor zover Nora kon zien had hij er vijf, maar boven konden er nog meer zijn. Ze had altijd gedacht dat ze hondengeur lekker vond, maar ineens besefte ze dat daar ook een grens aan zat.

Toen ze op de bank ging zitten voelde ze iets hards – een plastic bijtring van de honden. Ze legde hem op het kleed bij de andere kauwspeeltjes. De speelgoedkluif. De gele schuimrubberen bal waar stukken uit waren gebeten. Een half geliquideerde knuffel.

Een chihuahua met staar probeerde seks te hebben met haar been.

'Hou eens op, Pedro,' zei Dylan lachend en hij trok het kleine schepsel bij haar weg.

Een andere hond, een reusachtige, vlezige, kastanjekleurige Newfoundlander, zat naast haar op de bank en likte haar oor met een tong ter grootte van een pantoffel, waardoor Dylan op de vloer moest zitten.

‘Wil jij op de bank?’

‘Nee hoor, ik zit prima zo.’

Nora drong niet aan. Eigenlijk was ze opgelucht. Zo was het eenvoudiger om naar *Last Chance Saloon* te kijken zonder dat het nog ongemakkelijker werd. De Newfoundlander hield op met het likken van haar oor en legde zijn kop op haar knie, en Nora voelde zich – nou ja, niet echt gelukkig, maar ook niet depressief.

En toch, toen ze Ryan Bailey tegen zijn filmliefje hoorde zeggen: ‘Het leven is er om te leven, cupcake’, en tegelijkertijd van Dylan begreep dat hij overwoog nóg een hond in zijn bed te laten slapen (‘Hij jankt de hele nacht om zijn papa’), besefte Nora dat ze niet al te gecharmeerd was van dit leven.

Dylan verdiende ook de andere Nora, de Nora die verliefd op hem was geworden. Dit was een nieuw gevoel – alsof ze iemands plaats innam.

Ze had gemerkt dat ze in dit leven een hoge alcoholtolerantie had en schonk nog eens in. Het was een nogal beroerde zinfandel uit Californië. Ze bekeek het etiket op de achterkant. Om de een of andere reden stond er een mini-autobiografie op van een stel, Janine en Terence Thornton, de eigenaars van de wijngaard waar de wijn vandaan kwam. Ze las de laatste zin: *Toen we net waren getrouwd droomden we van onze eigen wijngaard, ooit, op een dag. Nu is die droom werkelijkheid geworden. Hier in Dry Creek Valley smaakt het leven net zo goed als een glas zinfandel.*

Ze aaide de grote hond die haar had gelikt en fluisterde ‘vaarwel’ in de vacht op zijn grote, warme kruin toen ze Dylan met zijn honden achterliet.

De Buena Vista-wijngaard

Bij Nora's volgende bezoek aan de Middernachtbibliotheek hielp mevrouw Elm om het leven te vinden dat het meeste leek op het leven zoals op het etiket van de wijnfles uit het restaurant stond afgebeeld. Ze gaf haar dus een boek dat haar naar Amerika stuurde.

In dat leven heette Nora Nora Martínez en was ze getrouwd met de Mexicaans-Amerikaanse Eduardo van begin veertig met twinkelogen, die ze had ontmoet in het tussenjaar dat ze na het afronden van haar studie tot haar spijt nooit had gehad. Nadat zijn ouders bij een bootongeluk waren omgekomen (wat ze had opgemaakt uit een artikel over hen in *The Wine Enthusiast* dat ingelijst in hun proeflokaal met eikenhouten lambrisering hing), had Eduardo een bescheiden erfenis gekregen en hadden ze een kleine wijngaard in Californië gekocht. Binnen drie jaar ging het zo goed – vooral met hun syrah-variëteiten – dat ze de aangrenzende wijngaard erbij konden nemen toen die te koop kwam. Hun wijnmakerij in de uitlopers van de Santa Cruz Mountains werd de Buena Vista-wijngaard genoemd, en ze hadden een zoon, Alejandro, die op een kostschool in de buurt van Monterey Bay zat.

Ze deden vooral goede zaken met toeristen die een wijnroute volgden. Elk uur arriveerde er weer een nieuwe buslading. Het ging ze makkelijk af want de toeristen waren erg goedgelovig. Het ging zo: Eduardo koos de wijn uit die voordat de bus arriveerde alvast werd ingeschonken, en gaf Nora de flessen – 'Ho, ho, Nora, despacio, un poco te veel,' zei hij in zijn vrolijke mengeling van Spaans en Engels als ze iets te kloeke glazen schonk – en als de toeristen er dan waren, aan het glas nipten en de inhoud achteroversloegen, snoof Nora aan de wijn en probeerde ze Eduardo na te doen en de juiste dingen te zeggen.

'Deze wijn heeft een houtachtig bouquet' of 'De vegetale aroma's zullen u opvallen – de frisse, krachtige bramen en de zoete nectarine, perfect in balans met de houtskooltonen op de achtergrond'.

Elk leven dat ze had ervaren had een ander gevoel, als verschillende delen van een symfonie, en dit leven voelde behoorlijk uitbundig en bemoedigend. Eduardo was ongelooflijk aardig en ze leken een succesvol huwelijk te hebben. Eentje dat misschien wel kon wedijveren met dat van het stel op het wijnetiket van de fles beroerde wijn die ze met Dylan had gedronken terwijl ze werd afgelikt door zijn astronomisch grote hond. Ze wist zelfs hun namen nog, Janine en Terence Thornton. Het voelde alsof zij nu ook op het etiket van een fles leefde. Ze leek ook op hen. Een perfect Californisch kapsel, een gebit dat er duur uitzag, gebruind en gezond, ondanks de waarschijnlijk aanzienlijke consumptie van syrah. Ze had de strakke en harde buik die op de nodige uren pilates per week wees.

Maar het was niet alleen makkelijk om in dit leven wijnkennis te veinzen. Het was makkelijk om álles te veinzen, wat zou kunnen betekenen dat haar ogenschijnlijk succesvolle verbintenis met Eduardo te verklaren was uit het feit dat hij zijn ogen niet open had.

Nadat de laatste toeristen waren vertrokken zaten Eduardo en Nora met een glas van hun eigen wijn onder de sterrenhemel.

'De branden in LA zijn inmiddels gedoofd,' zei hij.

Nora vroeg zich af wie er nu in het huis in Los Angeles woonde dat zij in haar leven als popster had. 'Wat een opluchting.'

'Zeker.'

'Is het niet prachtig?' vroeg ze en ze keek naar de heldere hemel vol sterrenbeelden.

'Wat?'

'De melkweg.'

'Ja.'

Hij zat op zijn telefoon en zei niet veel. En toen legde hij zijn telefoon neer en zei nog steeds niet veel.

Ze had in relaties drie soorten stiltes meegemaakt. De duidelijk passief-agressieve stilte, de we-hebben-niets-meer-tegen-elkaar-te-zeggen-stilte, en de stilte die zij en Eduardo leken te hebben ontwikkeld. De stilte van niet hóéven praten. De stilte van gewoon samen zijn, van samenzijn. Zoals je met jezelf stil kon zijn.

Niettemin wilde ze praten.

'We zijn gelukkig, toch?'

'Waarom vraag je dat?'

'Ik weet wel dat we gelukkig zijn. Ik vind het alleen fijn om het af en toe ook uit jouw mond te horen.'

'We zijn gelukkig, Nora.'

Ze nam een slokje wijn en keek naar haar man. Ondanks de zachte avond had hij een trui aan. Ze bleven nog een tijdje zitten en toen stond hij op om naar bed te gaan.

'Ik blijf nog even buiten.'

Eduardo leek dat best te vinden en na een kusje op haar hoofd trok hij zich terug.

Met het glas in haar hand liep ze tussen de maanverlichte wijnstokken.

Ze keek naar de met sterren bezaaide hemel.

Er was helemaal niets mis met dit leven, maar vanbinnen verlangde ze naar andere dingen, andere levens, andere mogelijkheden. Ze voelde alsof ze nog in de lucht hing, nog niet klaar was om te landen. Misschien leek ze meer op Hugo Lefèvre dan ze had gedacht. Misschien bladerde ze wel net zo makkelijk door levens als door bladzijden.

Ze sloeg de rest van de wijn achterover, wist dat ze geen kater zou krijgen. 'Aarde en hout,' zei ze tegen zichzelf. Ze deed haar ogen dicht.

Het zou niet lang meer duren.

Niet lang meer.

Ze bleef gewoon staan wachten tot ze verdween.

De vele levens van Nora Seed

Nora begon iets te begrijpen. Iets wat Hugo haar niet precies had uitgelegd in de keuken op Svalbard. Je hoefde niet van elk onderdeel van elk leven te genieten om ze toch te ervaren. Je moest alleen nooit het idee opgeven dat er ergens een leven was waar je wel van kon genieten. Maar genieten van een leven betekende niet dat je ook in dat leven bleef. Je bleef alleen voorgoed in een leven als je je geen beter leven kon voorstellen, en toch, paradoxaal genoeg, hoe meer levens je probeerde, hoe makkelijker het werd om iets beters te bedenken, want met elk nieuw leven dat je uitprobeerde werd je fantasie weer gevoed.

In de loop van de tijd en met hulp van mevrouw Elm pakte Nora dus heel veel boeken van de plank en dat leidde tot heel veel voorproefjes van verschillende levens in haar zoektocht naar het beste leven. Ze ondervond dat het ongedaan maken van spijt echt een manier was om wensen in vervulling te laten gaan. Bijna elk leven dat er bestond, leefde zij immers in een universum.

In een van de levens had ze een nogal eenzame tijd in Parijs, gaf ze Engelse les op een academie in Montparnasse, fietste ze langs de Seine en las ze stapels boeken op een bankje in het park. In een ander leven was ze yogalerares met de nekbeweeglijkheid van een uil.

In een van de levens was ze blijven zwemmen, maar had ze nooit geprobeerd om de Olympische Spelen te bereiken. Ze zwom gewoon voor de lol. In dat leven was ze strandwacht in een vakantiecomplex in Sitges, bij Barcelona, sprak ze zowel vloeiend Catalaans als Spaans en had ze een heel grappige hartsvriendin, Gabriela, die haar leerde surfen en met wie ze in een appartement op vijf minuten van het strand woonde.

In een bestaan was Nora fictie blijven schrijven – wat ze tijdens haar studie al af en toe had gedaan – en had ze een boek gepubliceerd. Haar roman *De gedaante van spijt* kreeg lovende recensies en werd genomineerd voor een belangrijke literaire prijs. In dat leven lunchte ze in een teleurstellend alledaagse members-only-club in Soho met twee innemende, relaxte producenten van Magic Lantern Productions die een optie op de filmrechten wilden. Het draaide erop uit dat ze zich verslikte in een stukje platbrood en dat haar glas rode wijn over de broek van de producent ging waardoor ze de hele bijeenkomst verknalde.

In een van de levens had ze een tienerzoon, Henry, die ze nooit echt ontmoette omdat hij steeds maar de deur voor haar neus dichtgooide.

In een van de levens was ze een concertpianist op tournee in Scandinavië, die avond aan avond voor een uitzinnig publiek speelde (en naar de Middernachtbibliotheek verdween tijdens een rampzalige vertolking van Chopins pianoconcert nr. 2 in de Finlandia-hal in Helsinki).

In een van de levens at ze alleen geroosterd brood.

In een van de levens ging ze naar Oxford, werd ze filosofiedocent aan het St Catherine's College en woonde ze in haar eentje in een van de mooie, oude herenhuizen uit een chic rijtje in een respectabele, rustige buurt.

In een ander leven was Nora een zee van emoties. Alles kwam heftig en direct bij haar binnen. Elk pleziertje en elke narigheid. Een enkel moment kon zowel intens geluk als intens verdriet opleveren alsof ze van elkaar afhankelijk waren, als een slingerbeweging. Een gewoon blokje om en ze kon in- en intriest worden omdat de zon achter een wolk was schuilgegaan. Maar ook omgekeerd: als ze een hond tegenkwam die duidelijk blij was met aandacht kon ze zo uitgelaten zijn dat ze van pure gelukzaligheid met de stoep kon versmelten. In dat leven had ze een poëziebundel van Emily Dickinson naast haar bed liggen en had ze een playlist met de naam 'Extreem euforische stemmingen' en een andere die 'De lijm die me heelt als ik stuk ben' heette.

In een van de levens was ze een reisvlogger die op YouTube 1.175.000 abonnees had en bijna net zoveel volgers op Instagram, en haar populairste video was die waarin ze in Venetië uit een gondel viel. Ze had er ook een over Rome, die had ze 'A Roma Therapy' genoemd.

In een van de levens was ze de alleenstaande moeder van een baby die letterlijk niet wilde slapen.

In een van de levens had ze een showbizzcolumn in een roddelblaadje en schreef ze artikelen over de relaties van Ryan Bailey.

In een van de levens was ze fotoredacteur bij de *National Geographic*.

In een van de levens was ze een succesvol eco-architect die een co2-neutraal leven leidde in een zelf ontworpen bungalow met zonnepanelen en reservoirs voor regenwater.

In een van de levens was ze ontwikkelingswerker in Botswana.

In een van de levens kattenoppas.

In een van de levens vrijwilliger in een daklozenopvang.

In een van de levens sliep ze op de bank bij haar enige vriendin.

In een van de levens gaf ze muziekles in Montreal.

In een van de levens spendeerde ze haar hele dag aan ruziemaken op Twitter met mensen die ze niet kende en een behoorlijk deel van haar tweets eindigde met 'Beter je best doen', in het besef dat ze het eigenlijk tegen zichzelf had.

In een van de levens had ze geen socialmedia-accounts.

In een van de levens had ze nog nooit alcohol gedronken.

In een van de levens was ze schaakkampioen en was ze op een toernooi in de Oekraïne.

In een van de levens was ze getrouwd met een tweederangs lid van de koninklijke familie en vond ze elke minuut even verschrikkelijk.

In een van de levens stonden op haar Facebook en Instagram alleen maar citaten van Rumi en Lao Tse.

In een van de levens was ze net aan haar derde echtgenoot toe en verveelde ze zich nu al.

In een van de levens was ze een veganistische gewichtheffer.

In een van de levens reisde ze door Zuid-Amerika en werd ze in Chili door een aardbeving overvallen.

In een van de levens had ze een vriendin, Becky, die altijd 'Wat een giller!' riep als er iets leuks gebeurde.

In een van de levens kwam ze Hugo opnieuw tegen, duikend aan de Corsicaanse kust. Ze bespraken de kwantummechanica en werden dronken in een strandtent totdat Hugo midden in een zin uit dat leven wegglipte en Nora achterbleef met een blanco Hugo die zich probeerde te herinneren hoe ze ook alweer heette.

In sommige levens trok Nora veel aandacht. In sommige levens helemaal niet. In sommige levens was ze rijk. In sommige levens was ze arm. In sommige levens was ze gezond. In sommige levens kwam ze de trap niet op zonder buiten adem te raken. In sommige levens had ze een relatie, in andere was ze alleen, in veel levens iets daartussenin. In sommige levens had ze kinderen, maar in de meeste niet.

Ze was rockster geweest, deelnemer aan de Olympische Spelen, muziekdocent, basisschooljuf, hoogleraar, CEO, persoonlijk assistent, chef-kok, gletsjeronderzoeker, klimatoloog, acrobaat, boomplanter, auditmanager, kapper, professioneel hondenuitlater, kantoorbediende, softwareontwikkelaar, receptionist, kamermeisje, politicus, advocaat, winkeldief, hoofd van een stichting ter bescherming van de oceaan, winkelbediende (nog een keer), serveerster, productieleider, glasblazer en nog talloze andere dingen. Ze had zich suf geforensd in auto's, bussen, treinen, veerboten, op de fiets, te voet. Ze had e-mails, e-mails en nog meer e-mails gekregen. Ze had een drieënvijftigjarige baas gehad die uit zijn mond stonk, onder tafel aan haar been had gezeten en haar een foto van zijn penis had gestuurd. Ze had collega's gehad die over haar logen, collega's die dol op haar waren en (vooral) collega's die het allemaal niets kon schelen. In veel van de levens had ze ervoor gekozen om niet te werken en in sommige levens had ze daar niet voor gekozen, maar kon ze toch geen werk vinden. In sommige levens was ze door het glazen plafond gebroken en in sommige had ze het alleen maar opgepoetst. Ze was enorm over- en ondergekwalificeerd geweest. Ze had ontzettend goed en ontzettend slecht geslapen. In sommige levens was ze aan de antidepressiva en in andere nam ze niet eens ibuprofen als ze hoofdpijn had. In sommige levens was ze een lichamelijk gezonde hypochonder, in sommige een ernstig zieke hypochonder en in de meeste levens was ze helemaal geen hypochonder. Er was een leven waarin ze chronisch moe was, een leven waarin ze kanker had, een leven waarin ze bij een auto-ongeluk een hernia en gebroken ribben had opgelopen.

Kortom, ze had heel veel levens geleefd.

En in die levens had ze gelachen, gehuild, had ze zich rustig en doodsbang gevoeld en alles daartussenin.

En tussen het ene en het andere leven kwam ze altijd weer terug bij mevrouw Elm in de bibliotheek.

Hoe meer levens ze leefde, hoe minder problemen zich voordeden bij de overgang, zo leek het in het begin. Ze kreeg nooit de indruk dat de bibliotheek elk moment kon instorten, vergaan of het gevaar liep helemaal te verdwijnen. Zelfs het licht flikkerde niet meer bij de meeste wisselingen. Alsof ze iets had geaccepteerd – dat als ze in een leven een slechte ervaring had gehad dat niet betekende dat er alleen nog maar slechte ervaringen zouden volgen. Ze had geen eind aan haar leven proberen te maken omdat ze zich zo ellendig voelde, maar omdat ze zichzelf had wijsgemaakt dat er geen uitweg meer was uit haar ellende.

Dat was de basis van een depressie, dacht ze, evenals het verschil tussen angst en wanhoop. Bang was je als je een kelder inliep en je vreesde dat de deur zou dichtklappen. Wanhopig was je als de deur achter je dichtging en in het slot viel.

Maar met elk leven zag ze die metaforische deur een stukje verder opengaan omdat ze steeds beter werd in het gebruiken van haar verbeelding. Soms was ze nauwelijks een minuut in een leven, in andere bleef ze wel dagen of weken. Het leek erop dat hoe meer levens ze leefde, hoe moeilijker het werd om zich ergens thuis te voelen.

Het probleem was dat Nora uiteindelijk niet meer wist wie ze was. Als een woord dat van het ene oor in het andere wordt doorgefluisterd, kreeg zelfs haar naam een nietszeggende klank.

'Het werkt niet,' zei ze tegen Hugo in hun laatste goede gesprek in de strandtent op Corsica. 'Ik vind het niet leuk meer. Ik ben jou niet. Ik heb een plek nodig waar ik kan blijven. Maar vaste grond, ho maar.'

'De lol zit in het springen, *mon amie*.'

'Maar als de lol nou in het landen zit?'

Dat was het moment waarop hij naar zijn vagevuurvideotheek was teruggegaan.

'Sorry,' zei zijn andere zelf terwijl hij een slokje wijn nam en de zon achter hem onderging, 'ik ben vergeten wie je bent.'

'Maak niet uit,' zei ze. 'Ik ook.'

En ze verdween, net als de zon die zojuist door de horizon was opgeslokt.

De weg kwijt

'Mevrouw Elm?'

'Ja, wat is er?'

'Het is donker.'

'Dat was me ook al opgevallen.'

'Dat is geen goed teken, hè?'

'Nee,' zei mevrouw Elm zenuwachtig. 'Je weet donders goed dat dat geen goed teken is.'

'Ik kan zo niet doorgaan.'

'Dat zeg je altijd.'

'Ik heb geen levens meer, ben alles al geweest. En toch kom ik altijd weer hier terug. Er is altijd wel iets wat mijn plezier verpest. Altijd. Ik voel me ondankbaar.'

'Dat lijkt me niet nodig. En je hebt nog genoeg levens.' Mevrouw Elm zweeg even om te zuchten. 'Elke keer dat je een boek kiest, komt het niet meer terug op de plank – dat weet je?'

'Ja.'

'Daarom kun je nooit terug naar een leven dat je al hebt geprobeerd. Het moet altijd een… variatie op een thema zijn. In de Middernachtbibliotheek kun je een boek niet twee keer lenen.'

'Ik volg het even niet meer.'

'Nou, zelfs in het donker weet je dat alle planken nog net zo vol staan als de laatste keer dat je ze bekeek. Voel maar als je wilt.'

Dat deed Nora niet. 'Ja, dat weet ik wel.'

'Er staan er toch net zoveel op als toen je hier voor het eerst kwam?'

'Ik weet niet –'

'Dat betekent dat er nog net zoveel mogelijke levens zijn als voorheen. Een oneindig aantal in feite. De mogelijkheden raken nooit uitgeput.'

'Maar zelf kun je wel uitgeput raken.'

'O, Nora.'

'O, wat?'

Het bleef stil in het donker. Nora drukte op het kleine knopje van haar horloge, gewoon om te checken.

00:00:00

'Als ik zo vrij mag zijn,' zei mevrouw Elm uiteindelijk, 'volgens mij ben je de weg een beetje kwijt.'

'Was dat niet juist de reden waarom ik naar de Middernachtbibliotheek kwam? Omdat ik de weg kwijt was?'

'Klopt. Maar nu ben je zelfs de weg kwijt in het de-weg-kwijtzijn. Je bent dus wel érg de weg kwijt. Zo vind je nooit de weg naar het leven dat je wilt leiden.'

'En als er nou nooit een weg is geweest? Als ik nou geen kant meer op kan?'

'Zolang er boeken op de plank staan kun je nog alle kanten op. Elk boek is een potentiële ontsnapping.'

'Ik snap gewoon niets van het leven,' monkelde Nora.

'Je hoeft het leven ook helemaal niet te snáppen. Je hoeft het alleen maar te léven.'

Nora schudde haar hoofd. Dit was een beetje te veel voor een afgestudeerde filosoof.

'Maar zo wil ik niet zijn,' zei Nora. 'Zoals Hugo. Ik wil niet voor altijd van het ene naar het andere leven springen.'

'Oké. Dan moet je goed naar me luisteren. Wil je mijn advies of niet?'

'Nou ja, natuurlijk. Het komt wel een beetje laat, maar graag, mevrouw Elm, ik hoor graag uw advies.'

'Goed dan. Ik denk dat je het punt hebt bereikt waarop je

door de bomen het bos niet meer ziet.'

'Ik weet niet zeker of ik u begrijp.'

'Je hebt gelijk, deze levens zijn een soort piano; maar de muziek die je erop speelt – dat ben je niet. Je bent vergeten wie je bent. Door iedereen te worden, word je niemand. Je bent je stamleven vergeten. Je bent vergeten wat wel en niet werkt voor jou. Je bent vergeten waar je spijt van hebt.'

'Ik ben wel klaar met alles waar ik spijt van had.'

'Nee, niet met alles.'

'Nou ja, niet met elk onbenullig ding. Dat lijkt me duidelijk.'

'Je moet *Het Boek vol Spijt* maar weer eens doornemen.'

'In het pikkedonker?'

'Je kent het hele boek uit je hoofd. Dat zit in je. Net als... net als ik.'

Ze dacht aan wat Dylan haar had verteld, dat hij mevrouw Elm in de buurt van het verzorgingshuis had gezien. Ze overwoog erover te beginnen maar deed het niet. 'Oké.'

'Je weet alleen wat je waarneemt. Alles wat je ervaart komt uiteindelijk gewoon neer op het beeld dat je ervan hebt. "Het gaat niet om waar je naar kijkt, maar om wat je ziet."'

'U kent Thoreau?'

'Natuurlijk. Als jíj hem kent.'

'Het punt is dat ik niet meer weet waar ik spijt van heb.'

'Laten we eens kijken. Je zegt dat ik alleen een beeld ben. Waarom neem je me dan waar? Waarom ben ik – mevrouw Elm – degene die je ziet?'

'Weet ik niet. Omdat u iemand bent die ik vertrouwde. U was aardig voor me.'

'Aardig zijn is heel krachtig.'

'En zeldzaam.'

'Misschien zoek je wel op de verkeerde plekken.'

'Misschien.'

Langzaam werd het donker geperforeerd door het licht van de gloeilampen in de bibliotheek.

'Wanneer heb je in je stamleven nog meer aardigheid ervaren?'

Nora herinnerde zich de avond dat Ash aanklopte. Misschien was het van de straat tillen van een dode kat, hem in de regen naar het achtertuintje van haar flat brengen en daar voor haar begraven omdat ze dronken van verdriet zó moest huilen, niet meteen typisch romantisch. Maar alleen voor een glas water veertig minuten van je hardlooprondje opgeven om iemand in nood te helpen, kon je absoluut aardig noemen.

Op dat moment was ze niet in staat geweest om die aardigheid op waarde te schatten. Ze was te verdrietig, te wanhopig. Maar nu ze erbij stilstond was het echt heel bijzonder geweest.

'Ik weet het al, denk ik,' zei ze. 'De avond voordat ik probeerde er een eind aan te maken, vlak voor mijn neus.'

'Gisteravond bedoel je?'

'Dat neem ik aan, ja. Ash. De chirurg. De man die Volts vond. Die me ooit voor een kop koffie heeft uitgenodigd. Jaren geleden. Toen ik met Dan was. Ik heb nee gezegd omdat ik met Dan was. Maar als ik dat niet was geweest? Als ik het met Dan had uitgemaakt en koffie met hem was gaan drinken, als ik het had aangedurfd om op een zaterdag, midden in de winkel met al die mensen om me heen, de uitnodiging voor een kop koffie te accepteren? Want er moet een leven zijn waarin ik op dat moment niemand had en gewoon zei wat ik wilde zeggen. Waarin ik zei: "Ja, lijkt me leuk om een keer koffie te drinken, Ash, gezellig." Waarin ik voor Ash was gegaan. Dat leven zou ik wel willen uitproberen. Wat zou me dat hebben gebracht?'

En in het donker hoorde ze het vertrouwde geluid van de planken die langzaam begonnen te bewegen, eerst knarsend, maar dan sneller, vloeiender, totdat mevrouw Elm het boek, het leven dat ze zocht, ervan afpakte.

'Hébbes.'

Een parel in zijn schelp

Ze werd wakker uit een ondiepe slaap en het eerste wat ze voelde was een enorme vermoeidheid. In het donker zag ze een schilderij aan de muur hangen. Ze kon net onderscheiden dat het een vrij abstracte interpretatie van een boom moest voorstellen. Geen grote spichtige boom, maar een kleine met een brede kroon vol bloesem.

Naast haar lag een man te slapen. Met geen mogelijkheid kon ze zeggen of de man die in het donker met zijn rug naar haar toe lag en grotendeels onder het dekbed schuilging, Ash was.

Op de een of andere manier voelde het vreemder dan normaal. Natuurlijk, in bed met een man met wie ze alleen een kat had begraven en vanachter de toonbank van een muziekwinkel een paar interessante gesprekken had gevoerd, zou normaal gesproken ook een beetje vreemd hebben gevoeld. Maar sinds de Middernachtbibliotheek was Nora langzamerhand gewend geraakt aan eigenaardige dingen.

En omdat het mogelijk om Ash ging, was het ook nog mogelijk dat het heel iemand anders was. Na een enkele beslissing kon je niet elk toekomstig resultaat voorspellen. Koffiedrinken met Ash had er bijvoorbeeld toe kunnen leiden dat Nora verliefd zou zijn geworden op degene die de koffie had geserveerd. Dat was nou eenmaal de onvoorspelbaarheid van kwantumfysica.

Ze voelde aan haar ringvinger.

Twee ringen.

De man draaide zich om.

In het donker landde een arm op haar die ze voorzichtig vastpakte en op het dekbed teruglegde. Toen stond ze op. Ze wilde beneden misschien op de bank gaan liggen om zoals gewoonlijk op haar telefoon wat onderzoek te doen naar zichzelf.

Het was merkwaardig dat hoeveel levens ze ook had meegemaakt en hoe verschillend die ook waren, er bijna altijd een telefoon naast haar bed lag. In dit leven was het niet anders, dus ze pakte hem en sloop zachtjes de slaapkamer uit. Wie de man ook was, hij was een goede slaper en bleef rustig liggen.

Ze keek naar hem.

'Nora?' mompelde hij slaperig.

Het was hem. Ze was er bijna zeker van. Ash.

'Ik moet alleen maar even plassen,' zei ze.

Hij mompelde iets wat in de buurt van 'oké' kwam en viel weer in slaap.

Voorzichtig liep ze over de houten vloer. Maar zodra ze de deur opendeed en de kamer uitging, schrok ze zich wezenloos.

In de schemering van de overloop stond een ander mens. Een klein exemplaar. Formaat kind.

'Mammie, ik heb eng gedroomd.'

Bij het zachte licht van de gedimde lamp in de gang zag ze het gezicht van het meisje, haar dunne haar in de war van het slapen, natte plukjes tegen haar klamme voorhoofd.

Nora zei niets. Dit was haar dochter.

Wat moest ze zeggen?

De inmiddels vertrouwde vraag diende zich aan: hoe kon ze invoegen in een leven waarin ze jaren achterliep? Nora deed haar ogen dicht. De andere levens waarin ze kinderen had gehad duurden altijd maar een paar minuten. Dit leven leidde haar nu al naar onbekend terrein.

Haar lichaam beefde van alles wat ze binnen probeerde te houden. Ze wilde haar niet zien. Voor zichzelf niet en voor het meisje niet. Dit leek op verraad. Nora was haar moeder, maar in een ander, belangrijker opzicht: ze was haar moeder helemaal niet. Ze was gewoon een vreemde vrouw in een vreemd huis die naar een vreemd kind keek.

'Mammie? Hoor je me? Ik heb eng gedroomd.'

In de kamer achter haar hoorde ze de man in zijn bed bewegen. Als hij echt wakker werd, zou het alleen maar ongemakkelijker worden. Nora besloot met het kind te praten.

'O, dat is vervelend,' fluisterde ze. 'Maar het is niet echt hè. Het was maar een droom.'

'Er waren allemaal beren.'

Nora deed de deur achter zich dicht. 'Beren?'

'Van dat verhaaltje.'

'Ja, natuurlijk. Het verhaaltje. Kom op, naar je bed...' Dat klonk ongevoelig, besefte ze. 'Liefje,' voegde ze eraan toe, zich afvragend hoe het meisje – in dit universum haar dochter – heette. 'Er zijn hier geen beren.'

'Alleen teddyberen.'

'Ja, alleen –'

Het meisje werd een beetje wakkerder. Haar blik werd helderder. Ze zag haar moeder, dus eventjes voelde Nora zich ook zo. Als haar moeder. Het was vreemd om via iemand anders met de wereld te zijn verbonden. 'Wat ging je doen, mammie?'

Ze zei het hardop en heel serieus, zoals alleen vierjarigen (veel ouder kon ze niet zijn) dat kunnen.

'Sst,' zei Nora. Ze moest echt de naam van het meisje te weten zien te komen. Namen hadden macht. Als je de naam van je eigen dochter niet wist, kon je je gezag wel vergeten. 'Luister,' fluisterde Nora. 'Ik ga gewoon naar beneden om iets te doen. Jij gaat weer lekker slapen.'

'Maar de beren dan?'

'Er zijn geen beren.'

'Wel in mijn droom.'

Nora herinnerde zich de ijsbeer die in de mist op haar afkwam. Herinnerde zich haar angst. Haar plotselinge verlangen om in leven te blijven. 'Dit keer niet, ik beloof het.'

'Mammie, waarom praat je zo?'

'Hoe zó?'

'Zo.'

'Fluisterend?'

'Nee.'

Nora had geen idee wat het meisje bedoelde. Wat het grote verschil tussen Nora nu en Nora de moeder was. Had het moederschap invloed op je manier van praten?

'Alsof je bang bent,' verduidelijkte het meisje.

'Ik ben niet bang.'

'Ik wil dat iemand mijn hand vasthoudt.'

'Wat zeg je?'

'Ik wil dat iemand mijn hand vasthoudt.'

'Oké.'

'Domme mammie.'

'Ja, ik ben dom.'

'Ik ben echt bang.'

Dat zei ze heel rustig, nuchter. En toen keek Nora haar aan, keek haar echt aan. Het meisje zag er tegelijkertijd heel vreemd en heel vertrouwd uit. Nora voelde vanbinnen iets opzwellen, krachtig en verontrustend.

Het meisje keek haar aan zoals nog nooit iemand haar had aangekeken. Dat was eng. Ze had Nora's mond. En een beetje verloren blik die mensen haar soms ook toeschreven. Ze was mooi en ze was van haar – nou ja, zo'n beetje – en in een opwelling voelde ze een vlaag apenliefde, en ze wist dat als de bibliotheek haar niet ogenblikkelijk kwam halen (maar dat gebeurde niet), ze moest zien weg te komen.

'Mammie, wil je mijn hand vasthouden…?'

'Ik…'

Het meisje legde haar hand in die van Nora. Die voelde zo

klein en warm dat ze er verdrietig van werd, de manier waarop haar handje zich in die van haar ontspande, zo natuurlijk als een parel in zijn schelp. Ze trok Nora mee naar de kamer ernaast – de slaapkamer van het meisje. Nora liet de deur op een kier en probeerde op haar horloge te zien hoe laat het was, maar in dit leven had ze een klassiek analoog exemplaar zonder lichtscherm, dus het kostte haar ogen een paar seconden om zich aan te passen. Ze controleerde de tijd ook nog op haar telefoon. Het was 2:32. Afhankelijk van wanneer ze in dit leven naar bed was gegaan, had deze versie van haar lijf niet al te veel slaap gehad. En zo voelde het ook.

'Wat gebeurt er als je doodgaat, mammie?'

Het was niet helemaal donker in de kamer. Van de gang kwam een streepje licht en de gloed van een straatlantaarn scheen door de met honden bedrukte gordijnen. Ze kon de gedrongen rechthoek van haar bed onderscheiden. Ze zag het silhouet van een knuffelolifant op de grond. Er lag ook ander speelgoed. Het was een gezellig rommeltje.

De ogen van het meisje glansden.

'Ik weet het niet,' zei Nora. 'Volgens mij weet niemand dat echt.'

Ze fronste haar wenkbrauwen. Dat antwoord overtuigde haar niet. In de verste verte niet.

'Luister,' zei Nora. 'De kans bestaat dat je vlak voordat je doodgaat de kans krijgt om opnieuw te leven. Je kunt dan dingen doen die je daarvoor niet kon doen. Je kunt het leven kiezen dat je wilt.'

'Dat klinkt leuk.'

'Maar je hoeft je nog heel lang geen zorgen te maken. Je krijgt een spannend leven vol avontuur. Met een heleboel leuke dingen.'

'Met kamperen!'

Nora voelde een golf van warmte toen ze naar het lieve meisje glimlachte. 'Ja, met kamperen!'

'Kamperen vind ik zó leuk!'

Nora glimlachte maar voelde de tranen prikken. Dit leek een goed leven. Een eigen gezin. Een dochter om mee te gaan kamperen.

'Luister,' zei ze toen ze begreep dat ze toch niet snel uit de slaapkamer zou kunnen ontsnappen. 'Als je je zorgen maakt over dingen die je niet weet, zoals de toekomst, helpt het om te denken aan dingen die je wél weet.'

'Dat snap ik niet,' zei het meisje en ze kroop lekker onder haar dekbed terwijl Nora op de vloer naast haar ging zitten.

'Het is een soort spelletje.'

'Ik hou van spelletjes.'

'Zullen we een spelletje doen?'

'Jippie,' zei haar dochter glimlachend. 'Ja!'

Het spelletje

'Ik vraag iets wat we al weten en jij geeft het antwoord. Dus als ik vraag "Hoe heet mammie?", zeg jij "Nora". Snap je?'

'Denk van wel.'

'Dus hoe heet jij?'

'Molly.'

'Hoe heet papa?'

'Papa!'

'Maar wat is zijn echte naam?'

'Ash!'

Oké. Dat was dus een bijzonder succesvolle koffiedate.

'En waar wonen we?'

'In Cambridge!'

Cambridge. Dat had iets logisch. Nora was altijd gecharmeerd geweest van Cambridge en het was maar vijftig kilometer van Bedford. Ash moest er dus hetzelfde over hebben gedacht. En de afstand naar Londen was goed te forenzen, als hij daar nog werkte. Nadat ze in Bristol cum laude was afgestudeerd had ze zich ingeschreven voor een master filosofie en hadden ze haar een plek aan het Caius College aangeboden.

'Welk deel van Cambridge? Weet je dat nog? Hoe heet onze straat?'

'Ons huis staat aan… Bol… Bolton Road.'

'Goed zo! En heb je broertjes of zusjes?'

'Nee!'

'En vinden mammie en papa elkaar lief?'

Molly moest lachen. 'Ja!'

'Schreeuwen we weleens?'

Ze lachte een beetje brutaal. 'Soms, vooral mammie!'

'Sorry!'

'Je schreeuwt alleen als je heel, heel, heel moe bent, maar je zegt sorry dus dan is het goed. Alles is goed als je maar sorry zegt. Dat zeg jij altijd.'

'Gaat mammie naar haar werk?'

'Soms.'

'Werk ik nog in de winkel waar ik papa heb ontmoet?'

'Nee.'

'Wat doet mammie dan als ze naar haar werk gaat?'

'Lesgeven!'

'Hoe geeft ze – hoe geef ik dan les? Wat voor les geef ik?'

'Fil-o... fil-o-fo-zie...'

'Filosofie?'

'Dat zei ik toch!'

'En waar geef ik dan les? Aan een universiteit?'

'Ja!'

'Welke universiteit?' Toen dacht ze aan waar ze woonden. 'Aan de universiteit van Cambridge?'

'Ja, die!'

Ze probeerde de hiaten in te vullen. Misschien had ze zich in dit leven opnieuw ingeschreven voor een master en was ze daarna les gaan geven.

Als ze zich door dit leven heen zou moeten bluffen, moest ze in elk geval meer filosofieboeken lezen. Maar toen zei Molly: 'Daar ga je wel mee stoppen.'

'Stoppen? Waarom ga ik stoppen?'

'Voor boeken!'

'Boeken voor jou?'

'Nee, domoor. Voor grote mensen.'

'Ben ik een boek aan het schrijven?'

'Ja, dat zei ik net!'

'Dat weet ik wel. Soms probeer ik je dingen twee keer te laten zeggen. Dan is het dubbel leuk. En de beren worden dan minder eng. Goed?'

'Goed.'

'Werkt papa?'

'Ja.'

'Weet je wat voor werk hij doet?'

'Ja. Hij snijdt in mensen!'

Heel eventjes vergat ze dat Ash chirurg was en vroeg ze zich af of ze soms in het huis van een seriemoordenaar was terechtgekomen. 'Snijdt in mensen?'

'Ja. Hij snijdt in lichamen en maakt mensen beter!'

'O, natuurlijk.'

'Hij redt mensen!'

'Ja.'

'Maar soms niet want dan is hij verdrietig omdat er iemand is doodgegaan.'

'Ja, dat is ook verdrietig.'

'Werkt papa nog in Bedford? Of werkt hij in Cambridge?'

Ze haalde haar schouders op. 'In Cambridge?'

'Maakt hij muziek?'

'Ja, hij maakt muziek. Maar heel, heel, hééééél slecht!' Ze giechelde.

Nora moest ook lachen. Molly's gegiechel werkte aanstekelijk. 'Het is… Heb je ooms en tantes?'

'Ja, tante Jaya.'

'Wie is tante Jaya?'

'Papa's zusje.'

'En nog iemand?'

'Ja, oom Joe en oom Ewan.'

Nora was opgelucht dat haar broer in dit leven in leven was. En dat hij nog met dezelfde man was als in haar Olympische leven. Dat Molly wist hoe hij heette, betekende dat hij kennelijk vaak genoeg over de vloer kwam.

'Wanneer hebben we oom Joe voor het laatst gezien?'

'Met Kerstmis!'

'Vind je oom Joe lief?'

'Ja! Hij is grappig! En ik heb Panda van hem gekregen.'

'Panda?'

'Mijn liefste knuffel!'

'Panda's zijn ook beren.'

'Lieve beren.'

Molly geeuwde. Ze werd slaperig.

'Vinden mammie en oom Joe elkaar lief?'

'Ja! Jullie bellen altijd!'

Dat was interessant. Nora had aangenomen dat de enige levens waarin ze met haar broer kon opschieten, de levens waren waarin ze nooit met hem in The Labyrinths had gezeten (haar beslissing om te blijven zwemmen dateerde van voor The Labyrinths, de koffiedate met Ash van daarna). Maar dit haalde haar theorie onderuit. Nora kon het niet laten zich af te vragen of deze lieve Molly soms de ontbrekende schakel was. Misschien had dit kleine meisje de breuk tussen haar en haar broer geheeld.

'Heb je opa's en oma's?'

'Alleen oma Sal.'

Nora wilde meer weten over de dood van haar ouders, maar dit was waarschijnlijk niet het juiste moment.

'Ben je gelukkig? Als je niet aan beren hoeft te denken, tenminste?'

'Denk het wel.'

'Zijn papa en mammie gelukkig?'

'Ja,' zei ze langzaam. 'Soms. Als je niet te moe bent!'

'En hebben we het vaak leuk?'

Ze wreef in haar ogen. 'Ja.'

'Hebben we huisdieren?'

'Ja. Plato.'

'En wie is Plato?'

'Onze hond.'

'En wat voor soort hond is Plato?'

Maar ze kreeg geen antwoord want Molly was in slaap gevallen. En Nora lag op het tapijt en deed haar ogen dicht.

Ze werd wakker van een tong die haar gezicht likte.

Een labrador met een vrolijke blik en een kwispelstaart leek blij en enthousiast haar te zien.

'Plato?' vroeg ze slaperig.

Dat ben ik, leek hij te kwispelen.

Het was ochtend. Licht stroomde door de gordijnen. De vloer lag bezaaid met knuffels, inclusief Panda en de olifant die Nora al eerder had gesignaleerd. Ze keek naar het bed en zag dat het leeg was. Molly was niet in haar kamer. En er kwamen voetstappen – zwaardere dan die van Molly – de trap op.

Ze ging rechtop zitten en wist dat ze er na een nacht op het tapijt in een flodderig T-shirt van The Cure (dat ze nog kende) en een geruite pyjamabroek (die ze niet kende) verschrikkelijk moest uitzien. Ze voelde aan haar gezicht dat verfrommeld was waar ze had gelegen, en haar haar voelde vies en verfomfaaid. Ze probeerde zich zo toonbaar mogelijk te maken in de paar seconden voor de komst van de man met wie ze gelijktijdig elke nacht het bed deelde en nog nooit het bed had gedeeld. Schrödingers echtgenoot, bij wijze van spreken.

En ineens was hij er.

Het ideale leven

Ash' knappe, slungelige jongensachtigheid had maar beperkte averij opgelopen door het vaderschap. Hij zag er zo mogelijk nog gezonder uit dan op de stoep voor haar deur en net als toen had hij sportkleding aan – hoewel zijn kleren nu wat eleganter en duurder aandeden – en hij had een of andere fitnesstracker om zijn arm.

Hij glimlachte en hield twee kopjes koffie vast waarvan eentje voor Nora. Ze vroeg zich af hoeveel koffie ze sinds die eerste al samen hadden gedronken.

'O, dank je.'

'O nee, Nor, heb je hier de hele nacht geslapen?'

Nor.

'Het overgrote deel. Ik wilde weer naar bed, maar Molly was overstuur. Ik moest haar eerst kalmeren en toen was ik te moe om nog te verkassen.'

'O nee, wat stom van me. Ik heb haar niet gehoord.' Hij leek het echt vervelend te vinden. 'Waarschijnlijk was het mijn schuld. Gisteren heb ik haar voordat ik naar mijn werk ging op YouTube wat beren laten zien.'

'Geeft niet.'

'Plato is in elk geval al uitgelaten. Ik hoef pas vanmiddag naar het ziekenhuis. Het wordt wel een latertje. Wil je nog steeds naar de bieb vandaag?'

'O. Misschien sla ik wel een dagje over.'

'Oké, Molly zit te ontbijten en ik breng haar zo naar school.'

'Ik kan Molly ook doen, hoor,' zei Nora. 'Als jij een zware dag hebt.'

'O, dat valt wel mee. Een galblaas en een alvleesklier tot nu toe. Eitje. Ik ga even hardlopen.'

'Prima, is goed. Natuurlijk. Voor de halve marathon zondag.'

'Wat zeg je?'

'Niets. Niet belangrijk,' zei Nora. 'Ik sla gewoon wartaal uit van het op de vloer slapen.'

'Geen probleem. Trouwens, mijn zusje belde. Ze hebben haar gevraagd om de kalender van Kew Gardens te illustreren. Een heleboel planten. Ze is er heel blij mee.'

Hij glimlachte. Hij leek blij voor dit zusje dat Nora nooit had ontmoet. Ze wilde hem bedanken voor wat hij met haar dode kat had gedaan, maar dat kon duidelijk niet en dus zei ze alleen maar: 'Dank je wel.'

'Waarvoor?'

'Gewoon, voor alles.'

'O. Prima. Oké.'

'Bedankt dus.'

Hij knikte. 'Lief van je. Hoe dan ook, tijd voor een rondje.'

Hij dronk zijn koffie op en verdween. Nora keek de kamer rond en nam elk nieuw stukje informatie in zich op. Elke knuffel, elk boek en elk stopcontact, alsof ze allemaal deel uitmaakten van de legpuzzel van haar leven.

Toen Molly een uur later door Ash naar school werd gebracht, deed Nora wat ze altijd deed. Haar e-mails en social media bekijken. Ze was in dit leven niet erg actief op social media, altijd een veelbelovend teken, maar ze had waanzinnig veel e-mails. Uit de e-mails maakte ze op dat ze niet simpelweg even 'gestopt' was met lesgeven, maar dat ze officieel was gestopt. Ze had een sabbatical om een boek te schrijven over Henry David Thoreau en zijn betekenis voor de huidige milieubeweging. Later dat jaar was ze van plan om met een onderzoeksbeurs naar

Walden Pond in Concord, Massachusetts, te gaan.

Dat zag er behoorlijk goed uit.

Irritánt goed bijna.

Een goed leven met een goede dochter en een goede man in een goed huis in een goede stad. Een overdaad aan goed. Een leven waarin ze de hele dag kon zitten lezen, onderzoeken en schrijven over haar favoriete filosoof aller tijden.

'Dat is cool,' zei ze tegen de hond. 'Vind je ook niet?'

Plato geeuwde onverschillig.

Met de labrador op de comfortabel uitziende bank als toeschouwer ging ze vervolgens op verkenning in haar huis. De zitkamer was enorm. Haar voeten zonken weg in het zachte kleed. Een witte houten vloer, tv, houtkachel, elektrische piano, twee nieuwe laptops aan de lader, een mahoniehouten kist met een sierlijk schaakspel erbovenop, goed gevulde boekenplanken. Een prachtige gitaar in de hoek. Nora herkende het model meteen als een elektroakoestische 'Midnight Satin' Fender Malibu. Tijdens haar laatste week bij String Theory had ze er nog eentje verkocht.

Her en der stonden ingelijste foto's. Kinderen die ze niet kende met een vrouw die op Ash leek – zijn zusje vermoedelijk. Een oude foto van haar overleden ouders op hun trouwdag, en eentje van haar en Ash toen ze gingen trouwen. Op de achtergrond zag ze haar broer. Een foto van Plato. En een foto van een baby, Molly vermoedelijk.

Ze bekeek de boeken. Een paar yogahandleidingen, maar niet de tweedehandsjes uit haar stamleven. Wat medische boeken. Ze herkende haar exemplaren van Bertrand Russells *History of Western Philosophy* en *Walden* van Henry David Thoreau, die ze allebei al sinds de universiteit had. Er stond ook een vertrouwd boek als *Principles of Geology*. Nogal wat boeken over Thoreau. En exemplaren van Plato's *Republiek* en Hannah Arendts *Totalitarisme* die ze ook in haar stamleven had, maar niet in deze edities. Boeken met een hoog intellectueel gehalte van mensen als Julia Kristeva, Judith Butler en Chimamanda Ngozi Adichie. Er stonden veel boeken over oosterse filosofie die ze nog nooit had gelezen en ze vroeg zich af of het haar zou lukken, als ze tenminste in dit leven bleef – en ze zou niet weten waarom niet –, die allemaal te lezen voordat ze weer les moest geven.

Romans, een paar van Dickens, *The Bell Jar*, wat populairwetenschappelijke boeken voor nerds, een paar boeken over muziek, een paar over opvoeden, *Nature* van Ralph Waldo Emerson en *Silent Spring* van Rachel Carson, boeken over klimaatverandering en een groot gebonden exemplaar: *Arctic Dreams: Imagination and Desire in a Northern Landscape*.

Ze was zelden of nooit zo uitgesproken intellectueel geweest. Als je in Cambridge een master deed en dan een sabbatical had om een boek te schrijven over je lievelingsfilosoof gebeurde dat kennelijk.

'Je kijkt tegen me op, hè,' zei ze tegen de hond. 'Geef maar toe.'

Er lag ook een stapel songbooks en Nora moest glimlachen omdat Simon & Garfunkel bovenop lag, het songbook dat ze Ash had verkocht op de dag dat hij haar had uitgenodigd. Op de salontafel lag een mooi koffietafelboek met landschapsfoto's uit Spanje en op de bank lag iets wat *The Encyclopedia of Plants and Flowers* heette.

In het tijdschriftenrek lag de kersverse *National Geographic* met de foto van het zwarte gat op de voorkant.

Aan de muur hing een reproductie van een Miró uit een museum in Barcelona.

'Zijn Ash en ik samen naar Barcelona geweest, Plato?' Ze stelde het zich voor, hand in hand door de straten van de Barrio Gótico en binnenwippen bij een bar voor tapas en een glas rioja.

Aan de muur tegenover de boekenkast hing een spiegel. Een breed exemplaar in een fraaie witte lijst. De variaties in hoe ze eruitzag in haar verschillende levens konden haar niet meer verrassen. Ze had alle vormen en maten gehad en elk mogelijk kapsel. In dit leven zag ze er heel sympathiek uit. Ze zou wel een vriendin van haar willen zijn. Ze keek niet naar een Olympisch kampioen, een rockster of een acrobaat van het Cirque du Soleil, maar naar iemand die een goed leven leek te hebben, voor zover je dat wist. Een volwassen vrouw met een vaag idee van wie ze was en wat ze deed in het leven. Kort haar, maar niet ultrakort, haar huid zag er gezonder uit dan in haar stamleven, dankzij een dieet, een gemis aan rode wijn, lichaamsbeweging of de reinigingsvloeistoffen en vochtinbrengende crèmes die ze in de badkamer had zien staan, die allemaal duurder waren dan wat ze in haar stamleven had gehad.

'Nou,' zei ze tegen Plato. 'Dit is een lekker leven, hè?'

Plato leek het met haar eens.

Een spirituele zoektocht naar een diepere verbinding met het universum

De medicijnen vond ze in een laatje in de keuken en ze rommelde tussen de pleisters, de ibuprofen, paracetamol, multivitamines en kniebandages voor hardlopers, maar er viel geen spoor van antidepressiva te bekennen.

Misschien was dit het wel. Misschien was dit, eindelijk, het leven waarin ze zou blijven. Het leven dat ze zou kiezen. Het leven dat ze niet terug op de boekenplank zou zetten.

Hier kan ik gelukkig zijn.

Onder de douche bekeek ze even later haar lichaam of er iets was veranderd. Ze had geen tattoos maar wel een litteken. Niet een die ze zichzelf had toegebracht, maar eentje van een operatie – een lange, dunne horizontale streep onder haar navel. Ze had weleens eerder een litteken van een keizersnee gezien en ze streek er met haar duim overheen met de gedachte dat zelfs als ze in dit leven bleef, ze er altijd te laat voor was gekomen.

Ash had Molly naar school gebracht en kwam weer thuis.

Ze kleedde zich vlug aan zodat hij haar niet in haar blootje zag.

Ze ontbeten samen. Ze zaten aan hun keukentafel, scrolden door het nieuws en aten geroosterd zuurdesembrood, en waren niets minder dan een levende reclame voor het huwelijk.

Ash vertrok naar het ziekenhuis en zij bleef thuis om zich de hele dag met Thoreau bezig te houden. Ze las haar werk in uitvoering, met het indrukwekkende aantal van 42.729 woorden, en roosterde nog wat brood voordat ze Molly van school haalde.

Molly wilde 'net als altijd' naar het park om de eendjes te voeren en dus nam Nora haar mee, waarbij ze probeerde te verbergen dat ze Google Maps nodig had om er te komen.

Nora duwde haar op de schommel tot haar armen pijn gingen doen, gleed van glijbanen en kroop achter haar aan door grote metalen buizen. Daarna gooiden ze havervlokken uit een doos havermout in de eendenvijver.

Weer thuis ging ze met Molly voor de tv zitten, gaf haar te eten en las haar voor het slapen een verhaaltje voor, allemaal voordat Ash uit zijn werk kwam.

Toen hij weer thuis was kwam er een man aan de deur die naar binnen wilde, maar Nora deed de deur voor zijn neus dicht.

'Nora?'

'Ja?'

'Waarom deed je zo raar tegen Adam?'

'Hè?'

'Volgens mij vond hij dat niet zo leuk.'

'Wat bedoel je?'

'Je deed net of hij een vreemde was.'

'O, sorry,' zei Nora glimlachend.

'Hij is al drie jaar onze buurman. We hebben met hem en Hannah in het Lake District gekampeerd.'

'Ja, dat weet ik. Natuurlijk.'

'Het zag eruit alsof je hem niet wilde binnenlaten. Alsof hij een indringer was of zoiets.'

'Echt?'

'Je deed de deur voor zijn neus dicht.'

'Ik deed de deur wel dicht maar niet voor zijn neus. Ik bedoel, zijn neus was er wel. Technisch gezien. Maar ik wilde niet dat hij dacht dat hij zomaar kon binnenvallen.'

'Hij kwam de tuinslang terugbrengen.'

'O, oké. Nou, die hebben we niet nodig. Tuinslangen zijn slecht voor de planeet.'

'Gaat het wel goed met je?'

'Waarom niet?'

'Ik maak me gewoon een beetje zorgen...'

Maar over het algemeen ging het allemaal best goed, en elke keer dat ze zich afvroeg of ze wakker zou worden in de Middernachtbibliotheek, gebeurde dat niet. Op een dag zat Nora na haar yogales op een bankje langs de River Cam en herlas iets van Thoreau. De dag daarop zag ze Ryan Bailey op tv. Hij werd geïnterviewd op de set van *Last Chance Saloon 2*, waar hij zei dat hij liever 'op een spirituele zoektocht naar een diepere verbinding met het universum' ging dan dat hij bezig was met 'zich in een romantische context te settelen'.

Ze kreeg walvisfoto's van Izzy en appte haar om te zeggen dat ze onlangs over een verschrikkelijk auto-ongeluk in Australië had gehoord en haar liet beloven dat ze altijd voorzichtig zou rijden.

Nora vond het prettig dat ze geen enkele neiging had om na te gaan wat Dan met zijn leven deed. Ze was juist heel blij dat ze met Ash was. Beter gezegd: ze dacht dat ze blij was, want hij was aardig en ze hadden zo'n gezellig, vrolijk en liefdevol leven.

Ash maakte lange dagen, maar als hij thuis was kon ze hem makkelijk om zich heen hebben, zelfs na bloederige, stressvolle dagen met galblazen. Hij was ook een beetje sullig. Als hij de hond uitliet zei hij altijd 'Goedemorgen' tegen oudere mensen hoewel ze hem soms negeerden. Hij zong mee met de autoradio. Hij leek nauwelijks slaap nodig te hebben. En vond het altijd prima om Molly 's nachts te doen, ook als hij de volgende dag moest opereren.

Hij vond het heerlijk om Molly walgelijke weetjes te vertellen – een maag krijgt elke vier dagen een nieuw laagje vanbinnen! Oorsmeer is een soort zweet! In je oogwimpers leven kleine schepseltjes, mijten heten die! – en hij gedroeg zich graag onfatsoenlijk. Enthousiast vertelde hij (op de eerste zaterdag bij de eendenvijver, binnen gehoorsafstand van Molly) een willekeurige onbekende dat mannelijke eenden een penis in de vorm van een kurkentrekker hebben.

Als hij bijtijds thuis was, maakte hij een geweldige linzendahl en een behoorlijk lekkere penne arrabbiata en hij had de neiging om in elk gerecht zo ongeveer een hele bol knoflook te doen. Maar Molly had absoluut gelijk: zijn artistieke talent strekte zich niet uit tot de muziek. Als hij 'The Sound of Silence' zong en zichzelf op gitaar begeleidde, betrapte ze zich erop dat ze wou dat hij de titel letterlijk nam.

Met andere woorden, hij had iets van een sukkel – wel een sukkel die dagelijks levens redde, maar het bleef een sukkel. Wat prima was. Nora hield van sukkels, beschouwde zichzelf ook als een sukkel, en dat hielp bij het overwinnen van de fundamentele *eigenaardigheid* om een echtgenoot te hebben die ze nog moest leren kennen.

Dit is een goed leven, dacht Nora keer op keer.

Het ouderschap was vermoeiend, maar het was makkelijk om van Molly te houden, in elk geval overdag. Eigenlijk vond Nora het wel fijn als Molly thuis was omdat ze voor wat uitdaging zorgde in haar verder nogal frictieloze bestaan. Geen relatiestress, geen werkstress, geen financiële stress.

Er was veel om dankbaar voor te zijn.

Onvermijdelijk had ze ook haar zwakke momenten. Het bekende gevoel van in een toneelstuk spelen waarvan ze de tekst niet kende.

'Is er iets mis?' vroeg ze op een avond aan Ash.

'Gewoon...' Hij keek haar vriendelijk glimlachend aan met zijn intense, onderzoekende blik. 'Ik weet niet. Je bent onze trouwdag bijna vergeten. Je denkt dat je films niet hebt gezien die je wel hebt gezien. En andersom. Je vergat dat je een fiets hebt. Je vergeet waar de borden staan. Je draagt mijn pantoffels. Je ging aan mijn kant van het bed liggen.'

'Jeetje, Ash,' zei ze, iets te nerveus. 'Alsof ik door de drie beertjes word ondervraagd.'

'Ik maak me gewoon zorgen...'

'Hoeft niet. Ik ben er gewoon niet helemaal bij, verdwaald in de onderzoekswereld. Dwaal in het bos. Het bos van Thoreau.'

En op die momenten voelde ze dat ze misschien zou teruggaan naar de Middernachtbibliotheek. Soms moest ze denken aan de woorden van mevrouw Elm, die allereerste keer. *Als je een leven echt wilt leven hoef je je geen zorgen te maken... Het moment waarop je beslist dat je dat leven wilt, echt wilt, zal alles wat er in je hoofd zit, inclusief deze Middernachtbibliotheek, uiteindelijk een vage, ongrijpbare herinnering worden.*

Wat de vraag opriep: als dit het ideale leven was, waarom was ze de Middernachtbibliotheek dan niet vergeten?

Hoelang duurde het om te vergeten?

Af en toe voelde ze zonder duidelijke reden een zweem van depressie om haar heen zweven, maar dat was niet te vergelijken met hoe verschrikkelijk ze zich in haar stamleven en in veel andere levens had gevoeld. Alsof ze een loopneus met een longontsteking vergeleek. Als ze dacht aan hoe ellendig ze zich had gevoeld op de dag dat ze bij String Theory werd ontslagen, aan de wanhoop, aan het eenzame en wanhopige verlangen om niet te bestaan, dan kwam dit niet eens in de búúrt.

Elke dag ging ze naar bed met de gedachte dat ze in dit leven ook weer wakker zou worden, omdat het – per saldo en al met al – het beste leven was dat ze ooit had meegemaakt. Het ontwikkelde zich inderdaad van gewoon naar bed gaan in de overtuiging dat ze in dit leven zou blijven, tot bang zijn om in slaap te vallen voor het geval ze er niet zou blijven.

En toch viel ze avond na avond in slaap en werd ze dag na dag weer wakker in hetzelfde bed. Een enkele keer op het tapijt, maar dat leed deelde ze met Ash, en omdat Molly steeds beter doorsliep, lag ze vaker wel dan niet in bed.

Er waren natuurlijk ook ongemakkelijke momenten. Nora wist nooit hoe ze ergens moest komen of waar spullen in huis lagen, en Ash vroeg zich soms hardop af of ze niet eens naar de dokter moest. In het begin was ze seks met hem uit de weg gegaan, maar op een avond kwam het ervan en daarna voelde Nora zich schuldig dat haar leven één grote leugen was.

Ze lagen een tijdje in het donker, in de postcoïtale stilte, maar ze wist dat ze erover moest beginnen. De stemming moest peilen.

'Ash?'

'Ja?'

'Geloof je in de theorie over parallelle universa?'

Ze zag dat zijn gezicht zich tot een lach plooide. Dit was een gesprek op zijn golflengte. 'Denk het wel, ja.'

'Ik ook. Ik bedoel, het is wetenschap, toch? Het is niet een of andere natuurkundige freak die een keer dacht: hé, parallelle universa zijn cool. Laten we een theorie bedenken.'

Hij was het met haar eens. 'De wetenschap wantrouwt alles wat te cool klinkt. Te scifi. In de regel zijn wetenschappers sceptici.'

'Precies, en toch geloven natuurkundigen in parallelle universa.'

'Dat is toch gewoon wat de wetenschap laat zien? Alles in de kwantummechanica en snaartheorie wijst op het bestaan van meerdere universa. Veel, heel veel universa.'

'Wat zou je ervan zeggen als ik zei dat ik ook in mijn andere levens ben geweest en dat ik denk dat ik voor dit leven heb gekozen?'

'Ik zou denken dat je gek was. Maar ik zou nog steeds van je houden.'

'Nou, het klopt. Ik heb veel levens gehad.'

Hij glimlachte. 'Geweldig. Is er ook eentje waar je me nog een keer kust?'

'Er bestaat een leven waarin je mijn dode kat hebt begraven.'

Hij lachte. 'Wat cool, Nor. Ik vind het zo leuk dat ik me naast jou altijd zo normaal voel.'

En dat was het.

Ze besefte dat je in het leven zo eerlijk mogelijk kunt zijn, maar dat mensen alleen de waarheid zien als die in de buurt van hun realiteit blijft. Zoals Thoreau schreef: 'Het gaat niet om waar je naar kijkt, maar om wat je ziet.' En Ash zag alleen maar de Nora waar hij verliefd op was geworden en met wie hij was getrouwd, dus in zekere zin was dat de Nora die ze aan het worden was.

Hammersmith

Op een dinsdag waarop Ash niet naar het ziekenhuis hoefde en Molly geen school had, sprongen ze op de trein naar Londen om naar Nora's broer en Ewan in hun flat in Hammersmith te gaan.

Joe zag er goed uit en zijn echtgenoot zag er nog net zo uit als Nora hem in haar Olympische leven op haar broers telefoon had gezien. Joe en Ewan hadden elkaar ontmoet bij een crosstraining in de plaatselijke sportschool. In dit leven had Joe een baan als geluidstechnicus en was Ewan – doctor Ewan Langford om precies te zijn – radioloog in het Royal Marsden Hospital, dus hij en Ash hadden genoeg ziekenhuisgedoe om over te miepen.

Joe en Ewan waren heel leuk met Molly, vroegen uitvoerig naar wat Panda allemaal aan het doen was. En Joe maakte voor iedereen een heerlijke pasta met broccoli en veel knoflook.

'Een Apuliaans recept,' zei hij tegen Nora. 'Om een beetje recht aan ons erfgoed te doen.'

Nora dacht aan haar Italiaanse grootvader en vroeg zich af hoe hij zich had gevoeld toen hij ontdekte dat de London Brick Company eigenlijk in Bedford stond. Zou hij teleurgesteld zijn geweest? Of had hij gewoon besloten er het beste van te maken? Waarschijnlijk bestond er een versie van hun grootvader die naar Londen ging en op zijn eerste dag op Piccadilly Circus door een dubbeldekker werd overreden.

In de keuken van Joe en Ewan stond een wijnrek vol flessen en Nora zag dat er een Californische syrah van de Buena

Vista-wijngaard tussen lag. Nora voelde haar huid tintelen toen ze aan de achterkant de twee gedrukte handtekeningen zag – Alicia en Eduardo Martínez. Ze glimlachte, voelde dat Eduardo in dit leven net zo gelukkig was. Ze vroeg zich wel even af wie Alicia was, wat voor vrouw het was. Ze hadden daar in elk geval mooie zonsondergangen.

'Gaat het goed met je?' vroeg Ash toen Nora afwezig naar het etiket staarde.

'Ja hoor. Deze fles, eh, ziet er ontzettend lekker uit.'

'Dat is mijn lievelingswijn,' zei Ewan. 'Echt verrukkelijk. Zal ik die opentrekken?'

'Alleen als jullie toch aan de wijn wilden gaan,' antwoordde Nora.

'Ik niet,' zei Joe. 'Ik heb de laatste tijd meer dan genoeg gehad, ben weer even geheelonthouder.'

'Je kent je broertje,' voegde Ewan eraan toe en gaf hem een kus op zijn wang. 'Alles of niets.'

'Ja, ik weet het.'

Ewan had de kurkentrekker al in zijn handen. 'Ik heb een verschrikkelijke dag op mijn werk achter de rug. Dus als niemand meedoet vind ik het prima om de hele fles in mijn eentje achterover te slaan.'

'Ik doe mee,' zei Ash.

'Ik hoef niet,' zei Nora en ze moest denken aan de laatste keer dat ze Joe had gezien, in een hotel waar hij in de businesslounge had bekend dat hij alcoholist was.

Molly kreeg een prentenboek en Nora las het op de bank aan haar voor.

De avond verstreek. Ze hadden het over het nieuws, muziek en films. Joe en Ewan hadden zich wel vermaakt met *Last Chance Saloon*.

Even later liet Nora tot ieders verbazing het veilige onderwerp populaire cultuur links liggen en kwam ter zake.

'Ben je ooit woedend op me geweest? Je weet wel, omdat ik uit de band ben gestapt?' vroeg ze haar broer.

'Dat is jaren geleden, zus. Sinds die tijd is er al zoveel water naar zee gestroomd.'

'Maar jij zag een toekomst als rockster voor je.'

'Hij is nog steeds een rockster,' zei Ewan lachend. 'Maar alleen voor mij.'

'Ik heb altijd het gevoel dat ik je in de steek heb gelaten, Joe.'

'Doe maar niet... Ik heb jou ook in de steek gelaten. Ik was zo'n idioot... ik heb me een tijdje echt vreselijk gedragen.'

Die woorden deden haar goed, hier had ze jaren op gewacht. 'Geeft niet,' wist ze uit te brengen.

'Voordat ik met Ewan was vond ik iets als geestelijke gezondheid flauwekul. Paniekaanvallen vond ik onzin... je weet wel, geest boven materie. Wees een vent, zus. Maar toen Ewan er last van kreeg, begreep ik pas hoe echt ze waren.'

'Het waren niet alleen de paniekaanvallen. Het voelde gewoon niet goed. Ik weet niet... Voor wat het waard is: volgens mij ben je gelukkiger in dit leven dan in het leven waarin je' – bijna zei ze *dood* – 'in de band zat.'

Haar broer glimlachte en keek naar Ewan. Ze betwijfelde of hij haar geloofde, maar Nora moest accepteren – zoals ze maar al te goed wist – dat sommige waarheden gewoon onmogelijk te bevatten waren.

Driewieler

Naarmate de weken verstreken begon Nora iets wonderlijks te ervaren.

Ze herinnerde zich dingen uit dit leven die ze nooit had meegemaakt.

Op een dag werd ze bijvoorbeeld gebeld door iemand die ze in haar stamleven niet had gekend – een vriendin die ze kennelijk had opgedaan toen ze studeerde en lesgaf aan de universiteit – en die haar uitnodigde voor een lunch. Het moment dat er 'Lara' op haar telefoonscherm verscheen, kwam er een naam bij haar op, Lara Bryan, en wist ze precies hoe ze eruitzag, wist op een of andere manier dat haar partner Mo heette en dat ze een baby hadden, Aldous. Bij hun ontmoeting bleek het allemaal waar.

Dit soort déjà vu's kwam steeds vaker voor. Natuurlijk maakte ze weleens een foutje – ze was 'vergeten' dat Ash astma had (wat hij met hardlopen onder controle hield):

'Hoelang heb je dat al?'

'Sinds mijn zévende...'

'O, natuurlijk. Ik dacht dat je het over eczeem had.'

'Nora, ben je wel lekker?'

'Ja, prima hoor. Ik heb net met Lara een glas wijn bij de lunch gedronken en ben een beetje aangeschoten.'

Maar langzamerhand maakte ze steeds minder vergissingen. Alsof elke dag een stukje van de puzzel was en het met elk stukje makkelijker werd om te weten hoe de ontbrekende stukjes eruitzagen.

Terwijl ze in elk ander leven steeds maar bezig was met het zoeken van aanwijzingen en het net leek of ze een rol speelde, ontdekte ze in dit leven dat hoe relaxter ze was, hoe makkelijker de dingen haar te binnen schoten.

Nora vond het ook heerlijk om tijd met Molly door te brengen.

De gezellige chaos als ze aan het spelen was in haar slaapkamer, of de knusheid bij het voorlezen van het simpelweg magische *De tijger die op de thee kwam* of lummelen in de tuin.

'Kijk eens, mammie,' zei Molly toen ze op een zaterdagmorgen op haar driewieler wegfietste. 'Kijk dan! Zie je me?'

'Heel goed, Molly. Je fietst echt.'

'Mammie, kijk! Ik vlieg!'

'Hup, Molly!'

Maar toen reed het voorste wiel van de driewieler het gras af en kwam in de bloemenborder terecht. Molly viel van haar fietsje en kwam met haar hoofd tegen een kleine steen. Nora rende naar haar toe, pakte haar op en bekeek haar. Molly was duidelijk gewond, had een bloedende schram op haar voorhoofd, de huid was geschaafd, maar ondanks haar trillende kinnetje wilde ze niets laten merken.

'Niets aan de hand,' zei ze langzaam, met een stem zo breekbaar als porselein. 'Niets aan de hand. Niets aan de hand. Niets aan de hand. Niets aan de hand.' Bij elke 'niets' kwamen de tranen hoger te zitten en vervolgens ontspande ze weer even. Ondanks haar nachtelijke angsten voor beren had ze een veerkracht die Nora inspirerend vond en waar ze alleen maar bewondering voor kon hebben. Dit kleine mensje kwam uit haar voort, was in zekere zin een deel van haar, en als Molly verborgen krachten had, had Nora die misschien ook wel.

Nora drukte haar tegen zich aan. 'Niets aan de hand, meisje… Stoer kind van me. Het gaat goed. Hoe voel je je, lieverd?'

'Goed. Net als op vakantie.'

'Op vakantie?'

'Ja, mammie...' zei ze een beetje bozig omdat Nora het niet meer wist.

'De glijbaan.'

'O, natuurlijk. De glijbaan. Wat dom van me. Domme mammie.'

Nora voelde plotseling iets vanbinnen. Een soort angst, net zo echt als de angst die ze op dat rotsige eilandje op de Noordpool had gevoeld, oog in oog met de ijsbeer.

Angst voor wat ze voelde.

Liefde.

Je kon eten in de beste restaurants, je kon genieten van elk zinnenprikkelend moment, je kon zingen op een podium in São Paulo voor twintigduizend mensen, je kon orkanen van applaus oogsten, je kon naar het uiteinde van de wereld reizen, je kon miljoenen online volgers hebben, je kon Olympische medailles winnen, maar zonder liefde had het allemaal geen zin.

En als ze aan haar stamleven dacht, aan het fundamentele probleem daarvan, aan wat haar kwetsbaar had gemaakt, was het de afwezigheid van liefde. Zelfs haar broer had haar in dat leven niet gewild. Toen Volts ook nog doodging, had ze helemaal niemand meer. Ze had van niemand gehouden en niemand had van haar gehouden. Ze was leeg geweest, haar leven was leeg geweest, ze had rondgelopen als een gevoelige, wanhopige etalagepop en gedaan alsof ze een normaal mens was. Alleen nog een skelet om het te doorstaan.

Maar daar, in die tuin in Cambridge, onder die saaie, grijze lucht, voelde ze de kracht, de angstaanjagende kracht van echt om iemand geven en van mensen die echt om haar gaven. Oké, haar ouders waren in dit leven nog steeds dood, maar hier waren Molly, Ash, Joe. Er was een vangnet van liefde om haar val te breken.

En toch voelde ze diep vanbinnen dat er snel een einde aan

zou komen. Ondanks de volmaaktheid was er iets mis met al die goedheid. En wat er mis was kon niet worden gerepareerd omdat juist die goedheid het probleem was. Alles was goed en toch had ze dit niet verdiend. Ze was halverwege de film binnen komen lopen. Ze had het boek uit de bibliotheek gehaald, maar eerlijk gezegd was het niet haar eigendom. Ze bekeek haar leven als door een raam. Ze voelde zich inmiddels een bedrieger. Ze wilde dat het háár leven was. Haar echte leven. Dat was het niet en ze wou dat ze dat gewoon kon vergeten. Echt waar.

'Mammie, moet je huilen?'

'Nee hoor, Molly. Het gaat goed met mammie.'

'Je ziet eruit alsof je huilt.'

'Kom, we gaan je schoonboenen...'

Later die dag maakte Molly een legpuzzel met wilde dieren, en zat Nora met Plato op de bank en aaide zijn warme, zware kop die op haar schoot lag. Ze keek naar het sierlijke schaakspel op de mahoniehouten kist.

Er vormde zich langzaam een gedachte die ze meteen weer van zich afzette. Maar de gedachte liet haar niet met rust.

Zodra Ash uit zijn werk kwam zei ze dat ze een vroegere vriendin in Bedford wilde opzoeken en dat het wel een paar uur kon duren voor ze weer terug was.

Niet langer hier

Zodra Nora het verzorgingshuis Eik en Rust binnenliep, en nog voordat ze bij de receptie was, zag ze een broze oudere man met een bril die ze herkende. Hij voerde een lichtelijk verhit gesprek met een duidelijk geïrriteerde verpleegkundige. Als een zucht die in een mens is veranderd.

'Ik wil toch echt graag de tuin in,' zei de oude man.

'Het spijt me, maar de tuin is vandaag in gebruik.'

'Maar ik wil alleen maar op de bank zitten. En de krant lezen.'

'Als u zich had ingeschreven voor de tuinactiviteiten –'

'Ik wil helemaal geen tuinactiviteit. Ik wil Dhavak bellen. Dit is allemaal een vergissing.'

Nora had haar oude buurman eerder over zijn zoon Dhavak gehoord, toen ze zijn medicijnen kwam brengen. Kennelijk had zijn zoon erop aangedrongen dat hij naar een verzorgingshuis zou gaan, maar meneer Banerjee had erop gestaan zijn huis aan te houden. 'Is het niet mogelijk dat ik gewoon –'

Op dat moment merkte hij dat er naar hem werd gekeken.

'Meneer Banerjee?'

Verward keek hij Nora aan. 'Hallo? Wie bent u?'

'Ik ben Nora. Weet u nog? Nora Seed.' Ze was te zenuwachtig om te denken en ging verder: 'Ik ben uw buurvrouw. Van Bancroft Avenue.'

Hij schudde zijn hoofd. 'Ik denk dat je je vergist, lieve kind. Ik woon daar al drie jaar niet meer. En ik weet pertinent zeker dat jij mijn buurvrouw niet was.'

De verpleegkundige keek met een schuin hoofd naar meneer Banerjee, alsof hij een verwarde puppy was. 'Misschien bent u het vergeten.'

'Nee,' zei Nora vlug, haar fout beseffend. 'Hij heeft gelijk. Ik was in de war. Soms wil mijn geheugen niet. Ik heb daar nooit gewoond. Het was ergens anders. En iemand anders. Het spijt me.'

Ze hervatten hun gesprek terwijl Nora moest denken aan de voortuin van meneer Banerjee vol irissen en vingerhoedskruid.

'Kan ik u van dienst zijn?'

Ze draaide zich om naar de receptionist. Een vriendelijke, roodharige man met een bril, een vlekkerige huid en een licht Schots accent.

Ze vertelde wie ze was en dat ze had gebeld.

Hij was eerst een beetje in de war.

'U heeft een bericht achtergelaten zegt u?'

Hij neuriede zachtjes terwijl hij haar e-mail opzocht.

'Ja, maar telefonisch. Ik heb heel lang geprobeerd om er doorheen te komen maar dat lukte niet, en uiteindelijk heb ik dus een bericht ingesproken. Ik heb ook nog een e-mail gestuurd.'

'O, prima, ik snap het. Het spijt me. Komt u voor familie?'

'Nee,' lichtte Nora toe. 'Ik ben geen familie. Ik ben gewoon iemand van vroeger. Maar ze kent me. Het gaat om mevrouw Elm.' Nora probeerde zich haar voornaam te herinneren. 'Sorry, Louise Elm. Als u haar mijn naam noemt: Nora, Nora Seed. Vroeger was ze... Ze was de schoolbibliothecaris van Hazeldene. Misschien vindt ze het prettig om visite te krijgen.'

De man keek op van zijn computer en staarde haar met nauwelijks verholen verbazing aan. Nora dacht eerst dat ze het verkeerd had. Of dat Dylan het verkeerd had gehad, die avond in La Cantina. Misschien was mevrouw Elm in dit leven wel een ander lot beschoren. Hoewel Nora niet wist hoe haar beslissing om in een asiel te gaan werken voor mevrouw Elm tot een andere afloop had geleid. Maar dat was niet logisch. Want in geen van haar levens had ze sinds school contact gehouden met de bibliothecaris.

'Wat is er aan de hand?' vroeg Nora aan de receptionist.

'Het spijt me heel erg, maar Louise Elm is niet langer hier.'

'Waar is ze dan?'

'Ze is… ze is drie weken geleden overleden.'

Eerst dacht ze dat het een administratieve fout moest zijn. 'Weet u het zeker?'

'Ja, helaas wel.'

'O,' zei Nora. Ze wist niet wat ze moest zeggen of voelen. Ze keek naar de tas die naast haar in de auto had gestaan. Een tas met het schaakspel dat ze had meegebracht om een potje te schaken, om haar gezelschap te houden. 'Het spijt me. Dat wist ik niet. Ik… ik heb haar in geen jaren gezien. Jarenlang niet. Maar ik hoorde van iemand dat ze hier was…'

'Het spijt me heel erg,' zei de receptionist.

'Geen probleem. Ik wilde haar alleen bedanken. Dat ze zo aardig voor me is geweest.'

'Ze is heel vredig gestorven,' zei hij, 'letterlijk in haar slaap.'

Nora glimlachte en trok zich beleefd terug. 'Dat is goed om te horen. Dank u wel. Fijn dat jullie voor haar hebben gezorgd. Ik ga weer. Tot ziens…'

Een incident met de politie

Met haar tas en het schaakspel stond ze weer op Shakespeare Road en ze wist echt niet wat ze moest doen. Haar hele lichaam tintelde. Geen tintelingen als van spelden en naalden, maar meer dat vreemde, wazige, statische gevoel dat ze van eerder kende, als er een eind aan een bepaald bestaan kwam.

Ze deed haar best om het te negeren en liep zo'n beetje in de richting van het parkeerterrein. Ze kwam langs haar oude flat met tuintje aan Bancroft Avenue 33A. Een man die ze nooit eerder had gezien kwam naar buiten met een bak vol oud papier en lege flessen. Ze moest aan haar heerlijke huis in Cambridge denken en kon het niet laten om dat te vergelijken met deze armoedige flat aan een met zwerfvuil bezaaide straat. De tintelingen werden wat minder. Ze kwam langs het enige huis dat nog niet in etages was gesplitst, het huis van meneer Banerjee, of wat het huis van meneer Banerjee was geweest, hoewel het er nu wel heel anders bij stond. Het voortuintje was overwoekerd en er viel geen spoor te bekennen van de clematis en de potten met vlijtige liesjes die Nora in de zomer nog water had gegeven toen hij van zijn heupoperatie herstelde.

Op de stoep lagen een paar ingedeukte bierblikjes.

Er kwam haar een zongebruinde vrouw met een blonde bob en een dubbele wandelwagen met twee peuters tegemoet. Ze zag er uitgeput uit. Het was de vrouw die ze in de tijdschriftenwinkel had gesproken op de dag dat ze had besloten om een eind aan haar leven te maken. De vrouw die er gelukkig en ontspannen had uitgezien. Kerry-Anne. Ze had Nora niet gezien omdat een van de kinderen huilde en ze het verdrietige jongetje met zijn hoogrode kleur probeerde te sussen door met een plastic dinosaurus te zwaaien.

Jake en ik waren net konijnen, maar nu zijn we zover. Twee kleine herrieschoppers. Maar het is het echt waard. Ik voel me gewoon compleet. Wil je foto's zien?

Kerry-Anne keek op en zag Nora.

'Ik ken jou toch? Nora?'

'Klopt.'

'Hoi Nora.'

'Hoi Kerry-Anne.'

'Je weet nog hoe ik heet? Wauw. Op school had ik zo'n bewondering voor je. Je leek álles mee te hebben. Heb je het ooit tot de Olympische Spelen gebracht?'

'Ja. Zo ongeveer. Een versie van me. Maar het was niet wat ik wilde dat het was. Maar ach, wat wel? Toch?'

Even leek Kerry-Anne uit het veld geslagen. Toen gooide haar zoon de dinosaurus op de stoep, vlak naast de ingedeukte bierblikjes. 'Klopt.'

Nora raapte de dinosaurus op – bij nadere inspectie een stegosaurus – en gaf hem aan Kerry-Anne, die dankbaar glimlachte en net toen het jongetje een woedeaanval kreeg in het huis verdween dat van meneer Banerjee zou moeten zijn.

'Tot ziens,' zei Nora.

'Ja, tot ziens.'

En Nora vroeg zich af wat het verschil was. Waarom was meneer Banerjee gedwongen geweest om naar het verzorgingstehuis te gaan terwijl hij vastbesloten was daar niet naartoe te gaan? Zij was het enige verschil tussen de twee versies van meneer Banerjee, maar wat wás dat verschil? Wat had ze gedaan? Hem geholpen met online boodschappen bestellen? Zijn medicijnen een paar keer opgehaald?

Onderschat nooit het grote belang van kleine dingen, had mevrouw Elm gezegd. *Knoop dat in je oren.*

Ze staarde naar haar eigen raam. Ze dacht aan zichzelf in haar stamleven, in haar slaapkamer, aarzelend tussen leven en dood – equidistant als het ware. En voor het eerst maakte Nora zich zorgen over zichzelf alsof ze eigenlijk iemand anders was. Niet gewoon een andere versie, maar echt een ander persoon. Alsof ze door alle levenservaring die ze had opgedaan nu eindelijk medelijden had met haar vroegere ik. Geen zelfmedelijden, want ze was veranderd.

Er verscheen iemand voor haar eigen raam. Een vrouw, niet zij, die een kat, niet Voltaire, vasthield.

Dat was in elk geval wat ze hoopte, ook toen ze opnieuw licht in haar hoofd werd.

Via de hoofdstraat liep ze in de richting van de binnenstad.

Ja, ze was veranderd. Ze was sterker. Met bepaalde dingen van zichzelf had ze nog niets gedaan. Dingen die ze misschien nooit had geweten als ze nooit in een paardenrenbaan had opgetreden, zich niet tegen een ijsbeer had verweerd, of niet zoveel liefde, angst en moed had gevoeld.

Voor de drogist was een opstootje. Er werden twee jongens gearresteerd terwijl iets verderop een winkeldetective in een walkietalkie stond te praten.

Ze herkende een van de jongens en ging naar hem toe.

'Leo?'

Een agent gebaarde dat ze afstand moest houden.

'Wie ben jij?' vroeg Leo.

'Ik –' Nora besefte dat ze niet 'je pianoleraar' kon zeggen. En ze besefte hoe gek het in deze lastige context was om te zeggen wat ze wilde zeggen. Maar toch zei ze het. 'Heb je muziekles?'

Leo keek naar beneden toen hij handboeien om kreeg. 'Ik heb helemaal geen muziekles…' zei hij met een klein stemmetje.

De agent raakte geïrriteerd. 'Laat dit maar aan ons over, jongedame.'

'Het is een goeie jongen,' zei Nora. 'Wees niet te streng.'

'Nou, deze goeie jongen heeft net voor tweehonderd pond aan spullen gestolen. En hij had ook nog een wapen op zak.'

'Een wapen?'

'Een mes.'

'Nee, dat moet een vergissing zijn. Zo'n jongen is het niet.'

'Hoor eens aan,' zei de agent tegen zijn collega. 'Deze mevrouw beweert dat onze vriend Leo Thompson niet het type jongen is dat in de problemen komt.'

De andere agent begon te lachen. 'Nou, deze zit vaker wel dan niet in de penarie.'

'Laat ons nu maar gewoon ons werk doen...' zei de eerste agent.

'Natuurlijk. Doe wat ze zeggen, Leo...'

Hij keek haar aan of ze hem in de maling nam.

Een paar jaar geleden was Doreen, zijn moeder, String Theory binnengelopen om een goedkoop keyboard voor haar zoon te kopen. Ze had zich zorgen gemaakt over zijn gedrag op school en hij was geïnteresseerd in muziek dus ze dacht aan pianoles. Nora vertelde dat ze thuis wel een elektrische piano had en kon spelen, maar geen diploma's bezat. Doreen had weinig geld maar ze sloten een deal en Nora had ervan genoten om Leo op dinsdagavond het verschil uit te leggen tussen een groot en een klein septiemakkoord en vond hem een geweldige, leergierige jongen.

Doreen had zich zorgen gemaakt dat Leo 'verkeerde vrienden' kreeg, maar toen hij muziek begon te maken veranderde er meer. Plotseling kwam hij niet meer in aanvaring met leraren en alles van Chopin tot Scott Joplin, Frank Ocean, John Legend en Rex Orange County speelde hij met dezelfde aandacht en inzet.

Ze moest denken aan iets wat mevrouw Elm een van de eerste keren in de Middernachtbibliotheek had gezegd.

Elk leven bestaat uit talloze beslissingen. Soms grote, soms kleine. Maar elke beslissing leidt tot een ander resultaat. Tot een onomkeerbare variatie, die op zijn beurt weer tot andere variaties leidt…

Op deze tijdlijn, de tijdlijn waarop ze een master in Cambridge had gedaan, met Ash was getrouwd en een kind had gekregen, was ze vier jaar geleden niet in String Theory geweest op de dag dat Doreen en Leo langskwamen. Op deze tijdlijn had Doreen nooit een pianoleraar gevonden die ze kon betalen, en had Leo het pingelen nooit lang genoeg volgehouden om te beseffen dat hij talent had. Hij had nooit op dinsdagavond naast Nora gezeten, nooit zijn passie nagejaagd, zich thuis verder ontwikkeld en zijn eigen muziek gemaakt.

Nora voelde zich zwakker worden. Ze was licht in haar hoofd en had niet alleen last van tintelingen, maar ook van iets sterkers, een gevoel zich in het niets te storten dat gepaard ging met een kortstondige aantasting van haar gezichtsvermogen. Een gevoel dat er een andere Nora in de coulissen paraat stond om het over te nemen zodra deze ermee ophield. Haar brein was bereid om de hiaten op te vullen en een volstrekt geldige reden te hebben voor een dagje Bedford, om elke afwezigheid op te vullen alsof ze hier al die tijd was.

Bezorgd over de betekenis van dat gevoel keerde ze zich af van Leo en zijn vriend, die onder de nodige belangstelling van de mensen in de hoofdstraat van Bedford naar de politieauto werden geleid, en ze versnelde haar pas in de richting van het parkeerterrein.

Dit is een goed leven… Dit is een goed leven… Dit is een goed leven…

Een andere manier van kijken

Ze kwam in de buurt van het station, passeerde de bonte rode en gele zigzagstrepen van La Cantina, een soort Mexicaanse migraine, met een ober die binnen de stoelen van de tafels haalde. En ook de gesloten String Theory met een handgeschreven briefje op de deur:

> *Helaas, String Theory kan dit pand niet langer aanhouden. Door een huurverhoging kunnen we het ons simpelweg niet meer veroorloven door te gaan. Dank aan al onze trouwe klanten. Don't think twice, it's all right. You can go your own way. God only knows what we'll be without you.*

Het was precies hetzelfde briefje dat ze met Dylan had gezien. Naar de datum te oordelen, met kleine viltstiftletters in Neils handschrift, was de winkel bijna drie maanden dicht.

Dat vond ze jammer, want String Theory had voor veel mensen veel betekend. Maar Nora had er niet gewerkt toen de winkel in de problemen kwam.

Volgens mij heb ik een heleboel elektrische piano's verkocht. En een paar heel mooie gitaren.

Zoals alleen tieners dat kunnen hadden zij en Joe in hun jeugd vaak grappen over hun geboorteplaats gemaakt, zo vonden ze dat de Penitentiaire Inrichting Bedford de binnengevangenis was en de rest van de stad gewoon de buitengevangenis, en dat je elke gelegenheid om te ontsnappen moest aangrijpen.

Maar nu ze in de buurt van het station kwam scheen de zon en leek het of ze al die jaren verkeerd naar de stad had gekeken. Toen ze het standbeeld van de gevangenishervormer John Howard op het St Paul's Square passeerde, met de bomen rondom en de rivier er vlak achter met het water dat het licht weerkaatste, was ze helemaal verbaasd, leek het alsof ze het voor het eerst zag. *Het gaat niet om waar je naar kijkt, maar wat je ziet.*

Toen ze veilig en wel in haar dure Audi, die bijna misselijkmakend naar vinyl en plastic en andere synthetische materialen stonk, naar Cambridge terugreed, tussen het drukke verkeer door laveerde, de auto's als vergeten levens voorbijgleden, vond ze het erg jammer dat ze mevrouw Elm, de echte, voor haar dood niet meer had kunnen zien. Een laatste potje schaak voordat ze overleed zou fijn zijn geweest. Ze moest ook aan die arme Leo denken, die nu in een kleine cel zonder ramen op het politiebureau van Bedford zat te wachten tot Doreen hem kwam ophalen.

'Dit is het beste leven,' zei ze tegen zichzelf, een beetje wanhopig inmiddels. 'Dit is het beste leven. Ik blijf hier. Dit is het leven voor mij. Dit is het beste leven. Dít is het beste leven.'

Maar ze wist dat ze niet lang meer had.

De bloemen hebben water

Ze stopte bij het huis en rende naar binnen, waar Plato haar enthousiast begroette.

'Hallo?' vroeg ze wanhopig. 'Ash? Molly?'

Ze moest ze zien. Ze wist dat ze niet lang meer had. Ze voelde dat de Middernachtbibliotheek op haar wachtte.

'Buiten!' riep Ash opgewekt vanuit de achtertuin.

Nora liep dus door en trof Molly weer aan op haar driewieler, onaangedaan door haar eerdere val, terwijl Ash in een bloemborder bezig was.

'Hoe was het?'

Molly klom van haar driewieler en rende naar haar toe. 'Mammie! Ik heb je gemist! Ik kan nu echt goed fietsen!'

'Echt waar, lieverd?'

Ze nam haar dochter in haar armen, deed haar ogen dicht en snoof de geur op van haar haar, van de hond, van wasverzachter en van kindertijd, en ze hoopte dat haar verwondering daarover zou helpen haar daar te houden. 'Ik hou van je, Molly. Ik wil dat je dat weet. Voor eeuwig en altijd, begrijp je dat?'

'Ja, mammie, natuurlijk.'

'En ik hou ook van je papa. En wat er ook gebeurt, alles komt goed, want papa zal er altijd voor je zijn en mammie ook, maar misschien niet op precies dezelfde manier. Ik ben er wel, maar…' Eigenlijk hoefde Molly maar één ding te weten, bedacht ze. 'Ik hou van je.'

Molly keek bezorgd. 'Je bent Plato vergeten!'

'Natúúrlijk hou ik van Plato… hoe kon ik die nou vergeten? Plato weet wel dat ik van hem hou, Plato? Plato, ik hou van je.'

Nora probeerde rustig te worden.

Wat er ook gebeurt, er wordt voor ze gezorgd. Er zal van ze worden gehouden. En ze hebben elkaar en ze zullen gelukkig zijn.

Ash kwam naar haar toe, zijn tuinhandschoenen nog aan. 'Gaat het goed met je, Nor? Je ziet een beetje pips. Is er iets gebeurd?'

'Vertel ik je straks wel, als Molly in bed ligt.'

'Oké. Er wordt zo iets afgeleverd… Dus let ook even op of je een auto hoort.'

'Ja, tuurlijk.'

Molly vroeg of ze de gieter mocht pakken, maar Ash legde haar uit dat het de laatste tijd zoveel had geregend dat het niet nodig was omdat de hemel voor de bloemen had gezorgd. 'Ze redden het. Er wordt voor ze gezorgd. De bloemen hebben water.' Die woorden bleven in Nora's hoofd rondzingen. *Ze redden het. Er wordt voor ze gezorgd…* En toen zei Ash iets over vanavond naar de film en dat de oppas was geregeld en Nora was het helemaal vergeten maar glimlachte gewoon en probeerde echt vol te houden, daar te blijven, maar het gebeurde, het gebeurde, ze wist het in elke geheime kamer van haar wezen en ze kon helemaal niets doen om het te stoppen.

Nergens om te landen

'NEE!'

Onmiskenbaar, het was gebeurd.

Ze was weer in de Middernachtbibliotheek.

Mevrouw Elm zat achter de computer. De lichten boven hun hoofd schommelden, zwaaiden en flikkerden snel en aritmisch. 'Stop, Nora. Rustig. Even braaf zijn. Ik moet dit uitzoeken.'

Er kwam gruis naar beneden van scheuren in het plafond die zich vertakten als spinnenwebben die onnatuurlijk snel werden geweven. Er klonken geluiden van plotselinge, actieve vernietiging die de verdrietige, boze Nora wist te negeren.

'U bent mevrouw Elm helemaal niet. Mevrouw Elm is dood... Ben ik dood?'

'Dit kennen we. Maar nu je het erover hebt, misschien sta je op het punt om...'

'Waarom ben ik daar niet meer? Waarom niet? Ik voelde het gebeuren, maar ik wilde helemaal niet weg. U zei dat als ik een leven had gevonden dat ik wilde leven – dat ik écht wilde leven – dat ik daar dan zou blijven. U zei dat ik deze stomme plek dan zou vergeten. U zei dat ik het leven dat ik wilde kon vinden. En dat wás het leven dat ik wilde. Echt waar!'

Een paar minuten geleden was ze nog bij Ash en Molly en Plato in de tuin, een tuin die gonsde van leven en liefde, en nu was ze hier.

'Breng me terug...'

'Je weet dat het zo niet werkt.'

'Breng me dan naar de versie die er het dichtst bij zit. Geef me het leven dat er zo dicht mogelijk bij in de buurt komt. Alstublieft, mevrouw Elm, dat moet toch kunnen. Er moet een leven zijn waarin ik met Ash ga koffiedrinken en waarin we Molly en Plato hebben, maar... maar dat ik net iets anders deed. Technisch gezien was het dus een ander leven. Bijvoorbeeld dat ik een andere hondenriem voor Plato had gekozen. Of... of... of waarin ik – ik weet niet – in plaats van yoga pilates deed? Of waarin ik naar een ander college in Cambridge ging? Of moet het langer geleden zijn, dat we bij onze date geen koffie maar thee gingen drinken? Dat leven. Geef me het leven waarin ik dat deed. Kom op. Alstublieft. Help me. Ik wil heel graag een van die levens uitproberen, alstublieft...'

Er kwam rook uit de computer. Het scherm werd zwart. De hele monitor brak in stukken.

'Je begrijpt het niet,' zei mevrouw Elm verslagen en zeeg neer in de kantoorstoel.

'Maar zo gaat het toch? Ik kies iets waarvan ik spijt heb. Iets wat ik anders had moeten doen... En dan vindt u het boek, ik sla het boek open en lééf het boek. Zo werkt deze bibliotheek toch?'

'Zo simpel is het niet.'

'Waarom niet? Is er een probleem met de overgang? Net als eerder?'

Mevrouw Elm keek haar verdrietig aan. 'Het is meer dan dat. Ik heb je toch verteld dat de kans bestond dat je oude leven zou eindigen? Je wilde dood en misschien zou dat ook gebeuren.'

'Ja, maar u heeft gezegd dat ik alleen maar iets nodig had om naartoe te gaan. "Ergens om te landen," dat heeft u gezegd. "Een ander leven." Precies met die woorden. En ik hoefde alleen maar hard genoeg na te denken, het juiste leven te kiezen en –'

'Dat weet ik wel. Echt wel. Maar zo heeft het dus niet uitgepakt.'

Het plafond viel inmiddels in brokstukken naar beneden, alsof de pleisterkalk het glazuur op een bruidstaart was.

Nora zag iets nog onrustbarenders. Van een van de lampen vloog een vonk op een boek waardoor dat vlam vatte. Al snel stond de hele plank in de fik, de boeken verbrandden zó snel dat het leek of ze in benzine waren gedrenkt. Een hete, woedende, brullende, amberkleurige stroom. Toen vormde een andere vonk een luchtbrug naar een andere plank en ging ook die in vlammen op. Op hetzelfde moment viel er een groot brok puin van het plafond naast Nora's voeten.

'Onder de tafel!' beval mevrouw Elm. 'Nu!'

Nora hurkte en volgde mevrouw Elm, die op handen en voeten onder tafel kroop, waar ze op haar knieën ging zitten en net als mevrouw Elm gedwongen was om haar hoofd in te trekken.

'Waarom kunt u dit niet stoppen?'

'Het is een kettingreactie. Die vonken komen niet uit het niets. De boeken worden vernietigd. Waarna even onvermijdelijk het hele gebouw zal instorten.'

'Waarom? Ik snap het niet. Ik was daar. Ik had hét leven gevonden. Het enige leven voor me. Het beste leven hier...'

'Maar dat is nou net het probleem,' zei mevrouw Elm, die tussen de houten poten van de tafel zenuwachtig naar alle vlam vattende planken en het vallende puin keek. 'Het was nog niet genoeg. Kijk!'

'Naar wat?'

'Naar je horloge. Het kan nu ieder moment...'

Nora keek en zag eerst niets vreemds – maar toen gebeurde het. Het horloge gedroeg zich ineens als een horloge. Het display veranderde.

00:00:00

00:00:01

00:00:02

'Wat gebeurt er?' vroeg Nora in het besef dat wat het ook was, het waarschijnlijk niet goed was.

'Tijd. Dát gebeurt er.'

'Hoe komen we hier weg?'

00:00:09

00:00:10

'We?' zei mevrouw Elm. 'Er is geen wé. Ik kan de bibliotheek niet uit.' Als de bibliotheek verdwijnt, ga ik mee. Maar jij hebt kans om eruit te komen, hoewel je niet veel tijd hebt. Hooguit een minuut...'

Nora was net al een mevrouw Elm kwijtgeraakt, ze wilde deze niet ook nog kwijtraken. Mevrouw Elm zag dat ze verdrietig werd.

'Luister. Ik ben een deel van de bibliotheek. Maar deze bibliotheek is een deel van jou. Kun je dat volgen? Jij bestaat niet dankzij de bibliotheek, deze bibliotheek bestaat dankzij jou. Weet je nog wat Hugo zei? Hij zei dat dit de simpelste manier is waarop je hersenen de vreemde en uiteenlopende werkelijkheid van het universum vertalen. Dit zijn gewoon je hersenen die iets vertalen. Iets belangrijks en gevaarlijks.'

'Dat heb ik begrepen.'

'Maar één ding is duidelijk: je wilde dat leven helemaal niet.'

'Het was het ideale leven.'

'Voelde het zo? Altijd?'

'Ja. Ik bedoel... ik wilde het. Ik hield van Molly. Ik had van Ash kunnen gaan houden. Maar misschien... was het niet míjn leven. Ik had het niet zelf opgebouwd. Ik was gewoon die andere versie van me binnengelopen. Ik was gewoon gekopieerd naar het ideale leven. Maar ik was het niet.'

00:00:15

'Ik wil niet dood,' zei Nora met stemverheffing maar ook wat bibberig. Ze trilde over haar hele lijf. '*Ik wil niet dood.*'

Mevrouw Elm keek haar met grote ogen aan. Glanzende ogen

met een vlammetje van een idee. 'Je moet hier weg.'

'Dat kan niet. De bibliotheek is oneindig groot. Toen ik naar binnen liep verdween de ingang.'

'Dan moet je die weer zien te vinden.'

'Hoe dan? Er zijn geen deuren.'

'Wie heeft er een deur nodig als je een boek hebt?'

'Alle boeken staan in brand.'

'Eentje niet. Dat moet je zien te vinden.'

'Het Boek vol Spijt?'

Mevrouw Elm schoot bijna in de lach. 'Nee, dat is wel het laatste boek dat je nodig hebt. Dat zal inmiddels wel in de as liggen. Dat zal als eerste in de fik zijn gevlogen. Je moet die kant op!' Ze wees naar links, richting chaos, vlammen en vallende pleisterkalk. 'Het elfde gangpad die kant op. Derde plank van onder.'

'Het hele gebouw stort in elkaar!'

00:00:21

00:00:22

00:00:23

'Snap je het dan niet, Nora?'

'Wat niet?'

'Het is zo logisch. Je bent dit keer niet teruggekomen omdat je dood wilde, maar omdat *je wilt leven*. Deze bibliotheek stort niet in elkaar omdat je dood moet. Hij stort in elkaar omdat je de kans krijgt terug te gaan. Er is iets doorslaggevends gebeurd. Je hebt besloten dat je wilt leven. Dus, kom op, ga léven nu je nog de kans hebt.'

'Maar u dan? Wat gebeurt er met u?'

'Maak je over mij maar geen zorgen,' zei ze. 'Dat is niet nodig. Ik voel er niets van.' En toen zei ze wat de echte mevrouw Elm had gezegd toen ze Nora in de schoolbibliotheek had vastgehouden op de dag dat haar vader was overleden. 'Het wordt weer beter, Nora. Het komt goed.'

Mevrouw Elm stak haar hand uit en tastte naar iets op het tafelblad. Een tel later gaf ze Nora een oranje plastic vulpen. Zo een als ze op school had gehad. Zo een die haar tijden geleden al was opgevallen.

'Die heb je nodig.'

'Waarvoor?'

'Dit boek is nog niet geschreven. Daar moet je zelf mee beginnen.'

Nora pakte de pen.

'Tot ziens, mevrouw Elm.'

Een ogenblik later viel een enorm brok plafond op tafel. Een dikke wolk pleistergruis benam hen het zicht en verstikte hen.

00:00:34

00:00:35

'Ga,' hoestte mevrouw Elm. 'Lééf.'

Waag het niet op te geven, Nora Seed!

Terwijl het plafond naar beneden bleef komen, liep Nora door de rook en stofwolken in de richting die mevrouw Elm had gewezen.

Ademhalen was lastig en iets zien ook, maar het lukte haar de gangpaden te tellen. Van de lampen vielen vonken op haar hoofd.

Het fijne gruis bleef in haar keel steken waardoor ze bijna moest overgeven. Maar zelfs in de poederige nevel zag ze dat de meeste boeken in lichterlaaie stonden. Geen van de boekenplanken leek nog intact en de hitte was ondraaglijk. De planken en boeken die het eerst in de fik waren gevlogen lagen inmiddels in de as.

Net toen ze het elfde pad bereikte werd ze door een brok vallend puin getroffen.

Onder het stuk steen voelde ze dat de pen uit haar hand gleed en wegrolde.

Haar eerste poging om zich te bevrijden mislukte.

Dat was het. Ik ga dood, of ik het wil of niet. Ik ga dood.

De bibliotheek was een ruïne.

00:00:41

00:00:42

Het was voorbij.

Ze wist het zeker. Ze ging hier dood, te midden van al haar mogelijke, verwoeste levens.

Maar toen zag ze het, in een kleine opening tussen de stofwolken. In het elfde gangpad die kant op. Derde plank van onder.

Alle boeken op de plank werden door het vuur verteerd, behalve één.

Ik wil niet dood.

Ze moest beter haar best doen. Ze moest het leven willen waarvan ze altijd had gedacht dat ze het niet wilde. Want deze bibliotheek was een deel van haar, maar dat gold ook voor alle andere levens. Ze mocht dan niet alles hebben gevoeld wat ze in die levens had gevoeld, maar het had gekund. Ze mocht dan niet de kans hebben gehad om Olympisch zwemkampioen, reiziger, eigenaar van een wijngaard, rockster, activistische gletsjeronderzoeker, oud-student in Cambridge, moeder of al die talloze andere dingen te worden, maar op een bepaalde manier was ze ze nog steeds allemaal. Ze was het allemaal. Al die geweldige dingen kon ze zijn geweest, maar dat was niet deprimerend zoals ze ooit dacht. Helemaal niet. Het was juist inspirerend. Want nu zag ze wat ze kon als ze zichzelf aan het werk zette. En dat het leven dat ze had geleid zijn eigen logica had. Haar broer leefde. Izzy leefde. En ze had een jongen geholpen om niet in de problemen te komen. Wat soms voelt als een valstrik, is eigenlijk gewoon een illusie. Ze had geen wijngaard of Californische zonsondergang nodig om gelukkig te zijn. Ze had niet eens een groot huis en het ideale gezin nodig. Ze had alleen maar mogelijkheden nodig. En ze was niets anders dan mogelijkheden. Ze vroeg zich af waarom ze dat nooit eerder had gezien.

Ze hoorde de stem van mevrouw Elm, vanonder de tafel ergens ver weg, door het lawaai snijden.

'Niet opgeven! Waag het niet op te geven, Nora Seed!'

Ze wilde niet dood. En ze wilde geen ander leven dan haar eigen leven. Het leven dat een rommelige worsteling kon zijn, maar het was háár slordige rommelige worsteling. Een geweldige, rommelige worsteling.

00:00:52

00:00:53

Duwend en zich in allerlei bochten wringend probeerde ze onder het gewicht bovenop haar uit te komen en terwijl de seconden doortikten en haar longen verschroeiden en verstikten, lukte het haar met enorme inspanning om zich uiteindelijk te bevrijden.

Ze graaide om zich heen op de grond, vond de met een dikke laag gruis bedekte vulpen, en rende door de roetdeeltjes om bij het elfde pad te komen.

Daar stond het.

Het enige boek dat niet brandde. Het stond er nog steeds, perfect groen.

Ineenkrimpend van de hitte haakte ze met haar wijsvinger voorzichtig bovenaan de rug en trok het boek van de plank. Toen deed ze wat ze altijd deed. Ze sloeg het boek open en probeerde de eerste pagina te vinden. Het enige probleem was dat er geen eerste pagina was. In het hele boek stond geen enkel woord. Het was helemaal leeg. Net als de andere boeken ging dit boek over haar toekomst. Maar anders dan de andere was die toekomst in dit exemplaar nog ongeschreven.

Dit was het dus. Dit was háár leven. Haar stamleven.

En het was een lege pagina.

Met haar oude schoolpen in haar hand bleef Nora even staan. Het was bijna een minuut na middernacht.

De andere boeken op de plank waren inmiddels houtskool geworden en het hangende peertje flikkerde door de stofwolken heen, verlichtte een deel van het gescheurde plafond. Een groot stuk plafond rondom de lamp – ruwweg de vorm van Frankrijk – leek op het punt te vallen en haar te verpletteren.

Nora draaide de dop van de vulpen en drukte het open boek tegen de verbrande stapel boekenplanken.

Het plafond bezweek bijna.

Ze had niet veel tijd.

Ze begon te schrijven. *Nora wilde leven.*

Zodra dat er stond wachtte ze even. Irritant genoeg gebeurde er niets en ze herinnerde zich wat mevrouw Elm ooit had gezegd. *Willen is een interessant woord. Het betekent dat er een tekort is.* Ze streepte het dus door en probeerde het nog een keer.

Nora besloot te leven.

Niets. Ze probeerde het nog een keer.

Nora was klaar voor het leven.

Nog steeds niets, zelfs niet toen ze het woord 'leven' onderstreepte. Overal om haar heen stortte het in elkaar. Het plafond kwam naar beneden, verwoestte alles, overdekte de boekenplanken met hopen gruis. In de verte zag ze de gedaante van mevrouw Elm onder het bureautje uitkomen waar ze Nora had laten schuilen en zonder enige angst gaan staan, tot ze volledig verdween toen het dak het bijna helemaal begaf en de verbrande resten en stapels planken en al het andere daardoor werden gesmoord.

Nora kreeg geen adem en zag niets meer.

Maar dit deel van de bibliotheek stond nog overeind en zij was er ook nog steeds.

Alles kon ieder moment vergaan, dat wist ze.

Ze probeerde dus niet langer na te denken over wat ze zou opschrijven en puur uit ergernis pende ze het eerste neer wat ze vanbinnen voelde opkomen, als een rebelse, geluidloze brul die krachtiger was dan elke van buiten komende verwoesting. De enige waarheid die ze had, een waarheid die haar inmiddels trots maakte en waarmee ze blij was, een waarheid waarmee ze niet alleen had leren leven, maar die ze met elke vezel van haar lichaam enthousiast verwelkomde. Een waarheid die ze haastig maar stevig neerkrabbelde, de punt van de pen hard in het papier drukkend, in hoofdletters, in de eerste persoon tegenwoordige tijd.

Een waarheid die het begin was, het zaadje van alles wat mogelijk was. Vroeger een vloek en nu een zegen.

Twee simpele woorden met de kracht en potentie van een multiversum.

IK LEEF.

Op dat moment begon de grond als een gek te beven en alle resterende sporen van de Middernachtbibliotheek verdwenen in een stofwolk.

Wakker worden

Eén minuut en zevenentwintig seconden na middernacht kondigde Nora haar wederopstanding in het leven aan door haar dekbed onder te kotsen.

Levend, maar op het nippertje.

Snakkend naar adem, uitgeput, uitgedroogd, worstelend, trillend, zwaarmoedig, ijlend, met pijn in haar longen en nog meer pijn in haar hoofd, was dit het leven op zijn beroerdst en toch was dit leven, en leven was precies wat ze wilde.

Het was moeilijk, zo niet bijna onmogelijk, om uit bed te komen, maar verticaal zou het beter gaan, zoveel wist ze.

Op een of andere manier lukte dat, ze greep haar telefoon, maar die leek te zwaar en te glibberig om grip op te krijgen en hij viel uit zicht op de vloer.

'Help,' riep ze hees en ze wankelde de kamer uit.

Het halletje leek heen en weer te slingeren als een schip in de storm. Maar ze bereikte de deur zonder van haar stokje te gaan, haalde het kettingslot van de deur en wist die met veel moeite open te doen.

'Help me, alstublieft.'

Ze besefte nauwelijks dat het nog regende toen ze in haar met kots besmeurde pyjama naar buiten ging, over het stoepje waar Ash iets meer dan een dag geleden had gestaan om te vertellen dat haar kat dood was.

Er was niemand in de buurt.

Niemand die ze kon zien. Duizelig, slingerend en struikelend, strompelde ze naar het huis van meneer Banerjee en kreeg ze het uiteindelijk voor elkaar om aan te bellen.

Plotseling een vierkant licht vanuit het raam.

De deur ging open.

Hij had zijn bril niet op en was in de war, misschien vanwege de staat waarin ze verkeerde en het late tijdstip.

'Het spijt me, meneer Banerjee. Ik heb iets heel stoms gedaan. Het lijkt me het beste als u een ambulance belt...'

'O mijn god. Wat is er in hemelsnaam gebeurd?'

'Alstublieft.'

'Ja, ik ga bellen. Nu meteen...'

00:03:48

En toen mocht ze, voorover en met een flink vaartje, op de deurmat van meneer Banerjee in elkaar zakken.

The sky grows dark
The black over blue
Yet the stars still dare
To shine for you

De andere kant van wanhoop

'Het leven begint aan de andere kant van wanhoop,' schreef Sartre ooit.

Het regende niet meer.

Ze was binnen en zat in een ziekenhuisbed. Ze was op een zaal gelegd, ze had gegeten en voelde zich een stuk beter. Na het lichamelijk onderzoek was de medische staf tevreden. Haar gevoelige maag hoorde er kennelijk bij. Ze probeerde indruk te maken op de dokter door haar een weetje van Ash te vertellen, dat de maag elke vier dagen een nieuwe binnenkant krijgt.

Vervolgens kwam er een verpleegkundige met een klembord op haar bed zitten, die haar een heleboel vragen over haar gemoedstoestand stelde. Nora besloot haar ervaring met de Middernachtbibliotheek voor zich te houden omdat ze dacht dat het niet zo goed zou staan op een psychiatrisch beoordelingsformulier. Het leek haar verstandig om ervan uit te gaan dat de weinig bekende werkelijkheid van het multiversum nog niet tot de zorgplannen van de gezondheidszorg waren doorgedrongen.

Het vraag-en-antwoordspel duurde voor haar gevoel wel een uur. Het ging over medicijngebruik, de dood van haar moeder, Volts, het kwijtraken van haar baan, geldzorgen, haar diagnose situatiegebonden depressie.

'Heb je zoiets ooit eerder geprobeerd?' vroeg de verpleegkundige.

'In dit leven niet.'

'En hoe voel je je nu?'

'Ik weet niet. Een beetje vreemd. Maar ik wil niet meer dood.'

En de verpleegkundige krabbelde voort op het formulier.

Nadat ze was vertrokken, keek Nora naar buiten naar het rustige heen en weer gaan van de bomen in de middagwind en het spitsverkeer dat in de verte langzaam over de ring van Bedford pendelde. Het waren alleen maar bomen, verkeer en middelmatige architectuur, maar het was ook alles.

Het was het leven.

Even later wiste ze haar suïcidale berichten van de social media en schreef ze – in een aanval van onvervalste sentimentaliteit – iets anders. Ze gaf het de titel 'Iets wat ik heb geleerd (geschreven door iemand die iedereen is geweest)'.

Iets wat ik heb geleerd (geschreven door iemand die iedereen is geweest)

Je kunt makkelijk rouwig zijn om de levens die je niet leeft. Het is makkelijk om te wensen dat je andere talenten had ontwikkeld, dat je ja had gezegd tegen andere voorstellen. Makkelijk om te wensen dat je harder had gewerkt, meer had liefgehad, slimmer met je geld was omgegaan, populairder was geweest, in de band was gebleven, naar Australië was gegaan, wel was gaan koffiedrinken of meer kloteyoga had gedaan.

Het kost geen enkele moeite om vrienden te missen die je niet hebt gemaakt, werk dat je niet hebt gedaan, mensen met wie je niet bent getrouwd en kinderen die je niet hebt gekregen. Het is niet moeilijk om jezelf door de ogen van anderen te zien en te wensen dat je al die verschillende caleidoscopische versies van jezelf was geweest die ze wilden dat je was. Je kunt er makkelijk spijt van hebben en ad infinitum spijt van blijven hebben, tot je tijd voorbij is.

Maar de levens waarvan je spijt hebt dat je ze niet hebt geleefd, zijn niet het echte probleem. De spijt zelf is het probleem. Van spijt hebben raak je je levenslust kwijt, kwijn je weg en word je je eigen en andermans ergste vijand.

Je weet niet of een van die andere versies beter of slechter zou hebben uitgepakt. Die levens bestaan, dat is waar, maar jij bestaat ook en dat is het bestaan waar je je aandacht op moet richten.

Natuurlijk kun je niet elke plaats bezoeken, elke sterveling ontmoeten of elk beroep uitoefenen, maar het merendeel van wat je in een leven vóélt is nog steeds beschikbaar. Je hoeft niet elk spelletje te hebben gespeeld om te weten hoe het voelt om te winnen. Je hoeft niet elk muziekstuk ter wereld te hebben gehoord om muziek te begrijpen. Je hoeft niet elk druivenras van elke wijngaard te hebben geproefd om van wijn te genieten. Liefde, lachen, angst en verdriet zijn universele valuta.

Je hoeft alleen maar je ogen dicht te doen, de wijn te proeven en naar het nummer te luisteren dat wordt gespeeld. Hier en nu ben je net zo compleet en volslagen in leven als in elk ander leven en heb je toegang tot hetzelfde arsenaal aan emoties.

Je hoeft maar één iemand te zijn.

Je hoeft maar één bestaan te voelen.

Je hoeft niet alles te dóén om alles te zíjn, want je bent al oneindig. Tijdens ons leven hebben we altijd een toekomst met allerlei mogelijkheden.

Laten we dus aardig zijn voor de mensen in ons eigen bestaan. Laten we af en toe omhoogkijken vanaf de plek waar we zijn, want waar we ook staan, de hemel boven ons draait altijd door.

Gisteren zag ik geen toekomst meer voor mezelf en vond ik het onmogelijk om het leven zoals het nu is te accepteren. Maar vandaag vind ik datzelfde rommelige leven hoopvol. Vol mogelijkheden.

Alleen door te leven wordt het onvoorstelbare mogelijk, denk ik.

Zal mijn leven wonderbaarlijk vrij zijn van pijn, wanhoop, verdriet, hartzeer, ontberingen, eenzaamheid, depressie? Nee.

Maar wil ik leven?

Ja. Já.

Duizend keer ja.

Leven versus begrijpen

Een paar minuten later kwam haar broer op bezoek. Hij had de voicemail afgeluisterd die ze had ingesproken en had om zeven minuten na middernacht gereageerd met een berichtje: 'Gaat het, zus?' Nadat hij door het ziekenhuis was gebeld had hij de eerste de beste trein uit Londen gepakt. Toen hij op het St Pancras-station moest wachten had hij het laatste nummer van de *National Geographic* voor haar gekocht.

'Daar was je vroeger dol op,' zei hij en legde het tijdschrift naast haar bed.

'Nog steeds.'

Het was fijn om hem te zien. Zijn zware wenkbrauwen en aarzelende glimlach had hij nog. Hij kwam een beetje ongemakkelijk binnen, verslagen, zijn haar langer dan in de vorige twee levens waarin ze hem had gezien.

'Het spijt me dat ik de laatste tijd zo incommunicado ben geweest,' zei hij. 'Dat kwam niet door wat Ravi je heeft verteld. Ik dénk niet eens meer aan The Labyrinths. Ik ben een tijdje van de wereld geweest. Na de dood van mama kreeg ik iets met een jongen en zijn we op een heel akelige manier uit elkaar gegaan en daar wilde ik het gewoon niet met je over hebben, met niemand niet eigenlijk. Ik wilde alleen maar drinken. En ik dronk te veel. Dat werd echt een probleem. Maar ik heb inmiddels hulp gezocht. Ik heb al weken geen druppel aangeraakt. Ik ga naar de sportschool en zo. Ben met crosstraining begonnen.'

'O, Joe, wat naar. Wat jammer dat jullie uit elkaar zijn. En al dat andere.'

'Je bent alles wat ik heb, zus,' zei hij met een stem die bijna brak. 'Ik weet dat ik vroeger niet altijd even aardig tegen je ben geweest. Maar ik had mijn eigen shit. Moest wel zo vanwege papa. Ik kon niet zeggen dat ik homo was. Voor jou was het niet makkelijk, maar voor mij ook niet. Jij was óveral goed in. School, zwemmen, muziek. Daar kon ik niet tegenop... En papa was papa en ik moest net doen alsof ik aan zijn stereotype beeld van een man beantwoordde.' Hij zuchtte. 'Het is gek. Waarschijnlijk herinneren we het ons allebei op een andere manier. Maar laat me niet in de steek, afgesproken? Uit de band stappen, vooruit. Maar stap niet uit het leven. Dat kan ik niet aan.'

'Doe ik niet als jij het ook niet doet,' zei ze.

'Geloof me, ik ga nergens naartoe.'

Ze dacht aan het verdriet dat haar had gevloerd toen ze in São Paulo over Joe's dood door een overdosis had gehoord, en vroeg hem om een knuffel, die hij voorzichtig gaf, en ze was blij met zijn warmte.

'Lief dat je voor me in de rivier bent gesprongen,' zei ze.

'Hè?'

'Ik dacht dat je dat niet had gedaan. Maar je hebt het wel geprobeerd. Ze hebben je tegenhouden. Dank je wel.'

Ineens wist hij waar ze het over had. Maar hij vond het misschien toch wel érg vreemd dat ze dat wist terwijl ze juist van hem wegzwom. 'Ach zus, ik hou van je. We waren jong. En stom.'

Joe ging er een uurtje tussenuit. Haalde de sleutels bij haar huisbaas en nam wat kleren en haar telefoon mee terug.

Ze zag dat Izzy een berichtje had gestuurd. *Sorry dat ik gisteravond/vanmorgen niet heb gereageerd. Ik wilde een echt gesprek! These antithese synthese. Het hele gebeuren. Hoe gaat het met je?*

Ik mis je. O, en raad eens? Ik zit eraan te denken om in juni naar Engeland terug te komen. Voorgoed. Mis je, vriendin. En er komt een bultrugfotoBOM naar je toe. xxx

Nora slaakte zomaar een schor kreetje, zó blij was ze.

Ze schreef een berichtje terug. Interessant dat het leven soms een heel nieuw perspectief kreeg als je maar lang genoeg wachtte om dat te zien, peinsde ze.

Ze ging naar de Facebookpagina van het International Polar Research Institute. Er stond een foto op van de vrouw met wie ze een hut had gedeeld – Ingrid – naast teamleider Peter, die met een dunne meetboor de dikte van het zee-ijs bepaalde, en een link naar een artikel met de kop: 'Onderzoek IPRI bevestigt het warmterecord van de afgelopen tien jaar in het noordpoolgebied.' Ze deelde de link. En postte een reactie: 'Ga zo door!' Zodra ze iets zou verdienen zou ze donateur worden, besloot ze.

Ze vonden het goed dat Nora naar huis ging. Haar broer bestelde een Uber. Toen ze het parkeerterrein verlieten zag Nora dat Ash kwam aanrijden. Hij moest een late dienst hebben. In dit leven had hij een andere auto. Ondanks haar glimlach zag hij haar niet en ze hoopte dat hij gelukkig was. Ze hoopte dat hij een makkelijke dienst met een galblaas in het vooruitzicht had. Misschien zou ze zondag naar hem gaan kijken als hij de halve marathon van Bedford liep. Misschien zou ze hém wel voor een kop koffie uitnodigen.

Misschien.

Achter in de auto vertelde haar broer dat hij freelance opnamewerk zocht.

'Ik wil misschien geluidstechnicus worden,' zei hij. 'Heel misschien dan.'

Nora vond het fijn om te horen. 'Volgens mij moet je dat

doen. Ik denk dat je het wel leuk vindt. Ik weet niet waarom. Zomaar, een gevoel.'

'Oké.'

'Ik bedoel, het is dan wel niet zo'n glamoureus leven als dat van een internationale rockster, maar het zou... gezonder kunnen zijn. Misschien word je er zelfs wel vrolijker van.'

Dat was een harde noot om te kraken en Joe had er niet meteen zin in. Maar hij glimlachte en knikte tegen zichzelf. 'Een studio in Hammersmith is op zoek naar geluidstechnici. Vijf minuten van huis. Ik kan er lopend heen.'

'Hammersmith? Die bedoel ik.'

'Wat bedoel je?'

'Ik bedoel, dat klinkt goed. Hammersmith, geluidstechnicus. Het klinkt alsof je daar gelukkig zou kunnen zijn.'

Hij moest lachen. 'Oké, Nora. Oké. En die sportschool waar ik het over had zit er vlak naast.'

'Cool. Lopen er leuke jongens rond?'

'Nou je het zegt. Hij heet Ewan. Dokter. Hij doet ook aan crosstraining.'

'Ewan, ja!'

'Wie?'

'Je moet hem mee uit vragen.'

Joe lachte, nam aan dat Nora gewoon lollig wilde doen. 'Ik weet niet eens honderd procent zeker of hij homo is.'

'Jawel, hij is homo! *Honderd procent homo.* En honderd procent dat hij ook op jou valt. Dokter Ewan Langford. Vraag hem mee uit. Je moet me geloven! Het zal het beste zijn wat je ooit hebt gedaan...'

Haar broer lachte terwijl de auto voor Bancroft Avenue 33A stilhield. Hij betaalde de chauffeur, want Nora had geen geld en ook geen portemonnee.

Meneer Banerjee zat voor zijn raam te lezen.

Buiten zag Nora Joe verbaasd op zijn telefoon kijken.

'Wat is er, Joe?'

Hij kon nauwelijks een woord uitbrengen. 'Langford...'

'Sorry?'

'Dokter Ewan Langford. Ik wist niet eens dat Langford zijn achternaam was, maar dat is hem.'

Nora haalde haar schouders op. 'Intuïtie, we zijn niet voor niks broer en zus. Voeg hem toe. Volg hem. Stuur een berichtje. Wat er ook maar nodig is. Nou, geen ongevraagde *dickpics*. Maar hij is het, ik zweer het. Hij is het.'

'Maar hoe wist je dat hij het was?'

Ze nam haar broer bij de arm, wist dat ze hem geen verklaring kon geven. 'Luister, Joe.' Ze moest denken aan de antifilosofie van mevrouw Elm in de Middernachtbibliotheek. 'Je hoeft het leven niet te begríjpen. Je hoeft het alleen maar te léven.'

Toen haar broer naar de voordeur van Bancroft Avenue 33A liep, keek Nora om zich heen naar de huizenrij, de straatlantaarns en de bomen onder de hemel en ze voelde dat haar longen zich volzogen met het wonder daar te zijn, alsof ze het allemaal voor het eerst zag. Misschien woonde er in een van de huizen wel een andere 'swinger', iemand die bezig was aan zijn derde, zeventiende of laatste versie van zichzelf. Ze zou haar ogen openhouden.

Ze keek naar nummer 31.

Ze zag het gezicht van meneer Banerjee achter het raam oplichten toen hij zag dat Nora gezond en wel weer thuis was. Hij glimlachte en zei geluidloos 'bedankt', alsof hij simpelweg dankbaar was dat ze leefde. Morgen zou ze wat geld bij elkaar scharrelen en in het tuincentrum een plant voor zijn bloemperk kopen. Vingerhoedskruid misschien. Ze wist zeker dat hij daar van hield.

'Nee,' riep ze terug en gaf hem een kushandje. 'Ú bedankt, meneer Banerjee! Dank u wel voor alles!'

Zijn lach werd breder en hij keek haar heel vriendelijk en

bezorgd aan, en Nora herinnerde zich wat het was om zowel voor iemand te zorgen als verzorgd te worden. Ze volgde haar broer naar binnen om schoon te maken en ving nog een glimp op van de irissen in de tuin van meneer Banerjee. Bloemen waar ze eerder niet dol op was, maar die ze nu betoverend vond met het prachtigste paars dat ze ooit had gezien. Alsof bloemen niet alleen kleuren hadden, maar ook deel van een taal waren, noten in een even krachtige, luisterrijke bloemenmelodie als Chopin, en ze in stilte de adembenemende grootsheid van het leven overbrengen.

De vulkaan

Het is nogal wat om erachter te komen dat de plek waaraan je was ontsnapt precies de plek is waar je naar wilde ontsnappen. Dat die plek niet de gevangenis was, maar het perspectief. En Nora's meest eigenaardige ontdekking was dat van alle extreem uiteenlopende versies die ze had meegemaakt, de radicaalste verandering in precies hetzelfde leven plaatsvond. Het leven waar ze mee begon en waar ze mee eindigde.

Die grootste en diepgaandste verandering voltrok zich niet omdat ze rijker, succesvoller of beroemder werd of omdat ze tussen de gletsjers en ijsberen van Svalbard vertoefde. Hij voltrok zich door in precies hetzelfde bed wakker te worden, in hetzelfde rottige, vochtige flatje met de afgeragde bank, de yucca, de miezerige cactusjes, boekenplanken en ongebruikte yogahandleidingen.

Dezelfde elektrische piano en dezelfde boeken. Dezelfde treurigstemmende afwezigheid van een katachtige en een baan. Dezelfde *onkenbaarheid* van haar toekomstige leven.

En toch was alles anders.

Anders, omdat ze niet langer voelde dat ze op aarde was om de dromen van anderen waar te maken. Ze voelde dat ze haar voldoening niet langer moest halen uit het spelen van een denkbeeldige ideale dochter, zus, partner, echtgenoot, moeder, werknemer of wie dan ook, maar dat ze een menselijk wezen was dat in haar eigen baan om haar eigen levensdoel draaide en waarvoor alleen zij verantwoording aan zichzelf schuldig was.

En alles was anders omdat ze bijna dood was geweest maar toch leefde. En omdat ze daar zelf voor had gekozen. Om te leven. Omdat ze de onmetelijkheid van het leven had ervaren had ze niet alleen gezien maar ook gevoeld wat er allemaal mogelijk was. Er waren andere toonladders en andere melodieën. Er kwam haar meer toe dan een leven met een lichte of matige depressie dat af en toe door een vleug wanhoop werd opgefleurd. Dat bood hoop en ze was zelfs intens dánkbaar dat ze er was, dat ze de mogelijkheid had om van de stralende lucht en van middelmatige Ryan Bailey-comedy's te genieten en gelukkig te worden van muziek, gesprekken en haar eigen hartslag.

En bovenal was het anders omdat het zware en pijnlijke *Boek vol Spijt* succesvol tot as was vergaan.

'Hé Nora, ik ben het, Doreen.'

Nora vond het leuk dat ze belde, want ze was net bezig om een keurige advertentie voor pianoles op te stellen. 'O, Doreen! Ik wil graag nog een keer mijn excuses aanbieden dat ik gisteren niet kwam opdagen.'

'Vergeten en vergeven.'

'Ik zal je niet alle redenen vertellen,' zei Nora buiten adem. 'Maar ik wil wel zeggen dat het echt de laatste keer was. Als ik Leo nog pianoles mag geven zal ik voortaan altijd op tijd zijn, beloofd. Ik zal je niet teleurstellen. Ik begrijp het helemaal als ik Leo geen les meer mag geven. Maar ik wil dat je weet dat hij heel veel talent heeft. Hij heeft echt gevoel voor piano. Hij zou ervan kunnen leven, zou naar het conservatorium kunnen. Ik wil dus alleen maar zeggen dat als hij niet van mij les krijgt, hij echt van íémand les moet krijgen. Dat is alles.'

Het bleef lang stil. Alleen het geruis van ademhalen door de telefoon.

'Lieverd, het is goed zo, ik hoef geen monoloog van je. Om eerlijk te zijn, we waren gisteren met z'n tweeën in de stad. Ik kocht gezichtsreiniger voor hem en hij zei: "Ik blijf toch wel pianospelen?" Midden in de drogist. Zullen we het gewoon weer oppakken?'

'Echt? Geweldig. Ja, volgende week dan.'

En toen Nora had opgehangen ging ze meteen achter de piano zitten en speelde een melodie die nooit eerder was gespeeld. Ze vond het leuk en beloofde dat ze hem zou onthouden en er een tekst bij zou schrijven. Misschien kon ze er een echt nummer van maken en dat online zetten. Misschien ging ze wel vaker nummers schrijven. Of misschien ging ze wel sparen om een master te kunnen doen. Misschien wel allebei. Wie weet. Terwijl ze speelde zag ze het tijdschrift liggen – het exemplaar dat Joe voor haar had gekocht – opengeslagen bij een foto van de Krakatauvulkaan in Indonesië.

De paradox van vulkanen was dat ze symbool stonden voor vernietiging maar ook voor leven. Als de lavastroom eenmaal afneemt en afkoelt, stolt ze en wordt de lava in de loop van de tijd afgebroken tot aarde – rijke, vruchtbare aarde.

Ze was geen zwart gat, besloot ze. Ze was een vulkaan. En net als een vulkaan kon ze niet van zichzelf weglopen. Ze moest blijven waar ze was en aandacht besteden aan het onontgonnen land.

Ze kon een bos in zichzelf planten.

Hoe het afloopt

Mevrouw Elm zag er een stuk ouder uit dan in de Middernachtbibliotheek. Haar grijze haar was inmiddels wit en dun, haar gerimpelde gezicht had een vermoeide uitdrukking, haar handen zaten onder de ouderdomsvlekken, maar ze kon nog net zo goed schaken als jaren geleden in de bibliotheek van de Hazeldeneschool.

Eik en Rust had zijn eigen schaakspel, maar dat kon wel een stofdoek gebruiken.

'Niemand hier speelt,' zei ze tegen Nora. 'Ik vind het zo leuk dat je er bent. Zo'n verrassing.'

'Als u wilt kan ik iedere dag komen, mevrouw Elm.'

'Louise, noem me alsjeblieft Louise. En moet je dan niet naar je werk?'

Nora glimlachte. Hoewel ze Neil pas vierentwintig uur geleden had gevraagd haar advertentie in String Theory op te hangen, was ze al overstelpt met mensen die les wilden hebben. 'Ik geef pianoles. En om de dinsdag help ik in de daklozenopvang. Maar er blijft altijd wel een uurtje over... Eerlijk gezegd heb ik ook niemand om mee te schaken.'

Mevrouw Elm glimlachte vermoeid. 'Dat zou gezellig zijn.' Ze staarde uit het kleine raam in haar kamer en Nora volgde haar blik. Er liep iemand met een hond die Nora herkende. Het was Dylan die Sally, de bullmastiff, uitliet. De nerveuze hond met de brandwonden van sigaretten die haar meteen aardig had gevonden. Het schoot even door haar hoofd of haar huisbaas het goed zou vinden als ze een hond nam. Een kat was immers geen probleem geweest. Maar ze moest wachten tot ze weer bij was met de huur.

'Soms is het best eenzaam,' zei mevrouw Elm. 'Hier. Alleen maar zitten. Dat voelt alsof het spel verloren is. Als een eenzame koning op het bord. Ik weet niet wat je je nog herinnert, maar buiten school was ik niet altijd de –' Ze aarzelde. 'Ik heb mensen in de steek gelaten. Ik ben niet altijd een makkelijke geweest. Ik heb dingen gedaan waar ik spijt van heb. Ik was een slechte echtgenote. En ook niet altijd een goede moeder. Mensen hebben het wel een beetje met me gehad en daar kan ik ze niet helemaal ongelijk in geven.'

'Voor mij bent u heel aardig geweest, mevrouw... Louise. Toen ik het moeilijk had op school wist u altijd wat u moest zeggen.'

Mevrouw Elm kwam weer op adem. 'Dank je wel, Nora.'

'En u bent nu niet meer alleen op het bord. Er doet nu een pion mee.'

'Jij bent nooit een pion geweest.'

Ze deed een zet. Een loper die naar een sterke positie snelde. Er verscheen een kleine glimlach om haar mond.

'U bent aan de winnende hand,' merkte Nora op.

Mevrouw Elms ogen glinsterden. 'Ja, dat is het leuke, hè. Je weet gewoon nooit hoe het afloopt.'

En terwijl ze de stukken bekeek die ze nog op het bord had staan en nadacht over haar volgende zet, glimlachte Nora.